魔城の林檎

斎藤千輪

KODANSHA

魔城の林檎

装画　おと
装幀　bookwall

昔々、ある田舎町に、年頃のお姫様がいました。

華やかな場所とは縁のなかった姫が、質素な服で代わり映えのしない日常を過ごしていると、
優しい魔法使いが真っ赤なリンゴを差し出してきました。

「これをお食べ。退屈な人生が変化するよ」

喜んでリンゴを齧《かじ》った途端、姫は見目麗しいドレス姿に変貌。

その美しさは評判となり、誰もが憧れる大都会のお城から、舞踏会に招待されました。

豪華絢爛《ごうかけんらん》なお城の広間で、生まれて初めて舞踏会に参加し、夢のように楽しく過ごした姫。

けれど、魔法使いと約束した時間になっても、お城から出ることはできません。

なぜなら、そこは王子様のいる本当のお城ではなかったからです。

悪魔が非力な姫たちを餌食にする、恐ろしい〝魔城〟だったのでした――。

1

待ち侘《わ》びていた吉報を受けたのは、神楽七星《かぐらななせ》が午後の休憩を取っている最中だった。

「――えっ？　本当ですか！　――はい、もちろん大丈夫です。――わかりました。来月からですね。承知しました。――こちらこそ、よろしくお願いします」

通話を終えた途端、思わず「やった！」と大きく万歳をしてしまった。

いても立ってもいられずスマートフォンをエプロンのポケットに入れ、食べかけのアンパンを放置したまま狭いバックヤードを飛び出した。一目散に店長の野口昇《のぐちのぼる》がいるレジを目指す。

平日午後帯のドラッグストア。ポイント二倍デーが明けたばかりだからか、客はまばらで二台あるレジ前には誰も並んでいない。

「店長、少しだけいいですか？」

「ん？　なにかあった？」

「急で申し訳ないんですけど、今月でバイト、辞めさせてください」

「はあっ？」

四十五歳という実年齢よりも老けて見える野口が、目を丸くして素っ頓狂な小声をあげる。

〝鳩《はと》が豆鉄砲を食ったような顔〟とは、まさにこれなのではないだろうか。

「いきなりどうした？　いま辞められたら困るよ。うちも人手が足りなくて……」

「実は、面接を受けた会社から正社員採用の知らせがあって、来月から来てほしいって言われたんです。どうかお願いします」

深々と頭を下げて返事を待つ。

「……そんなこと急に言われても、僕には判断できないよ」

予想通りの答えが返ってきた。野口は典型的な雇われ店長。物腰柔らかで本部からの指示は忠実にこなすのだが、独断の即決は苦手なタイプだった。

「バイトを辞めたい場合は、二週間前にその意思を伝えればいいはずですよね。今月末までジャスト二週間です。長いあいだ、本当にお世話になりました。ご恩は忘れません」

恩を感じているのは本当だ。この化粧品や薬品の香りが漂うこぢんまりとした店は、確かに自分の居場所だった。けれど、このままずっとフリーターでいるわけにはいかない。

再び頭を垂れた七星の目前で、「そんな……」と野口は眉間の溝を深める。隣のレジにいる新米アルバイトの大学生・北村《きたむら》ミカは、無反応のままネイルを施した爪を眺め、気だるそうに立っている。彼女が入ったのだから、七星が辞めてもシフト的には支障がないはずだった。

「ちょっと考えさせて」と言われたので、仕方がなくその場を離れようとしたら、枯れ木のように痩せた老齢の女性客に目が吸い寄せられた。

大きなマスクをしてエコバッグを肩から下げた、七星が休憩に入る直前に来店した客だ。休憩前に見たときよりも、明らかにエコバッグが膨らんでいる。左右をさまよっていた視線が一瞬だけ七星で止まり、素早く別棚へ移動する。……まだ確定ではないけれど、限りなく怪しい。

「店長、二番棚の整理をお願いします」

七星が耳元でささやくと、野口は大あわてで女性に近寄り、さりげなく様子を窺い始めた。

「○○棚の整理をお願いします」とは、このドラッグストアの隠語。「その棚にいる客が万引きをしているかもしれないので注意しろ」という意味だ。警備員などいない小さな店舗なので、店員は常に挙動不審者への注意を怠らないように指導されている。

高校一年生の頃からここでアルバイトを始めておよそ六年。中学と高校の卓球部で動体視力を磨いた七星は、万引きを見抜く能力に長《た》けている。現行犯を確保したことも何度かあり、他の店員たちから何かと頼りにされていた。その筆頭格が野口だったのだが、あの女性はこれから彼が監視するのだから、自分がいなくてもどうにかなるだろう。

バックヤードに戻ろうとしたら、野口の無言の圧力で観念したのか、女性が棚を離れてレジに歩いてきた。急いでレジに戻った野口の前で、「間違えて入れちゃった」と苦しい言い訳をしながら、エコバッグから食器用洗剤やスポンジを取り出している。店から出ていかないと万引き犯として通報できない。少し残念な気もするが、精算するようなのでよしとしよう。これで今日も正義は守られた。

「あとは頼みますね」

新米のミカに告げると、彼女がのんびりとした口調で尋ねてくる。

「どこの会社に採用されたんですかあ?」

七星は、こぼれそうになる笑みをこらえながら答えた。

「マルム。東京の青山《あおやま》に本社がある美容系の会社」

——ここが、新しい住まいだ……。

荷物の詰まった大きなリュックを背負い、着古したパーカーとジーンズに履き古したスニーカーで七星が向かったのは、渋谷《しぶや》駅から徒歩十分ほどの円山町《まるやま》。小さな飲食店やド派手なラブホテルがひしめき合う、お世辞にもオシャレとは呼べないエリアだ。

その混沌《こんとん》とした円山町の一角に、会社の独身女性用の借り上げ社宅があった。

商業ビル群のあいだに埋もれるように建つ、古びたモルタル外壁の四階建てマンション。セキュリティは極めて緩く、オートロックシステムもエレベーターもついていない。マンションというよりもコーポと呼びたくなる、築五十年以上の建物だ。

それでも七星にとっては、大都会で確保した生まれて初めての自分だけの城。もっと簡素な住まいで暮らしていたこともあるため、喜び以外の感情が出てくるはずがなかった。

今日からここで暮らし、来週からは青山の本社に勤める。それが宝くじにでも当たったかのような幸運に思えて、自然に頰が緩んでしまう。

どこからともなく、桜の花びらがふわりと舞い降りてきた。祝福の花びらかもしれない。

微笑《ほほえ》みながらコンクリートの階段を三階まで上がり、階段のひび割れや扉の剝げた塗装は見ないようにして、与えられた３０１号室に入った。

二十平米ほどの狭いワンルーム。張り替えた真新しい壁紙から、気にならない程度にビニール臭が漂っている。部屋の造りは古いが、家具つきなのはありがたい。窓の外は建物だらけで陽当《ひあ》たりは望めないけれど、家賃が光熱費込みで月二万円と格安なので文句は言えない。

持参した保温水筒の紅茶を飲み、ひと息ついていると、引っ越し業者が荷物を運んできた。部屋に運び入れた段ボール箱を開けて、鼻歌交じりで必要な物を適切な場所に収めていく。

全ての箱が空いたのは、陽がとっぷりと暮れた頃だった。そろそろ入居している他の女性社員たちが帰ってくる時間だ。

——よし、住民たちに訊《き》きたいこともあるし、ほかの部屋へ挨拶に行ってみよう。

七星は用意してあったクッキーのパックを手に、はやる気持ちを抑えて隣の302号室のチャイムを押した。——少しの間があり、チェーンをかけたままの扉が少しだけ開く。

「……どちら様?」

不審そうな相手に、目一杯の愛想を込めて微笑んだ。

「隣に入った新人です。営業部員の神楽七星と申します。ご挨拶に伺いました」

すると、扉が閉まり中でチェーンを外す音がし、また開いて女性が姿を覗《のぞ》かせた。

大きな二重の目と涙袋、白く滑らかな肌、艶々《つやつや》の黒いロングヘア。レモン色のトップスとグレーのスキニーパンツがよく似合う、小柄で均整の取れた身体《からだ》つき。まるでビスクドールのように美しい彼女は、「経理課の新田歩夢《しんでんあゆ》です」と挨拶し、小さくエクボを作った。

可愛《かわい》い人だ。自分と同い年くらいかな。早速だけど、質問させてもらおう。

「あの、いきなりで申し訳ないんですけど、この社宅に白里優姫《しらさとゆうき》さんって人がいるはずなんです。何号室かご存じないですか?」

それは、七星が何よりも先に確かめたいことだった。

「あー、優姫ちゃんね」

優姫と親しそうな歩夢の反応に、安心感が込み上げてくる。

「わたし、優姫の友人なんです。早く会いたくて」

同じフロアだったらいいな、と期待した七星に、歩夢はさらりと言った。

「もういないよ。退社したから」

「えっ?」

あまりの衝撃で、クッキーのパックを落としそうになった。

「――退社した? いつ?」

「二週間くらい前。誰にも言わずに出てっちゃったみたい。荷物まとめて。要するに逃亡ってやつ。営業はキツいからね、あるあるだよ」

冷え冷えとした玄関先で、歩夢の口から信じ難《がた》い言葉が放たれていく。

「……嘘《うそ》だ。そんなこと、絶対にあり得ない」

二週間前といえば、自分が地元のドラッグストアで採用の知らせを受けた頃だ。

頭の中で、踏切《ふみきり》の警報機のような音がガンガンと鳴り始めている。

「なに? なんで嘘だって言い切れるの?」

やや不満そうに言い返す相手に、気を遣っている余裕などなかった。

「だって、わたし優姫に誘われて面接受けたんですよ。営業職にも社宅にも空きがあるから、一緒に働かないかって。あの子がここに入ったのは三ヵ月前。たった三ヵ月足らずで、わたしに何も言わないで辞めるわけがない。それに……」

――ちょっと気になる人がいるの。会社の関係者なんだけどね。

いかにも嬉《うれ》しそうに告げた優姫の顔が、脳裏にまざまざと浮かび上がる。

「それに？　ほかにも根拠があるわけ？」

小首を傾《かし》げながら、歩夢が七星の顔を覗き込む。

「……いえ、なんでもないです」

おしゃべりになりかけた唇を固く閉じる。引っ越しの挨拶をしにきたばかりの相手に、プライベートな話をするのは憚《はばか》られた。

優姫と最後に会ったのは、ひと月ほど前。それから間もなく会社の面接を受け、担当者から採用の連絡をもらった。その報告をしようと何度か電話をかけたのだが、一向に繋《つな》がらなかった。アプリでメッセージも入れておいたのに、未《いま》だに既読の気配はない。

おかしいなと思いながらも、社宅に入れば会えるのだからと気持ちを落ち着かせて、引っ越しの準備を進めたのだ。それなのに、優姫が退社しただなんて……。

「神楽さん、大丈夫？」

「あ、すみません。ちなみに、優姫はどこの部屋にいたんでしょうか？」

「左の３０１号室」

「え？　３０１って……」

「そう、あなたの部屋だよ」

――絶句するしかない。頭の中で鳴る音に加え、胸の辺りもざわざわと騒ぎ出した。

「顔色が悪いよ。本当に大丈夫なの？」

「用事を思い出しました。来週から研修で本社に伺いますので、よろしくお願いします」

怪訝《けげん》そうな歩夢にクッキーのパックを押しつけ、彼女が住む302号室をあとにした。

本当は別の部屋にも挨拶に行くつもりだったのだが、今はもうそれどころではない。301号室に戻り、スマホで電話をかける。

「――もしもし、お母さん？　――ん、さっき引っ越し終わった。あのね、お願いがあるの。優姫の家に行って、彼女が戻ってないか確かめてほしいんだ。なんか急に退社しちゃったみたいで、実家に帰ってるかもしれないから。電話もずっと通じないし、ちょっと心配で。――うん、夕飯時なのにごめんね。もし優姫がいたら、わたしに連絡してって伝えてほしいの」

七星の実家は、埼玉県と隣接する山梨県の甲州《こうしゅう》市にあった。築二十五年の小さな二階建ての一軒家だ。そこから徒歩二十分ほどの場所にある広い日本家屋が、優姫の実家だった。自転車なら五分くらいで行ける距離である。

母の返事を待つあいだ、七星は途方に暮れて空の段ボール箱だらけの室内を見回した。

優姫が短い期間だけ暮らした部屋。そう思うと胸苦しさが増しそうなので、窓を開けて空気を入れ替えた。――ラブホテルのどぎつい赤やピンクのネオンが眩《まぶ》しくて、即座にカーテンを閉める。意欲に満ちていた先程とは一変し、円山町がいかがわしさ満点の場所に思えてくる。

七星が中途採用されたのは、自社製化粧品の販売とエステティックサロンのチェーン店事業で業績を伸ばし、すでに上場も果たしている創業十年のベンチャー企業、〝Ｍａｌｕｍ（マルム）〟。これから研修を受けたあと、エステティックサロン〝ザ・マルム〟の全十五店舗のどこかに、優姫と同じ営業部員として入る予定だったのだが……。

まさかの退社。絶対におかしい。ひと月ほど前、最後に地元で会ったときの優姫は、明らかに希望に燃えていたのだから。


その日、七星は実家からほど近いファミリーレストランの窓際の席で、優姫に誕生日プレゼントを渡していた。

「遅くなってごめんね。改めて、二十一歳の誕生日おめでとう」

「ありがとう。すっごく可愛い。早速つけちゃおっと」

優姫が手にしているのは、銀色のビーズを繋ぎ合わせて輪にし、金具をつけた小さなイアリング。七星の手作りだった。彼女はイアリングを耳たぶに着け、スマホの自撮りモードでしきりにチェックしている。

黒目がちの瞳に艶やかなセミロングの髪。モノクロの洋服を好む優姫は、一見すると地味だが、かなり愛らしい顔立ちをしていた。新調したらしきエレガントな丸メガネのせいか、それとも東京での新生活のせいなのか、以前よりも洗練された雰囲気を醸し出している。

「いい感じ。どんな服にも似合いそう。本当にありがとね。大事にするよ」

ささやかなプレゼントをよろこんでくれる友の笑顔が、七星の心にほのかな灯《あか》りを点《とも》す。もっと高価なものをあげたかったのだけれど、今の自分にとってはこれが精一杯だった。

「やっぱり地元はいいね。七星の顔見ると落ち着くな」

銀色のイアリングを触りながら、優姫がおっとりと微笑む。

「わたしも。優姫が久々に帰ってきてくれて嬉しいよ」

……まるで恋人同士のような会話だな。

照れ臭くなった七星は、窓の外に広がる長閑《のどか》な田園風景に目をやった。

自然は豊かだが遊び場は少なく、建物同士がとにかく遠い。車か自転車がないと不自由極まりないという、典型的な田舎町だ。ここで生まれ育った七星と優姫は、幼稚園からの幼馴染《おさななじ》み。小中高と同じ学校に通い、同じような四季の景色を眺め、共に青春時代を過ごした。

七星にとって優姫は、地元でたったひとりの親友と呼べる存在だった。小さい頃から親しかった彼女のほかに、心を許せる友人は作れなかった。理由は明白だ。

自分が他のクラスメイトより、明らかに貧しかったからである。

小学校の高学年までは、周囲との差など感じたことのない無邪気な子どもだったのだが、中学一年生のときに父を病で失って以来、七星の暮らしは一変した。

頼れる親類がいなかった母とふたりで、賃貸マンションの広い部屋から公営団地の狭い一室に引っ越した。パートの掛け持ちを始めた母を助けるために、欲しいものがあっても極力我慢し、家事も率先してやりこなした。――変わってしまった日常が、とても哀《かな》しかった。

過去を思い出しているうちに、無性に打ち明け話をしたくなってきた。

「今だから言うね。わたし、また会いたい中高時代の友だちって、優姫くらいしかいないんだ」

「そうなの？　七星はほかの同級生とも、普通に馴染んでるように見えてたよ」

いかにも意外そうに答える。

優姫とは中高の卓球部で一緒だったが、同じクラスになったことはない。だから、クラスの中で七星がどういう立ち位置だったのか、彼女はあまり把握していなかった。

「それは表面上合わせてただけ。うち、はっきり言って貧乏だったから、クラスメイトと休みの日に遊ぶのが苦痛だったの。みんなみたいにオシャレする余裕がなくて、ずっと断ってた。だから、部活だけが楽しみだったんだ。体育着と制服は、みんな同じだったからね」

高校の昼食も、クラスメイトと食べたことがほとんどない。

本当は可愛い弁当箱に詰まったカラフルなおかずに憧れていたのに、持っていけたのは簡素なタッパーの弁当箱で、おかずはモヤシ炒《いた》めだけ。皆の前で弁当箱を開いたとき、「地味でまずそう」と男子から言われ、女子たちからも笑われてしまい、顔から火が出そうになった。

それ以来、図書室や体育館の倉庫など、ひとりになれる場所を探しては、孤独なランチタイムを過ごすことが多くなった。

人目を避けているうちに、クラスの中で空気のような存在になってしまったが、それでも構わなかった。目立たないようにしていれば、自分で繕った靴下の穴を笑われたりしないから。

――そんな情けない話、母にも優姫にもしたことはなかったけれど。

「あの頃は、『可哀《かわい》そうな子』って誰かに思われるのが、嫌だったんだろうな……」

今から思えば自意識過剰だなと我ながら呆《あき》れてしまうのだが、多感だった十代の自分は、周囲との差異がどうしようもなく恥ずかしかった。

「わかる気がする。十代の頃って、本当に些細《ささい》なことを気に病んだりするからね。私だって身体が小さくて気が弱かったから、はしっこい七星をいつも頼ってた。七星の悩みなんて考えもしないで、一緒にいれば強くなれる気がしてた。……ごめんね、無神経だったかもね」

目を伏せてしまったので、申し訳ない気持ちが込み上げてきた。

「やだな、そんな優姫だったから、楽になれたんだよ。優姫だけは、わたしが団地に引っ越しても何も変わらなかった。ずっと頼りにしてくれた。本当に感謝してるんだよ」

「だったらよかった。私も七星に感謝してる。イアリングも本当にうれしいよ」

ゆっくりとアイスコーヒーを飲む優姫の耳で、銀のイアリングが小さく揺れている。

優姫は比較的裕福な家のひとり娘だったけれど、こちらに引け目を感じさせない大らかさがあり、裏表が全くなかった。彼女がいてくれたから、卑屈な感情に押しつぶされずに、学校に通えていたのだと思う。

「……だけどさ、七星」

昔から変わらない優しい笑顔が、今も目の前にある。

「お母さんが再婚してから、七星の暮らしも少しは楽になったんじゃないの？」

「そうなんだよね。前はドリンクバーだけで粘ってたけど、今はデザートも罪悪感なく食べられるようになった。それが何よりもありがたいよ」

母子だけで貧しかった七星の暮らしは、去年の春頃から見違えるように変化していた。

市内の総合クリニックで医療事務のパートに就けた母が、看護主任の男性と再婚したのだ。

結婚を機に、義父が市内の中古戸建てを借りてくれたので、七星は母と枕を並べて寝ていた団地暮らしから、自分だけの部屋がもらえるという幸運にありつけた。……とはいえ、生活レベルが格段に上がったわけではない。義父と母には、お金が必要な事情があった。

「――そうだ、まだ渡してなかったね。これ、新しい仕事の名刺」

優姫が洒落《しゃれ》た名刺入れから、一枚を取り出して七星の前に置いた。

「……へえ、サービスプランナーか。カッコいい肩書だね」

「お客さんへのサービスをプランニングする仕事。要するに対面営業だよ。固定給はかなり安いけど、売り上げた分の歩合給がつくの。だから、成績のいい人だと月に百万くらいもらってるんだって。私もそうなれたらいいんだけどね」

「そんなに稼げるんだ。しかも、社宅って格安なんでしょ。いい職場じゃない」

「うん。両親がベトナムに行くことになってから急いで探したんだけど、いいとこ見つけられてラッキーだった。社宅は同年代の女子ばかりだから、話しやすくて居心地も悪くないしね」

優姫の父親は、東京の電機機器メーカーに勤めていた。その父親がベトナムに海外赴任をすることになり、母親も同行を希望。優姫は日本でのひとり暮らしを余儀なくされた。

希望の大学に合格できず、高卒で甲府《こうふ》の有名デパートに就職した優姫。しかし、富裕層相手の個人外商に配属され、金持ちの我儘《わがまま》に振り回されて心身共に疲弊し、二年ほどで退職。しばらく実家で静養していたのだが、両親がベトナムに発《た》つ前に新たな仕事を決めたのだった。

「でも、あんな大きな家、ほったらかしでいいの？　手入れが必要なんじゃない？」

「親が専門業者に定期管理を頼んだの。だから、いつ帰っても大丈夫。今日も実家でひとり暮らしを満喫するつもり。七星、今日は泊まりに来るんでしょ？」

「行く！　実は、わたしも早く実家から出たいんだよね。家があるのは本当にありがたいんだけど、親と一緒に居辛《いづら》いんだ。まだ新婚だから、年甲斐《としがい》もなくベタベタしちゃって」

「そっか。七星のお母さん、妊活してるんだっけ」

「そうなの。わたしだって、弟か妹がいたらいいなって思ったことあるけど、まさか二十一になって現実になるかもしれないなんてね」

女手ひとつで七星を育ててくれた母は、今年で四十二歳。母が職場で知り合った義父は四十歳。ふたりは子どもがほしいと切望していたのだが、高齢のため自然妊娠は難しいと判断し、産婦人科医院で不妊治療を受け始めていた。その治療代がかなり嵩《かさ》むので、七星も生活レベルを上げないように努力しているのだ。

「わたしもちゃんと就職してひとり暮らししなきゃいけないいんだけどさ。バイト先で何かと頼られちゃって、なかなか踏ん切りがつかないいんだよね」

経済的な理由で進学は諦め、高卒で就職活動をしたものの、不採用を意味する〝お祈りメール〟ばかりであえなく惨敗。人間性を全否定されたようで鬱になりかけたが、結果としてそうならずに済んだのは、アルバイト先で必要としてくれる人たちがいたからだろう。

「七星、万引き見抜くの得意なんでしょ。頼られるのも納得。今まで何人通報したんだっけ？」

「二十人くらいまでは数えてたんだけど、あとは覚えてない」

「さすがだねー。私と電車に乗ったとき、痴漢を捕まえたこともあったじゃない」

「あったねえ。自分が痴漢されたことはないけどね」

「七星って可愛いんだけど、ボーイッシュで目つきが鋭いからね。痴漢もビビるんだと思う」

格安のカットハウスで切るショートヘアのほうが、セットに時間もお金もかからないし、ユニセックスなファストファッションは、女子向けの服より比較的安く済む。要するにボーイッシュでいるのは節約のためだったのだが、痴漢を寄せつけない効果もあったようだ。

「だけど本気で頼もしいよ。私は痴漢された経験があるけど、身体が硬直して何もできなかった。今度なんかあったら、七星に助けてもらおうかな」

「もちろん。優姫なら真っ先に助けるよ」

それは、嘘偽りのない本音だった。

たったひとりの、昔から変わらない大切な友だち。

この子の身に何かあったら、何があっても守るつもりでいる。

「ところでさ、今日は七星を勧誘しようと思ってたんだ」

いきなり優姫が、何かを企《たくら》んでいるような表情になった。

「勧誘？　水とか数珠とか、なんか買ってほしいものがあるとか？」

「やだな、違うよ。あのね、私と一緒にマルムで働かないかなと思って。サービスプランナー、うちらはサビプラって略してるんだけど、そのサビプラは今も募集中だし、渋谷の社宅にも空きがあるんだ。だから、面接を受けてみる気はない？」

その誘いは魅力的だった。ドラッグストアでの経験上、化粧品には多少の知識があり、接客にも慣れている。何よりも社宅に心惹《ひ》かれた。妊活中の両親から離れてひとり暮らしをするのは、もっぱらの目標だったのだ。

「だけど、わたしなんかが採用されるかな？」

正直なところ、美容への興味はあまりなかった。商品には詳しくなったが、自分がメイクをするのは面倒くさいし、総じて値が張るのでメイク道具も最低限しか持っていない。

「エステの店舗が増えたから通年採用してるの。それに、サビプラは高卒の女性が多いんだ。

学歴は関係なく高給を目指せるのがマルムの特色なんだって」

優姫にしては珍しく、熱心な誘いを止めようとしなかった。

「それから、自画自賛みたいで嫌なんだけど、肌がキレイでスレンダーな人ばかりなの。マルムの営業部員は、コスメでこんな美肌になりたい、エステでこんな風に痩せたいってお客さんに思ってもらう役割も果たしてるみたい。モチ肌でメイク映えしそうな七星なら大丈夫だよ」

聞いているうちに、だんだんその気になってきてしまった。

もし営業で高給取りになれたら、母たちに援助もできるかもしれない。それに……。

自分には叶《かな》えたい夢もなく、華やかな世界とは無縁のまま、地元で母とひっそり生きるしかないと思っていた。けれど、母にはもう義父がいる。ここを出ていけない理由はなくなった。

実は、優姫が渋谷の社宅に入ると決まり、駅で手を振り見送ったとき、七星は涙を隠して心の中で叫んでいた。

——お願い、置いていかないでっ！

絶対に口にしてはいけない本心。醜くて身勝手な自分。だが、もし優姫と一緒に大都会で働けるようになったら、生まれ変わったように輝かしい未来が摑《つか》めるかもしれない。

「じゃあ、受けるだけ受けてみようかな。不採用かもしれないしね」

お祈りメールには慣れっこだ。今さら怖いものなんてない。不採用になる不安よりも、瞬時に芽生えた希望のほうが、圧倒的に胸の中を支配していた。

それから会社に関する詳しい話を聞いたあと、七星は何気なく言ってみた。

「職場も社宅も女性しかいないんでしょ。男性との出会いはなさそうだね。なんて、別に出会いを期待してるわけじゃないけど」

「まあ、営業部員も一緒にいるエステティシャンも女だし、本社の商品開発部とか総務部とか、別部署の男子とは話す機会がほとんどないしね。男性用の社宅とは離れてるし。でも……」

少しはにかんだように、彼女はこう続けた。

「出会いがないわけじゃなかったんだ」

「ってことは、何かあったの？」

勢い込んだ七星に、優姫は愛らしく微笑んだ。

「ちょっと気になる人がいるの。会社の関係者なんだけどね」


いきなり着信音が鳴り響いて、回想から覚めた。急いでスマホを耳に当てる。

「お母さん、どうだった？」

『真っ暗で誰もいないみたい。郵便物も溜《た》まってたし、優姫ちゃんが帰ってきた気配はないよ』

「そうなんだ……」

僅かな望みが断ち切られ、冷たいフローリングの床に座り込む。強く憧れていた東京の空気は、地元の甲州より肌寒く感じる。

『優姫ちゃんって旅行が好きだったから、気晴らしでどっか行ってるのかもよ』

母の慰めの言葉が、全く頭に入ってこない。確かに優姫は旅行好きだが長旅をするタイプではない。彼女が好んだのは、各地の有名神社で御朱印を集めるくらいのささやかな旅だ。

「優姫のお父さんの会社に、問い合わせしてみようかな？」

『今は他人に個人情報を教える会社って少ないんじゃない？　それに白里さんたち、ベトナムに赴任中なんだよね。優姫ちゃんもあっちに行ったんじゃないの？』

「優姫がベトナムに？　わたしに何も言わないで？」

『なんか事情があったんじゃないかな。事件にでも遭ったなら白里さんたちが帰国するだろうし、そんなに心配しなくてもいい気がするけど』

母の言葉に、一理あるなと思い直す。七星を仕事に誘った手前もあり、急に辞めたとは言いにくいのかもしれない。

『もし白里さんが帰国したり、優姫ちゃんの情報が入ったらすぐ連絡する。白里さんちに誰かいないか注意しておくよ。だから七星、あんまり考えすぎないようにして、仕事頑張ってよ』

「わかった。とりあえず切るね。いろいろありがとう」

静かになった途端、また不安感が込み上げてくる。その理由のひとつが、優姫の〝気になる人〟に関する話だった。

「──三日前のことなんだけどね。本社に行った帰りに表参道《おもてさんどう》でぶつかって、彼のスーツケースが倒れて、私もメガネが落ちて割れちゃったの。そしたら、弁償するって言ってくれて、表参道ヒルズで新しいメガネを買ってくれた。私なんかと釣り合う相手じゃないんだけど、連絡先を交換したら、なぜかまた誘われちゃって……。でね、再来週にまた会う約束をしてるんだ。すごい車でドライブに連れてってくれるみたい」

「うわ、デートじゃない！　どんな人？」と尋ねたが、優姫は「年上の会社関係者」と言っただけで詳細は語らなかった。「まだうまくいくかわからないから」という理由で。けれど……。

タイミング的に考えると、優姫は気になる人とドライブをした直後に、突然退社したことになる。その相手と退社理由に、なんらかの関係性があるような気がしてならない。母が言った通り、ベトナムに行っているのなら安心なのだが。

念のため、優姫と共通の知人にも、居場所を知らないか一斉にメッセージを入れておいた。何人かがすぐにレスをくれたが、誰も心当たりなどないという。また胸騒ぎがしてくる。

今一度、優姫が少し前まで暮らしていた部屋を眺めた。クリーニングされた室内には他者が残した痕跡などないのに、何か残っていないか目を凝らしてしまう。

――七星、助けて！

ふいに、切り裂くような優姫の叫び声が聞こえた。

単なる空耳だとわかっていても、身震いしてしまった。

そのとき、ピンポン、とチャイムが鳴った。ヒッと声が出てビクリと肩が動く。

恐る恐る玄関の覗き穴を見ると、先ほど挨拶した歩夢がいた。後ろに見知らぬ女子がふたりいる。鍵を外して扉を開けたら、三人は「こんばんは」と口々に言いながら笑いかけてきた。

「神楽さん、具合はどう？」

歩夢が心配そうに七星を見ている。

「大丈夫です。優姫の話で動揺しちゃいました」

「だよね。まさか、急に辞めたお友だちと同じ部屋になるなんて。あ、同じフロアの住民を紹介するね。ふたりともまだ新人のサビプラ。丁度一ヵ月の試用期間が終わったとこなんだよね」

「そやね。うちは３０３号室の西沢景子《にしざわけいこ》、兵庫出身の二十二歳。青山本店でサビプラやってる。よろしくな」

景子が茶色のレイヤーヘアをふわりとかき上げる。空色のニットワンピースの胸元が盛り上がった、グラマラスな体型。メイクも濃いめで華やかな風貌をしている。

「304号室の加山友海《かやまともみ》。北海道から来ました。歳《とし》は二十歳。池袋《いけぶくろ》店のサビプラです」

長い髪をツインテールにし、短い前髪の下で目を瞬《まばた》かせる友海は、あどけない童顔とアニメ声優のような高い声が印象的だった。私服も薄ピンクのロリータ風ワンピースだ。

「ちなみに、あたしは青森出身の二十二歳。入社二年目だから、この中では一番キャリアが長いかな。神楽さんはいくつなの？」

歩夢に尋ねられ、「二十一。山梨出身です」と答える。

「優姫ちゃんのお友だちだったんやて？　歩夢っちから聞いたよ」

景子の口から優姫の名前が出たので、むせそうになった。

「そ、そうなんです。お願いです。優姫がなんで辞めたのか、知ってたら教えてください！」

「それがな、うちにもわからんのよ」

気の毒そうに景子が眉をひそめる。

「同じフロア同士で何回かゴハンしたんやけど、優姫ちゃん、プライベートのことはあんま話さんかったから。友海はなんか知ってる？」

「全然。いつ出てったのかも知らなかった。優姫ちゃんは渋谷店のサビプラで、三日間くらい無断欠勤が続いたから、店長がここに来てみたんだって。そしたら、荷物が全部なくなってたらしいよ。お別れの挨拶くらいしたかったのに。ねえ歩夢ちゃん？」

「だね。穏やかで感じのいい人だったのに残念だな」

「そう、ですか……」

注視していたのだが、三人の口ぶりに嘘は感じられない。本当に何も知らないようだ。

「七星ちゃん、って呼ばせてもらうね。実はビールとおつまみ持ってきたんだ。軽い引っ越し祝い、させてもらってもいいかな？」

片手にぶら下げていた白いビニール袋を、歩夢が持ち上げて見せる。もしかしたら、意気消沈していた自分を励まそうとしているのかもしれない。

「ありがとうございます。まだ散らかってますけど、この部屋でよかったら」

「ええに決まってるやん。なんなら片づけも手伝うよ」

真っ先に景子が部屋に入ってくる。

「友海も手伝う。その前に七星ちゃん、乾杯しよー」

「はい。あ、片づけはひとりでやるから大丈夫です」

「あたしたちに敬語使わなくていいよ。同じフロア同士、仲良くしよう」

穏やかに歩夢が微笑む。くっきりとしたエクボが可愛らしい。

みんな歳も近いし、話しやすそうだ。優姫のことは心配でたまらないけれど、せっかくの機会だから、とりあえず隣人たちと親睦を深めておこう。

七星たちは備え付けのソファーベッドに座って、小さなテーブルにスナックなどのつまみを載せ、缶ビールで乾杯した。

「近くにまあまあのタコ焼き屋があって、さっき買ってきたんよ。ソースが甘めでうちの好みでさ。辛子マヨネーズかけたらめっちゃイケるよ」

景子がビニール袋からタコ焼きのケースを取り出し、赤いネイルの指を器用に動かしながら、スティックパックの辛子マヨネーズをたっぷりとかける。

実は、タコ焼きにマヨネーズは七星の好みではないのだが、相手の厚意を無下にしたくなくて笑みを作った。昔からの処世術だ。言いたいことがあっても、我慢できるなら言わないほうが摩擦を起こさずに済む。

「ねえ、七星ちゃんって何座？」

友海から問われたので「牡羊座《おひつじ》」と答えると、彼女は急に訳知り顔になった。

「じゃあ、友海は魚座だからまあまあの相性だ。牡羊座と魚座は一緒に成長できる組み合わせなの。景子ちゃんは蠍《さそり》座で牡羊座とは考え方が真逆だから、お互いに刺激を受けられると思うよ。歩夢ちゃんの天秤《てんびん》座と牡羊座はベストマッチの相性だね」

すらすらと星座同士の相性を述べる。まるで占い師のようだ。

「でた、友海の星座占い。今日のラッキーカラーはなんやっけ？」

「今朝教えたでしょ。景子ちゃんは紫。歩夢ちゃんは赤。友海はピンクだから服もそうしたの」

薄ピンクのフリルワンピースで胸を張る。

ラッキーカラーで服を選ぶなんて、金銭的余裕のなかった七星には浮かばなかった発想だ。

「うちは下着が紫やからセーフ。歩夢っちは赤いのなんかつけた？」

「いつも使うポーチが赤だよ。ちなみに友海、七星ちゃんのラッキーカラーは何かわかる？」

「牡羊座だから……今日はシルバーかな。七星ちゃんも取り入れるといいよ」

――シルバー。銀色。優姫にプレゼントしたイアリングの色。

そのアドバイスは、否応《いやおう》なしに優姫を想起させた。

「シルバーか。ヘアピンでもつけてみようかな」

とりあえず会話を合わせながら、さり気なくスマホを取り出した。

「あの、ちょっとスマホ見てきます、じゃなくて、見てくるね」

部屋の隅でメッセージアプリをチェックしてみると、また何件かのレスがあったが、優姫の居場所を知る者はいないようだった。

冷静に考えてみたら、ベトナムに行ったとしても連絡を寄こさないなんて異常事態だ。彼女の両親も娘が行方不明になっていることを、まだ知らないのかもしれない。昔から放任主義で、ひとり娘を信頼し切っている親だった。

警察に相談しようか考えてもみたが、成人の行方不明は数が多すぎて、事件性がない限り捜査されないと聞く。今のところ、事件だと示せる確実な要素はない。ましてや、優姫の身内でもない自分が相談したところで、警察は相手にしないだろう。

優姫のスマホの電源は、相変わらず入らないまま。優姫とは待ち合わせに便利なためGPSアプリで互いの位置情報を共有してあるのだが、電源が切れるとGPS機能も停止するので、行方を捜すことも不可能だった。だとしたら……。

――今度なんかあったら、七星に助けてもらおうかな。

最後に会ったときの優姫の笑顔と共に、強い決意が込み上げてきた。

優姫がなぜ急に退社したのか、今どこで何をしているのか、仕事の合間に調べてみよう。まずは、気になる会社関係者とは誰だったのか、密《ひそ》かに探りを入れてみる。そこから問題解決の突破口が見つかるかもしれない。

万が一、優姫の身に何か起きていたのなら、わたしがどうにか助けてみせる。あの子の無事が確認できるまでは、絶対に諦めない。だって、優しい姫を救える騎士は、この世でただひとり、わたししかいないはずなんだから。

――このときの七星は、本気でそう思っていた。


研修一日目。七星は新品の紺のブラウスとベージュのタイトスカートを身に着け、緊張の面持ちで青山本社の小会議室に座っていた。

歩夢と景子、友海が、カジュアルな服ばかりだった七星を見かねて、手頃でスタイリッシュな海外ブランド・ザラの渋谷店に連れていってくれたのだ。三人が選んでくれたお陰で、それなりに社会人らしい洋服や靴を揃《そろ》えられた。メイクも恥ずかしくない程度に施してある。

磨き上げられた窓ガラスに映る自分は、山梨にいた頃よりも遥《はる》かに大人びて見えた。

「それでは、研修に入ります。手元の資料を見てください」

黒いパンツスーツ姿で講義をするのは、氷室光流《ひむろひかる》という本社に勤める内勤の営業主任だ。

痩せぎすの長身で化粧も薄く、七星の髪よりも短いベリーショートの光流は、表情の起伏が乏しい中性的な女性。年齢は二十八だと歩夢たちから聞いている。

「――“An apple a day keeps the doctor away”。これはイギリスのことわざで〝一日一個のリンゴは医者を遠ざける〟。つまり、医者が必要なくなるほどリンゴには健康に有効な成分があるという意味です。うちのスキンケア商品、マルムシリーズには、リンゴ由来の〝植物幹《かん》細胞エキス〟がふんだんに配合されています」

七星を含む三人の女子が、資料の束に目をやりながら光流の話を聞いている。同期入社のふたりも同世代で、それぞれ都内でひとり暮らしをしているらしい。

「幹細胞は、生体の組織や臓器になる前の素となる細胞。その特徴は主にふたつあります。まずは、分裂して自分自身と同じものをコピーする〝自己複製能〟。それから、自分とは違う細胞に変化する〝多分化能〟。このふたつの能力によって生体組織を正常化させる幹細胞は、病気や怪我《けが》で失った部分の再生を目指す新たな治療法、『再生医療』に不可欠なもの。今も医療や美容の分野で研究が進められています」

七星にはやや難しい話だったので、あとで復習しようと考えながらメモを取った。

「ニュースなどで耳にする〝ES細胞〟も、ノーベル賞で知られる〝iPS細胞〟も幹細胞。これらは人工的に培養されたものですが、成体になる前の受精卵も幹細胞を含んでいて――」

受精卵、と聞いて母の顔が浮かんだ。不妊治療にもいろんな種類があるが、母は採取した卵子と精子を受精させた胚《はい》を、子宮内に注入する体外受精に挑んでいる。なんでも娘に話す開放的な母のお陰で、七星も体外受精について幾ばくかの知識を得ていた。

――私は四十二歳だから三回まで保険適用されるんだけど、それでも結構なお金が飛んでくのよ。高齢で確率も低いから何度もトライしないと駄目だろうしね。だけど、どうしても子どもがほしいんだ。七星も弟か妹がほしいって、ずっと言ってたよね。

いや、お母さん。弟妹がほしかったのは子どもの頃の話だから。

そう言い返したかったけれど、いたって真剣な母に何も言えなかった。それに穏やかな好人物である義父にとっては初の実子。今は応援するしかないと思っている。

それにしても、さすがは大都会。すごい景色だな……。

ここは、青山・表参道の路地裏にある、八階建てのオフィスビルの七階。窓から大空と高層ビル群の絶景が望める小会議室だ。

渋谷の古臭い社宅とは大違いの、洒脱《しゃだつ》で近代的なオフィス。近未来の美術館をモチーフにしたという洗練された内装。真っ赤なリンゴを模《かたど》った会社のロゴと、リンゴのオブジェが飾られた受付。カードキーをかざさないと開かない各部屋の扉。その何もかもが物珍しかった。

本社の各部署があるのは三階から六階まで。一階は吹き抜けになっており、二階にはエステティックサロン〝ザ・マルム青山本店〟が入っている。七階には小さな会議室や応接室がいくつもあり、営業主任の光流と女性の専務に面接を受けたのも、この小会議室だった。

最上階の八階には、社長室と大会議室があるらしいが、七星はまだ行ったことがない。

「——神楽七星さん」

「は、はい！」

いきなり名指しされて立ち上がってしまった。

いつの間にか近寄っていた光流が、冷ややかに見下ろしている。

「ちゃんと今の話、聞いてた？」

「もちろんです」

「だったら、植物以外の幹細胞をふたつ言ってみて」

「……えっとですね、植物以外は……動物？　それと……昆虫？」

本当は外の景色に気を取られて聞き漏らしてしまったため、必死で正解を捻《ひね》り出《だ》そうとしたのだが、光流は呆れた顔でため息を吐く。

「あのね、これはクイズじゃないから。あなたは授業料を払ってる学生じゃない。給料をもらって研修中の社会人なの。しっかり勉強して早く一人前にならないと給料泥棒になるってこと、ちゃんと認識してもらわないと困るんだけど」

「……すみません。気をつけます」

右隣に並んで座る新人ふたりが、七星を横目で見て嘲笑を浮かべている。

「時間が無駄になるから二度と同じことを言わせないで。わかった？」

「はい。本当にすみません」

光流の厳しい視線が肌に突き刺さって、痛みすら感じる気がした。

入社早々、抜けたことをやってしまった。どうにか努力して挽回《ばんかい》しなければ。

気合を入れて席につき、ペンを手に資料をめくる。

「では、講義を続けます。〝植物幹細胞〟、豚や羊などの〝動物幹細胞〟、人間の〝ヒト幹細胞〟。この三種類の中で、リンゴ由来の植物幹細胞を培養して得たエキスを配合させたのが、マルムのスキンケア商品。しかも、ただのリンゴではありません」

そこで一旦止めてから、光流は声を大きくした。

「収穫後四ヵ月経《た》っても腐らないリンゴとして名高く、世界に二十本しか樹《き》が存在しないスイスのリンゴ種〝ウトビラー・スパトラウバー〟。その改良種で、日本では〝ミラクルリンゴ〟と呼ばれる特別なリンゴの幹細胞エキス入りが、マルムの特徴です」

話の内容よりも、ウトビラー・スパトラウバーという自分なら絶対に噛《か》みそうなネーミングを、滑らかに言ってのけたことに感心してしまった。

「このミラクルリンゴの幹細胞には、傷ついた細胞を自己再生する特性と、腐らない要因である強力な抗酸化作用があるため、エキスには人間の肌細胞をも活性化させる効果があるとされています。皮膚の保湿効果にも優れ、肌のターンオーバーを促すので、シミ、シワ、くすみ、吹き出物、乾燥、全ての肌トラブルに対応し、アンチエイジングにも最適。これが商品の最重要ポイントです。資料で配合成分を理解して、科学的な説明もできるようにしてください」

「営業主任、質問してもいいですか?」

七星は手をあげた。ここは名誉挽回でやる気を見せておきたい。

「どうぞ」

「そのミラクルリンゴの樹もスイスにあるんでしょうか?」

「日本で一本だけ極秘施設で栽培されています。うちの専務がスイスの知人から、特別に苗を分けていただいたんです。ミラクルリンゴの樹はマルムの命ともいえる希少なもの。取締役《とりしまりやく》の幹部以外は、その樹がどこで栽培されているのか知らされていません」

「なるほど。では、スキンケア商品は日本で生産されてるんですか?」

「そうです。極秘施設で栽培されたミラクルリンゴは、幹部によって横浜の下請けファクトリーに届けられ、幹細胞エキス入りの商品が受託生産されます。厚生労働省の認可も受けている、我が社だけのオリジナル商品です。社名のマルムとは、ラテン語でリンゴを意味する言葉。我が社は、一般的なリンゴにはないミラクルリンゴの効能で、美を提供しているんです」

語り口は熱いが無表情のまま、光流が答え終えた。

資料の写真で見たそのリンゴの樹は、真っ赤で小ぶりな実が連なった大樹。四ヵ月どころか一年も腐らない、マルムだけが有するミラクルリンゴとの触れ込みだった。

幹部しか知らない極秘施設のリンゴか。神秘的だけど、胡散臭《うさんくさ》い感じもしないではないな。

……まさかだけど、その秘密を優姫が知って、どこかに監禁されてる、なんてことはないよね？　いや、この発想は突飛すぎるか……。

考え込みそうになった七星の目前で、光流は流暢《りゅうちょう》に話し続けている。

「スキンケア商品をセット購入されたお客様には、お好きなエステコースを格安でご利用できる特典をおつけするのも、マルムならではのシステム。皆さんには研修中に、フェイシャルとボディケア、痩身《そうしん》のエステを、二階にあるザ・マルム青山本店で体験してもらいます。スキンケア商品セットは社割で購入できますから、効果を実感してセールスに生かしてください」

「え？　自分で買うんですか？」

隣の新人が面食らっている。

「当然でしょう。自分で買って使っていいものだと知るからこそ、お客様にも自信を持ってお勧めできるんです。この会社の女性で購入していない者はいませんよ。アパレル店員だって、買った自社商品をコーデして着こなしてるでしょ。商品アピールのために。あなたまさか、別会社のスキンケア商品を使うつもり？」

冷淡な口調で言われて、新人は黙り込む。元トップ営業部員だったという光流のトークスキルに、太刀打ちできるわけがない。七星も納得せざるを得なかった。

「あなた方はマルムのモデルでもあるの。その美肌とスタイルをキープするのも仕事なのだと肝に銘じておいて。商品を一括で買えない場合はローンも組めるから、総務部で手続きしてください。それでは次に、セールスにおけるお客様へのヒアリングやご提案、契約締結のクロージングについてレクチャーします」

一週間に及んだ研修で、七星はマルムの仕事内容について、光流からみっしりと仕込まれた。

〝メイク落とし、洗顔料、化粧水、乳液、美容液、パック〟をセット売りするスキンケア商品や、最低八回からのコース契約が基本のエステティックについて。肌や人体の構造、契約内容やトラブル防止、クレーム対応について。中でも光流が力を入れたのは、新人同士が営業担当と新規客を演じ、セールストークを実践する練習〝ロールプレイング〟だった。

『こちら、お客様の肌診断の結果です』『この頬にある黒い影はなんですか？』『表皮の奥にあるシミや肝斑のもととなります。ご覧になっていかがですか？』『ショックです』『ですよね。今ならケアで防げる可能性が高いんですよ。せっかくの機会なので、一緒に美肌を目指しませんか？』など、肌トラブルのパターンを変えて何度も繰り返すのである。

「思ってたよりヘビーな研修だったな。特に、ほかの人の前でやるロールプレイングがきつかった。みんな、営業主任の厳しい研修に耐えてきたんだね」

七星の部屋には、同じ階の歩夢、景子、友海が集まっていた。すっかり恒例となった夜の飲み会だ。ソファーベッド脇のテーブルが小さすぎるため、四人はビニールシートを敷いた床にクッションを置いて座り、コンビニで買った缶ビールや缶サワーを飲んでいる。シートの上には総菜のパックやスナックの袋がひしめき、野外で宴会をしている気分だった。

「光流さんは当たりがキツイよね。客や上司の前では丁重だけど、後輩の育成にはホント厳しい。その分、売り上げが伸びるサビプラも多いんだ。現役の頃は営業成績がずば抜けてて勤務態度も良かったから、幹部たちに一目置かれて主任になったんだって」

一番の古株である歩夢が説明する。彼女は元々、営業部員として新宿《しんじゅく》店にいたのだが、仕事の合間に簿記三級の資格を取り、半年ほど前から総務部の経理課に異動したらしい。

「でも、ミラクルリンゴが栽培されてる施設は、営業主任もどこにあるか知らないみたい。幹部だけの秘密だなんて、ちょっと仰々しいなと思っちゃった」

「それは本当に企業秘密なんだろうね。知ってるのは、社長、副社長、専務くらいなんじゃないかな。部長クラス以下は知らされてないと思う。だから主任の光流さんは論外ってわけ」

「そういえば主任ってさ」

七星と歩夢の会話に、景子が入ってきた。

「クールで名字が氷室でしょ。陰で〝氷の女王〟って呼ばれてるんやって。ピッタリなあだ名よね。うちもこれからそう呼ぶわ」

「じゃあ、友海もそうする。あのね、噂《うわさ》で聞いたんだけど、氷の女王ってお姉さんとふたり暮らししてるらしいよ。ちょっとワケありの、腹違いで歳の離れたお姉さん」

「ワケありって？」

首を傾げた七星に、友海がしたり顔をする。

「精神的に不安定で、ずっと心療内科に通ってるみたい。アラフォーなのに独身のニートなんだって。女王はお姉さんの分も頑張ってるんだよ。それで心が冷たくなったんじゃないかな」

「なんか納得やわー。氷と雪の部屋に住んでたりしてな」

「あり得る。女王って獅子座《しし》なんだって。獅子座は逆境に強い人が多いんだ。だから、氷も雪も寒くなかったりしてね」

ふたりの光流を見下しているかのような薄ら笑いに、少しだけ不快感を覚えてしまった。

「まあでも、七星が青山本店になってよかったね。川崎《かわさき》店とか遠い店舗もあるから」

歩夢がさり気なく話題を変える。社内の事情通である歩夢だが、社員のゴシップまがいの話題にはあまり興味を示さない。

「うん。一緒に研修したふたりは、横浜《よこはま》店と町田《まちだ》店になった。通いやすい本店でよかったよ」

「うちと同じやね。本店は営業の猛者《もさ》が多いから気張ってこな」

関西なまりの親しみやすい話し方と、押しの強い営業トークで、景子はすでに本店の売り上げ上位にいるようだった。

「成績を上げれば社長賞がもらえる。実はな、うちも賞を狙いたいんよ」

景子が言う社長賞とは、マルムの創業者である代表取締役社長の桜井大輔《さくらいだいすけ》が、自ら優秀な営業部員を労《ねぎら》う褒賞だ。月に一度、大会議室に全店舗のサービスプランナーを集め、表彰状と賞金を贈呈するのだという。売り上げだけではなく就業態度や顧客の評判も審査されるので、社長賞を取ると全社員から一目置かれるようになるらしい。

「うち、ネットで桜井社長のインタビュー読んだことあるんやけど、『会社の肝は営業』って持論があるみたい。それで、サビプラたちにだけ特別な賞を設けてるんよね。まあ、歩合がないと薄給な仕事やから、ニンジンぶらさげて走らせるのが目的かもやけど。でもさ、社長ってかなりのイケオジで独身やん？　うちな、ちょっと気になるんよ」

「わかるー。代々続く名家の子孫で、父親は政治家の独身ベンチャー社長。まるで、ネットの恋愛リアリティショーで女子たちが奪い合う男みたい。スペックもルックスも」

「それな。バラの花束と黒いリムジンが似合いそう」

「あと、キンキラのシャンパンがあれば完璧だね」

無邪気にはしゃぎ合う景子と友海。歩夢は黙ってビールを飲んでいる。

景子が言うネットの記事は、七星も目を通していた。プロフィールも頭に入れてある。

桜井大輔、四十歳。厚生労働大臣などを経て現在は文部科学大臣を務める父親を持ち、名門私立の京東《けいとう》幼稚舎からエスカレーター式で京東大学経済学部を卒業。学友たちとＩＴ系のベンチャー企業を立ち上げたのちにミラクルリンゴと出会い、十年前にマルムを創業。趣味は美術品の収集。品川《しながわ》のタワーマンションでひとり暮らし中。

華麗なる経歴。あまりにも住む世界が違うため、興味の湧くスペースすらない。

研修五日目の夜に一度だけ、光流に八階の社長室へ案内された。他の新人たちと共に挨拶に行ったのだ。その広々とした部屋は青山の夜景をバックにした、美術品のコレクションルームのようになっていた。

壁一面に有名絵画がいくつも飾られ、展示用の大きなガラス棚には、高価そうな壺《つぼ》や器が所せましと置かれている。ガラス棚の一番下の段には、七星も知っているカナダのメイプルリーフ金貨など、各国の金貨が年代別にずらりと並び、眩《まばゆ》い黄金の輝きを放っていた。

「社長、新しく入ったサービスプランナーたちです」

光流から重厚なデスクに座る桜井に紹介され、ぎこちなく一礼した七星たちを、桜井は全身を見定めるようにまじまじと眺めた。

「この会社で一番の花形は営業だ。君たちに期待してるよ」

薄く微笑んだ彼は、長身で細身の身体を仕立ての良さそうなスーツで包んだ、目鼻立ちのはっきりとした若々しい男性。リンゴを模った金色のネクタイピンは、おそらく純金製だろう。

確かに、景子や友海が話したがるのも頷《うなず》ける見栄えのいい中年男性ではあったが、七星の第一印象は決して良いものではなかった。

――この人、眼《め》が笑ってない。まるで商品を値踏みするような視線だ。蛇のようにねちっこく光る眼でわたしたちを見てる。なんだか気味が悪いな……。

「――ねえ、七星ちゃんも社長に挨拶したの？」

友海に問われ、軽く首を縦に振る。

「すごい社長室だった。部屋が美術品だらけ。あの絵画って、まさか本物じゃないよね？」

前から知りたかった疑問に、経理課の歩夢が即答した。

「絵画はレプリカだけど、棚の美術品と一オンス金貨は本物だよ。部屋に防犯カメラがあって、棚を無理に開けようとしたら警備員に連絡がいくようになってる。ちなみに社長の私物じゃなくて、会社の資産だけどね」

「さすが詳しい。マルムってすごい資産があるんだね。ざっと見ただけだけど、金貨なんて百個以上あったんじゃないかな。眩しくて目がくらみそうだった」

純粋に感想を述べた七星だが、歩夢は苦々しく眉をひそめている。

「これ見よがしで悪趣味だよ。みんなに自慢したいから社長室にコレクションしてあるんだろうし。あの部屋に行くと気分が悪くなる」

経理という仕事上、社長室のカードキーとデスク脇にある帳簿管理棚のキーを持っている歩夢は、部屋の掃除や観葉植物の水やりを、上司から命じられることがあるという。社長秘書の男性が多忙なため、総務部で最年少の歩夢が雑用を押しつけられているようだ。

「歩夢っちってば、桜井社長とお近づきになれるチャンスありありなのに、もったいないなあ。うちな、社長室に呼ばれてふたりで話したことがあるんよ。『仕事はどうだ？』って訊いてくれて、『何かあったら相談に乗るから、遠慮しないで言いなさい』って言ってくれた。偉い立場なのに親身になってくれるとこ、めっちゃええよな」

「友海も呼ばれてお話しした。社長はホント優しいよね。『キツい仕事かもしれないけど、君には期待してるよ』なんて言ってくれて。この人のためにも頑張る！　って思っちゃった」

景子も友海も、頬を上気させている。

「社長はサビプラたちに目をかけて、特別扱いしてるから。そのうち七星も呼ばれると思うよ」

歩夢から言われても、嬉しいとは思わなかった。蛇のようだった社長の眼が浮かび、あまり関わりたくないと思ってしまう。

「あー、歩夢っちの代わりに社長室の掃除がしたい。それで玉《たま》の輿《こし》狙うかも……なんてなー」

「景子ちゃん、目がマジになってるよ」

「あれ、獲物を見る女豹《めひょう》の目になってた? ちょっと酔ってきたかもな」

友海に言いながら、景子は三缶目となるレモンサワーを開けている。

何度目かの飲み会で気づいたのだが、景子は缶の飲み物を少しだけ残し、新しい缶を開ける癖があった。皆が帰ったあとで七星が片づけたとき、残っていたサワーが床にこぼれてしまったこともある。掃除が大変だしもったいないから、飲むなら全部飲み干してもらいたい。

それから、友海はピザの耳を必ず残す。今も取り皿に二切れの耳が置いてある。せこいことは考えたくないのだけれど、どうしても気になってしまう。母と団地で冷凍ピザを食べていた頃は、耳を残すという発想すらなかった。なぜ食べられるところを残してしまうのだろう。

……とは思いながらも、面と向かって言うと角が立ちそうなので、黙って見ているしかない。景子も友海も生活習慣が多少異なるだけで、面倒見がよく話すと楽しい同僚なのだから。

「でもさ、景子ちゃんの気持ちはわかるよ。手っ取り早く玉の輿を狙えたらいいよね。友海もお金持ちをゲットして悠々自適に暮らしたい。実家は売りに出されて帰れないしさ」

長いため息を漏らす友海。彼女の父親は北海道で海産物の加工工場を経営していたのだが、経営難で倒産の憂き目に遭い、両親と友海は一家離散状態になってしまったという。

「――ここのサビプラになったのは、歩合給で一発逆転が狙えるかもしれないと思ったから。景子ちゃんもそうでしょ？」

「まあ、そやね。実は、神戸《こうべ》でキャバ嬢のバイトしたこともあるんやけど、水商売で成り上がるより、営業のほうが性に合いそうな気がしたんよ。うち、お堅い公務員の両親と仲が悪いからさ、実家には二度と帰りたくない。うんと金持ちになって親を見返してやりたいよ」

「あたしも、もう青森には戻らないつもり」

珍しく、歩夢が個人的な話を始めた。

「実家が小さい農家なんだけど、弟と妹が四人もいて、物心ついたときから極貧生活だったんだ。欲しいものがあっても我慢するしかなかった。あんな生活はもう嫌。それで、高卒で上京してアパレル店員になって、マルムに転職したの。今は経理だけど社宅にいるから貯金できるし、実家に仕送りもできるようになったから、この生活はもうしばらく続けたいかな」

歩夢の告白を聞いて、「わたしも超貧乏だったんだよ！」と共感を示したくなったが、「歩夢っちも田舎で苦労したんやな」と景子が相槌《あいづち》を打ったのでタイミングを逸してしまった。

「まあね。東京の冬は天国だよ。青森みたいに雪かきしないで済むし」

「わかる。友海も北海道から出てきてよかったよ。少しでも稼いで早くいい人と結婚したい。家族で暮らす家が欲しいんだ」

「そっか。サビプラは高給が狙えるから、友海も景子も早く楽になれるといいね」

それぞれの事情を語る地方出身の三人。七星も山梨出身だけれど、今は帰る一軒家があるし親との仲も良好だ。この話題に参加するのは心苦しいので、聞き役に徹することにした。

「でもさ、歩夢ちゃんキレイだし彼氏もいるんでしょ。意外と早く結婚しちゃったりしてー」

友海の冷やかしに歩夢が苦笑する。

「彼氏じゃなくて男友だち。フリーのフィギュア・クリエーターであたしの苦手なデジタル系に強いから、一緒にいると面白いんだ」

「はい出ました、モテ女の男友だち発言。あんな、何度も言ってるけど、相手は歩夢っちのこと単なる友だちなんて思ってへんよ。男女の友情関係は、どっちかが想《おも》いを秘めてるから続いてるように見えるだけ。これ、うちの持論ね」

「んなことないって。意義あり！」

「却下。彼の気持ちに応えてやらんと」

「友海も陪審員として、裁判長の意見に賛成しまーす」

三人の雑談に笑いながらも、七星は優姫のことを考え始めていた。

依然として連絡は取れない。母からの報告もないし、知人には当たり尽くした。優姫に何が起きたのか探る取っかかりは、彼女とドライブをしたはずの会社関係者だけだった。「私と釣り合うような相手ではない」との発言から察するに、かなりのハイスペック男か立場が上の人だろう。社長の桜井だって容疑者のひとりだ。

研修中に本社の各部署を見学させてもらったときも、デスクにいるどの男性も怪しく見えて仕方がなかった。だけど、どうやって調べたらいいのか皆目見当がつかない。せめて男性たちと個人的に話ができたら、優姫の名前を告げて反応を窺《うかが》えるのに。

業を煮やした七星は、研修を終えてから光流に訊いてみた。

「前に白里優姫って人がいたと思うんですけど、なんで急に辞めたのかご存じですか?」

すると、「ああ、白里さんね。すぐ辞めた社員なんて興味ないし知りません。あなた、白里さんの知り合い?」と、逆に問い返されてしまった。それでもめげずに、「地元の友だちなんですけど、連絡が取れなくて心配なんです」と訴えてみたが、「それがうちの会社と関係あるの?」と真顔で尋ねられ、「関係があるかは、まだわかりません」と答えるしかなかった。

「白里さんのことは、黙って社宅を出たとしか聞いていません。でも、これだけは言っておきます。営業は甘くない。生半可な気持ちで入った人は、すぐに音を上げて辞めていくの。入れ替わりが激しい仕事だから、あなたも覚悟しておきなさい」

笑顔ひとつ見せずに、光流は去っていった。

――入れ替わりが激しいってことは、優姫以外にも会社を辞めて失踪した人がいたりして?

そんな疑惑も湧いてきたが、確かめる手段は今のところ何もなかった。それに、せっかく入社できたのに、上司の光流から目をつけられるのは得策ではない。まずは仕事に精を出して、自然な形で手がかりを探ろうと決めたのだった。

「――七星、また考え事してる。優姫ちゃんとは連絡が取れないままなの?」

歩夢から声をかけられ、うん、と大きく頷く。

「あのさ、ネットの記事で見たんだけど、急に連絡を絶って行方知れずになる人、いま多いらしいよ。何かが原因で、急に人間関係を切りたくなるんだって。だから、〝人間関係リセット症候群〟って言われてるみたい。優姫ちゃんもそうなのかもしれないよ」

歩夢は慰めてくれたのだろう。もちろん、その可能性もあるのだが……。

「ありがとう。でも、そのうち元気な便りがあるって、わたしは信じてる」

「そういえばさ、この部屋で優姫ちゃんとゴハンしたとき、地元の名物作ってくれたんよ。めっちゃ太いうどんを、いろんな野菜や鶏肉《とりにく》と煮込んだ味噌《みそ》鍋。……なんて名前やったっけ？」

「ほうとう、じゃないかな」

七星が即答すると、景子は「それや。美味《おい》しかったな」と目尻を下げた。「うん。またみんなで食べたいね」と友海が同意し、歩夢も「食べられるよ、今度は五人で」と言ってくれた。

三人の心遣いに、体内がじわりと温まってきた。

「なんかやる気になってきたよ。いよいよ明日から現場だ。頑張って契約取らないとね」

「そんな七星に、改めて乾杯！」

景子のかけ声で、四人は缶を軽くつき合わせた。

「ねえ、景子。そのレモンサワー、ちゃんと全部飲みなよ」

——びっくりした。歩夢がこのタイミングで景子に注意するとは、思いも寄らなかった。

「え？　飲んでるつもりやったけど……」

「いつも少し残して次を開けちゃうんだよ。あたしの実家だったら、もったいないから誰かが残りを飲んでるよ。それから友海。うちはピザだって絶対残さなかったんだからね」

あくまでも笑顔の歩夢に、景子は「ごめーん、気をつけるわ」と並べていた缶を赤い爪の指で揺らし、「ほんまや」と中を飲み干した。友海も「ピザの耳、残してた」と舌を出している。

「まあ、習慣になってるからしょうがないとは思うけど、食べ物と飲み物はなるべく大事にしてほしいな。これ、農家の娘からのお願い。なんてね」

おどける歩夢のエクボを見ながら、七星は胸の高まりを抑えるのに必死だった。自分が言い出せなかったことを、臆面もなく角を立てずに伝えてくれたからだ。

歩夢とはもっと深い話がしてみたい、自分の過去も打ち明けてみたいと、強く思った。


〈優姫、元気ですか？　スマホの電源は入らないし、メッセージも既読にならないままだけど、いつもの定期報告だけは入れておきますね。

マルムに入社して、早くもひと月が経とうとしてます。社宅の暮らしにもだいぶ慣れてきました。

こっちはなんでもあって人も多くてすごいよ。わたしも早く都会に慣れないとね。

なんと昨日、青山本店で初めて契約が取れました。自分のトークで契約してもらえるのって、嬉しいもんだね。これで試用期間も気持ちよく終えられそう。

知ってると思うけど、わたしの営業相手はサロン周辺での美容アンケートや、ネット広告の格安エステ体験で訪れた女性たち。あと、顧客から取った新契約も、自分の売り上げになるんだね。

ゲスト専用のエスカレーターがあるサロンは、高級志向で清潔感があって（清掃や洗濯もわたしの仕事だけど）、アロマオイルの香りが心地いい。看護師みたいなペールピンクの制服も可愛いし、社割で買ったスキンケア商品は肌に合うし、体験エステも丁寧で癒《いや》されたよ。

ちなみに初契約の相手は、二十二歳の事務員さん。実は、経理の歩夢ちゃんが営業だった頃に担当した人なの。そのときは学生だったからローンが組めなかったんだけど、勤め始めたからまた来てくれて、スキンケアセットと痩身コースを契約してくれた。すごくいい人で、歩夢ちゃんも交えて食事する約束もしてしまいました。

それからね、今月末に初めて社長賞の表彰式に参加するんだ。どんな感じなんだろう。優姫も参加したことあるはずだよね？

……ねえ、今どこにいるの？　ベトナム？　マルムで何かあったの？

会えなくなって本当に寂しいです。どうしているのか心配でたまりません。

これを見たら連絡をください。どうかどうかお願いします〉

「それでは、社長賞の表彰式を執り行いたいと思います」

黒いパンツスーツ姿で司会進行を務める営業主任の光流が、スタンドマイクの前で声を張り上げた。きちんとメイクをした光流はスタイル抜群で、宝塚《たからづか》の男役のようだ。

小ホールのような八階の大会議室には、各店舗の総勢六十二名のサービスプランナーが勢揃いしていた。全員がまだ若く、ペールピンクの制服姿で姿勢よく椅子に座っている。スタンドマイクの横には、社長の桜井と副社長、専務、さらに数名の側近たちが腰かけていた。

「今月も売り上げ上位のサービスプランナーの中から、お客様のアンケートや各店舗の店長による評価を加えて採点し、最高点を獲得した方に社長賞を授与いたします」

単純に売り上げで評価されるのではないため、受賞者の予想が難しい。誰もが息を押し殺して光流を凝視している。

「発表します。今月の社長賞は、自由が丘店の広瀬美園《ひろせみその》さんに決定しました」

一斉に拍手が沸き起こり「広瀬さん、こちらにお越しください」とのアナウンスで、ひとりの女性が歓喜の表情で進み出る。七星と同世代の清楚《せいそ》な雰囲気の女性だ。

「では、桜井大輔代表取締役社長から表彰状の授与です。桜井社長、お願いいたします」

洒落たチャコールグレーのスーツを着た桜井が、スタンドマイクに歩み寄る。

「えー、今月も社長賞を差し上げることができて、大変嬉しく思っています。広瀬さんは、飛躍的な売り上げを記録しました。お客様からの評判も抜きん出ています。マルムに相応《ふさわ》しい優美さと実力を兼ね備えていることを、どうかご自身で誇ってください。その優秀な成績を賞して、表彰状と褒賞金を贈呈します」

表彰状と目録が桜井から手渡され、感極まった広瀬がスピーチをしている。

「……褒賞金って、いくらなんやろな?」

隣に座る景子が七星にささやく。

「どうなんだろう。気にはなるよね」

「なるよ。うちも社長賞がほしい。社長から労ってもらいたい。もう喉から手が出そう」

景子は、心底うらやましそうに受賞者を眺めている。他人との競争にさほど興味がない七星は、あんなに堂々とスピーチするなんて自分には無理かもしれない、とぼんやり考えていた。

話を終えた広瀬が席に戻り、再び桜井がマイクの前に立った。

「サービスプランナーの皆さん。いつも申してますが、我が社の花形は営業です。結果さえ出せば確実にマネーが手に入ります。学歴や年齢は一切関係ない。必要なのは熱意と努力、それと愛社精神のみ。この中には月百万円以上を稼ぐ人もいらっしゃいます。皆さんは、マルムの一員として一攫千金《いっかくせんきん》のチャンスを手に入れた幸運な方々なんです。これからもミラクルリンゴの力で女性たちを美しくしながら、ご自身も美しく輝いてください」

一斉に拍手が沸き起こる。七星も強く手を叩《たた》いた。金銭欲を煽《あお》られているのはわかっていたが、周囲の熱が伝導して気分が高まってくる。

「続いて、秋元勇作《あきもとゆうさく》取締役副社長より、ひと言いただきたいと思います」

メモ用紙を手にぬっと立ち上がったのは、薄く青色がかったメガネをかけた、長身でがっしりとした体格の男性だった。

目つきが鋭く口ひげを生やし、近寄りがたい雰囲気を持つダークスーツ姿のこの人が、桜井社長と同じ大学出身で、彼の右腕とされている副社長の秋元。歳は桜井と同じ四十歳と聞いているが、高圧的な態度のせいなのか、桜井よりもずっと年上に見える。

「皆さん、日々の業務お疲れ様です。先ほど社長からもありましたが、我が社の屋台骨を支えているのは、サービスプランナーの皆さんです。皆さんの努力次第で売り上げは大きく変わります。はっきり言わせてもらいますが、本年度の売り上げは前年同月を下回っています」

冷水を浴びせられたように、室内が静まり返った。

「本年度の目標を達成するには、皆さんのたゆまぬ努力が必要です。叱咤激励《しったげきれい》の意味を込めて、今月の営業成績が芳しくなかった方々の名前をあげさせてもらいますので、呼ばれた方は挙手をお願いします。まずは……新宿店の竹中香織《たけなかかおり》さん。――竹中香織さん、いませんか？」

「はい……」と、消え入りそうな声で弱々しく手があがる。

「よろしい、手を下げてください。それから、銀座《ぎんざ》店の島原涼子《しまばらりょうこ》さん」

「申し訳ございません」

またひとり、謝りながら挙手している。

その後も次々と名前が呼ばれ、手があがっていく。まるで、ひとりずつ公開処刑にされているようで、背筋が氷を押しつけられたごとく寒くなってくる。

「――以上の方々は、先月よりも営業成績が著しく下がっています。今後も成績不振の方は名前を呼ばせてもらいますので、気を引き締めて仕事に邁進してください。よろしいですね？」

メガネの奥から睨むように見回され、全員が「はい」と声を合わせる。

七星も戦々恐々としながら小声を発した。そうしないと、「そこの君、返事は？」と指を差されそうな気がしたからだ。

「では、来月の奮起に期待しています。私からは以上です」

ようやく秋元による処刑タイムが終わった。固くなっていた身体が弛緩《しかん》していく。

続いて、取締役専務の美空聖子《みそらせいこ》がマイクの前に立つ。

その途端、暗黒だった世界に神々しい光が差したような錯覚すら感じた。

ヘアサロンから直行してきたかのように艶やかなウェーブヘア。グッチのロゴが入った紺のスーツを颯爽《さっそう》と着こなし、メイクも完璧に施した美空は、三十九歳の女性幹部だ。大学卒業後に大手化粧品メーカーへ就職したのちに、スイスの知人からミラクルリンゴの苗を入手し退社。その後、桜井や秋元と共にマルムを立ち上げた創設メンバーである。

「副社長からは厳しいお言葉をいただきましたが、私たちはいつも皆さんの努力を見てるんですよ。何事にもバイオリズムがありますから、山と谷があるのは当たり前。先ほどお名前を呼ばれてしまった方は、次こそ高い山の上で大きな花を咲かせてください。大丈夫。本気の努力と熱意は皆さんを裏切りません。すぐ裏切る恋人とは違うのよ」

ジョークを挟み柔和に微笑む美空。誰もが憧れるに違いない、有能だと評判の女性専務。

七星も他の社員たちも、いつの間にか口元が緩まっている。

「マルムが誇るミラクルリンゴ幹細胞エキスの効果は、皆さんが一番理解しているはずです。自信を持ってお客様にお勧めしてくださいね。世の女性たちをもっと美しく、もっと元気にする。それが、我が社の果たすべき使命なのですから」

拍手に包まれながら、美空がマイクを離れていく。フェラガモのヒールの高い靴を履いているのに、ファッションモデルのような歩き方で見惚《みと》れそうになる。

「美空専務、ありがとうございました。それでは皆さん、来月の社長賞に向けて業務に励んでください。それから、もうご存じかと思いますが、来週土曜日の夜六時から、渋谷のホテルでマルムの十周年記念パーティーが開催されます。ドレスコードがありますので、皆さんも我が社の花形に相応しい装いで参加してください」

光流のパーティー告知で、表彰式が閉会した。

甘い夢を見せようとする桜井、理詰めで追い込む秋元、優しく鼓舞する美空。それぞれの個性が垣間見《かいまみ》える幹部三人の言葉が、七星の心に強く残った。

会議室から出る前に、優姫が勤めていた渋谷店の社員たちに挨拶し、彼女が辞めた理由を知らないか尋ねてみたけれど、有益な情報は得られなかった。

「サビプラは入れ替わりが激しいから、すぐ辞めた人のことはわからない」

判で押したかのように、誰もが同じフレーズを口にする。途中で光流が鋭く見ていることに気づき、箝口令《かんこうれい》が敷かれているのかと勘ぐってもみたが、そこまでは確かめられなかった。

ただ、本当にすぐ辞めて、すぐ忘れ去られる人が多いのは事実のようだ。それが対面営業という仕事なのだと、七星は認識を新たにした。

翌日の午後。制服姿の七星は景子と共に、表参道の一角で往来の女性に声をかけていた。

「ただ今、美容に関するアンケートを行ってます。化粧水のサンプルを差し上げますので、ご協力をお願いできませんか？」

祝日の表参道は買い物客が多く、人でごった返している。だが、足を止めてくれる女性はなかなか現れない。誰もが足早に通り過ぎていく。

表参道は元々、明治神宮《めいじじんぐう》に参拝する道として整備されたそうだ。それが今では、ランドマークである表参道ヒルズの周辺に、シャネル、ルイ・ヴィトン、グッチ、ディオールなど、海外ハイブランドの路面店がずらりと建ち並ぶ、ハイソサエティな大通りと化している。

この辺りから明治神宮へ真っすぐ進み、ラフォーレ原宿《はらじゅく》のある交差点を右に曲がると、左手に日本のクレープ発祥の地として有名な竹下《たけした》通りが現れる。そこでは年齢層がぐっと若くなり、ファッションも落ち着いたアーバン系から、個性的なモード系へと変化していく。

青山・原宿は、最新トレンドと古き良き日本文化が入り混じる、面白いエリアだなといつも思う。それなのに……。

「あーもう、うちアンケートが一番キライ。これってキャッチセールスやん」

景子が餌を頬張ったリスのように、大きく頬を膨らませている。

体験エステの予約客が少ない日は、こうして路上アンケートに出なければならないのだ。

「同感。真夏と真冬がコワイよね」

「なー。こんなブランドだらけのオシャなとこで、立ちっぱなしなんて辛すぎるんよ」

他のサービスプランナーたちは、少し離れた道端でアンケートを行っている。応じてくれる女性がいたらザ・マルム青山本店へ誘導し、専用の診断機で肌のダメージを指摘。ロールプレイングでやり込んだように、スキンケア商品を勧めていくのである。

「美空専務がうらやましいよ。高級ブランドの服で優雅に仕事する美人幹部。知ってた？　専務って五歳の息子さんがいるんやて」

「そうなの？」

かなり意外だった。生活臭が全くしない美空と、子育てがまるで結びつかない。

「うん。先輩たちから聞いた。都内の高級マンションで暮らす未婚のシングルマザー。仕事中はベビーシッターに任せてるみたい。高給取りやから楽勝なんやろな、きっと」

「ふーん。美空専務、かっこいいよね。ちょっと憧れちゃう」

「なー。そうだ、うちな、また社長室に呼ばれちゃったんよ。『君は成績優秀だね。僕が見込んだ通りだ』って、めっちゃ褒めてくれた。嬉しかったなあ。友海も呼ばれて社長から励まされたみたい。七星は？　社長に呼ばれた？」

「ううん、呼ばれたことない」

「そっか。うちらのほうが早く入社したからかもな。七星もきっと呼ばれるよ。社長って、本当に素敵な人なんよ。見た目も中身も。まだ独身なのが不思議やわ……」

うっとりしたような表情で景子が言う。桜井にかなり心酔しているようだ。

七星も少しだけ興味を引かれた。あの蛇のような眼をする桜井がどれほど素晴らしい人物なのか、もし話す機会が訪れるのなら確かめてみたい。

「社長といえば、もうすぐ十周年パーティーだね。景子ちゃんはどんな格好で行くの？」

「うちはレンタルしようかな。渋谷にパーティー服のレンタル店があるって歩夢っちが言ってた。ドレスとかアクセ、バッグや靴なんかも、トータルコーデで安く借りられるんやて」

「そうなんだ。ドレスなんて着たこともないから、わたしもそこで選ぼうかな」

「じゃあ、友海も誘って歩夢っちに連れてってもらおう。貴重な男性社員との出会いの場でもあるんやから、目一杯気張らんと。なんてな」

景子の言葉でハッとした。

そうだ、パーティーは男性たちと話せる絶好の機会なんだ。優姫と接点があった人を、そこで見つけられるかもしれない。

「――すみません。ただ今、美容アンケートを行ってます。ハーブティーをお出ししますので、休憩も兼ねていかがですか？　化粧品サンプルも差し上げますよ」

七星は張り切り出した。目標があると俄然《がぜん》燃えてくる。

その熱意が伝わったのか、ふたり組の女性をサロンへ連れていくことができた。

アイボリーとゴールドが基調の、宮殿風の店内。艶やかな大理石の床、アンティークの壺やランプなどの装飾品、ロココ調のインテリアは、ゲストたちをプリンセス気分にさせる。

七星は個室のカウンセリングルームで、ふたりに丁寧なアプローチを行った。片方がフェイシャルに興味を示したため、格安体験を同時に受けてもらう。

――施術後、彼女たちは七星の熱心なセールストークで、スキンケア商品セットとフェイシャルの十二回コースを購入。ローン契約を取り交わした。

「本日はありがとうございました。わたしたちと一緒に美肌を目指しましょうね」

サロンのエントランスで見送りながら、七星はしみじみと考えていた。

営業に必要なのは努力と熱意。確かにそうなのかもしれない。わたしも社長賞が狙えるくらい頑張ってみようかな。お金が欲しいのも否めないけれど、成績を上げて会社の中心部に潜り込めたら、優姫の退社理由と行方をもっと深く探れるかもしれない。いや、それは焦りすぎか。まずは、来週のパーティーが勝負だ。

七星にとって〝優姫と再会する未来〟が、仕事へのさらなる原動力となっていた。

2

十周年記念パーティーは、渋谷の〝グランドタワーホテル〟で盛大に開催された。

三十階建てのハイクラスな高層ホテル。天井が驚くほど高い二階の大宴会場は、フォーマルな装いの人々で溢《あふ》れかえりそうになっている。

——こんな晴れやかな場所に来るの、生まれて初めてだ……。

甲州育ちの七星にとっては、目に映る何もかもが新鮮な刺激に満ちていた。

会場正面には『株式会社マルム　十周年記念祝賀会』の幕が張られ、巨大モニターではマルムの赤いロゴと共に、美人モデルがリンゴに口づけする映像がループしている。

名立たる大企業や著名人の祝い花で華やぐ受付をはじめ、点在する白いクロスの丸テーブルなど、会場の至るところにリンゴがモチーフのオブジェが飾られている。マルムがミラクルリンゴで飛躍した会社だと、声高にアピールしているようだ。

「——ただ今より、株式会社マルム十周年記念の祝賀会を開宴いたします」

司会を務めるのは、テレビ番組で活躍する有名アナウンサー。招かれたのは主な社員や取引相手、大口株主やＶＩＰ客、美容・医療業界やマスコミ関係者。舞台上には社長の桜井を筆頭に来賓が次々と登壇し、十周年の感謝や祝いのスピーチが続いている。

なんと、桜井の父親である文部科学大臣まで挨拶に訪れ、取り巻きたちに囲まれていた。その周囲をプロカメラマンが行き来し、しきりにストロボを光らせている。

合間にミラクルリンゴの幹細胞エキスを使用した新商品や、最新美容器具の説明も行うＰＲも兼ねたパーティーなので、歴代の広告モデルやアンバサダーを務めた女性タレントたちもゲスト参加している。知名度はそれほど高くないが、みんな驚くほど顔が小さくて腰が細い。

——すごい、芸能人だらけ。可愛い。写真撮りたい。っていうか、場違い感で震えそう。

興奮で七星の顔は火照り、緊張で身体は硬直していた。すぐ目の前で繰り広げられている、夢のごとく絢爛豪華な光景に圧倒されてしまい、その場から一歩も動けない。

景子たちが選んでくれた、フォーマル専門ブランドの青いシースルーボレロ付きワンピースが、ジャストサイズなのが恨めしい。胃の辺りが布に圧迫されて、キリキリと痛み始めている。首に巻いた白いレースのチョーカーにも、喉元を締めつけられているような気がしてくる。

「七星、カチカチになってるよ。ワンピもカチューシャも似合ってるのに、もったいない。カクテルでも飲んでリラックスすれば？」

深緑のパンツスーツに長い黒髪をさらりと垂らした歩夢が、ウエイターのトレイからグラスを取って渡してくれた。スパークリングワインとリンゴジュースを合わせたカクテルだ。

「ありがとう。歩夢ちゃんは慣れてるんだね」

「この会社、無駄に派手なパーティーや懇親会が多いからね。七星もそのうち慣れるよ」

自分のグラスをグイッと空ける歩夢。自前のシンプルなスーツにベビーパールのピアスとネックレスを着けただけなのに、いつもより一段と綺麗《きれい》に見える。

七星と景子、友海はレンタルしたパーティー用のコーディネートでやって来たのだが、会場入りするや否や、中で談笑している女性たちの派手さに目を見張った。

背中のぱっくり開いたロングドレスに夜会巻きの女性や、艶やかな和服姿も少なくない。自ら肌やボディを磨いているエステティシャンは、総じて露出度が高かった。各店舗のサービスプランナーたちも、ここぞとばかりに着飾っている。

一方、露出度や派手さではなく、高級感で臨んでいるのが、役職のある女性陣だ。

たとえば、営業主任の光流が着ているストライプのパンツスーツはマックスマーラ。専務の美空はシャネルの白いサマーツイードのスーツ。ふたりは場慣れした余裕の態度で、ハイブランドをシックに着こなしていた。

「なあ、うちらももっと気張ればよかったな。こん中じゃ地味すぎて埋もれるわ」

横でボヤく景子は、シャンパンゴールドのミディアムドレスにスワロフスキーのアクセサリー、ユルフワの巻き髪でキメている。七星から見れば十分派手である。

「景子ちゃん、大丈夫。蠍座のラッキーカラーのゴールド、よく似合ってるよ。友海もラッキーカラーのドレスにしてきたけど、実は色気より食い気なの。狙いはスイーツね。カスタードプリン、ショートケーキ、アップルパイ、マカロン。種類も多くてうれしいな」

淡いパープルのシフォン製ミニドレスと同色の花飾りで装い、アイドルのように可憐《かれん》な友海が、遠目で料理を物色している。

会場の中央や左右の壁沿いにずらりと並ぶフード台に、和洋中の料理が美しく盛られた豪華な立食パーティー。その場で料理人が寿司《すし》や天ぷらを提供したり、大きなローストビーフの塊をカットする台もあり、眺めているだけでテンションが上がってくる。飲み物やデザートには、食用リンゴがふんだんに使用されているのがマルムらしい。

――こんなに豪華なご馳走《ちそう》が並んでるの、見たことがない。やっぱり東京ってすごいな。

ローストビーフや寿司の台には、すでに行列ができている。自分も並びたい！　と反射的に思ったけれど、窮屈なワンピースのせいもあり、残念ながら食欲が湧かない。

七星はオードブルを軽くつまんだあと、「会社の人に挨拶してくる」と単独行動に出た。

今夜の目的は、優姫が気になっていた相手を捜すこと。名刺入れを持って会社関係社だと思われる年上の男性に、片っ端から声をかけていく。

「ご挨拶よろしいですか？　わたし、サービスプランナーの神楽七星と申します。まだ新人ですが、よろしくお願いします」

目一杯着飾ってきたのは、男たちに媚《こ》びている振りをするためだ。そうすればきっと、彼らは油断をする。優姫に関する情報を漏らすかもしれない。

「ああ、わざわざありがとう」「こちらこそ、よろしく」「神楽七星さん。名前通りカワイイね」「サビプラか。あの仕事ってキツイんじゃない？」

リアクションは様々だが、誰もが笑顔で応対してくれた。こちらから先に名刺を差し出せば、大抵の相手も名刺を寄こす。名前と肩書を確認しながら、次の言葉を口にする。

「人を捜しているんです。前にこの会社にいた、白里優姫って女性をご存じないですか？」

ドラッグストアで万引き犯と何度も対峙《たいじ》したので、嘘を見抜く自信はあった。とっさに黒目が泳いだり手を握り締めるなど、嘘つきは不審な挙動をすることが多かったからだ。

商品開発部、店舗運営部、広報企画部、通信販売部、営業部、総務部――。

各部署の男性たち。部長や主任、平社員もいた。

――しかし、反応するものは誰もいなかった。

大半は「知らない」と返してきたが、総務部の男性たちの中には、「名前だけは知ってる」と答える者がいた。続けて、「その白里さんがどうかしたの？」と訊き返してくる人が多かったので、「急に辞めたみたいだから、どうしてるのか気になって」とだけ言っておいた。

七星が容疑者として見ている桜井と、いつも傍らにいる秋元は、美空や他の役員、ＶＩＰらしき来賓たちとテーブル席に着いている。話しかける隙などなさそうだ。

桜井の父親である政治家は、とっくに姿を消していた。

「七星、気張ってたなあ」

ふいに後ろから景子に声をかけられた。他のふたりも一緒にいる。

「男社員にアタックしまくりやん。正直驚いたわー」

「友海も。七星ちゃんって、あんまり男に興味ないのかと思ってた」

心なしか、ふたりの目に軽蔑の色が浮かんでいるように感じる。

「ち、違う。そうじゃないの。実は人を捜してて……」

「ええから、ちゃんと料理食べてきな。うちらもええ男、探してくるわ」

「でも、友海は桜井社長とお話ししたいかな」

「そやな。話せるチャンスがあったら行ってみよか」

背を向けた景子と友海が、ハイヒールで歩き去っていく。

ふたりに誤解されてしまったかもしれないと、寂寥《せきりょう》感が忍び寄ってくる。

「七星、大丈夫？」

首を斜めにした歩夢も、探るような視線を向けている。

「あの、実はね……」

彼女にだけは正直に話そうかと思ったそのとき、恰幅《かっぷく》の良い中年男性が近寄ってきた。見るからに上質そうなスーツ、手入れの行き届いた革靴。年齢は四十代半ばくらいだろうか。

「新田歩夢さん、久しぶりだね」

「福山《ふくやま》先生。ご無沙汰してます。いらしてたんですね」

「もちろん。ちょっと仕事で遅れたんだけど、大盛況だねえ。うちの福山姉妹も一緒だよ。ほら、あっちで知り合いのモデルたちと話してる」

「——ほんとだ。あとでヒトミ先生とフタバ先生にもご挨拶しますね。先生、彼女は新人サービスプランナーの神楽さんです」

「はじめまして、神楽七星です。よろしくお願いします」

よくわからないまま歩夢に紹介され、あわてて名刺を取り出した。

「こちらはマルムの外部アドバイザーで、形成外科医の福山清《きよし》先生。知ってると思うけど、先生が理事長をされてる福山クリニックの美容外科とマルムは、以前から業務提携をしてるの」

ああ、と七星は頷いた。

マルムの様々な部門と提携しているのが、福山クリニックだ。たとえば、化粧品やエステで肌トラブルが起きたと認定された客は、クリニックで治療を受けられるようになっている。その費用はマルムが負担するので比較的クレームが少ないのだと、研修で教えられていた。

「どうも。福山家の婿養子で、華麗なる雇われ理事長の福山です」

酔いで顔を赤らめた福山が、恵比寿《えびす》様のような笑顔でおどけながら名刺を渡してくる。

そこには、〈形成外科医　福山清〉の肩書と名前に加え、〈福山クリニック『美容外科』『産婦人科』理事長〉とあった。住所は川崎市高津《たかつ》区二子《ふたご》二丁目となっている。

「そっか。美容外科だけじゃなくて、産婦人科もあるんでしたね」

「そう。あそこにド派手なオバサンがふたりいるでしょ？　福山姉妹ってみんなに呼ばれてる、若作りのオバサンたち。ああ見えて、どっちも医者なんだけどね」

福山が指差した先に、金色と銀色の似たようなロングドレスを着たふたりの中年女性がいた。どちらも人工的な顔立ちとグラマラスな肢体の持ち主で、モデルたちを相手に宝石だらけの手を口に当てて、高笑いをしている。

天井からクリスタルの光を注ぐ、いくつものシャンデリア。エレガントな模様の入った高級絨毯《じゅうたん》。あらゆる場所に飾られた色とりどりの花々。それらのパーティー要素が、これほど似合う人種はいないのではないかと思うほど、彼女たちの佇《たたず》まいはゴージャスだ。

「金ピカで髪が長いのが僕の奥方のヒトミで、美容外科の院長。銀ピカで髪が短いのがヒトミの妹のフタバで、産婦人科の院長。で、僕は福山家の婿養子になった雇われ理事長ね」

何度も自虐的に「雇われ理事長」と繰り返す福山。彼以上に金と銀の女たちが気になった七星は、聞き耳を立ててふたりの言動を窺った。

「うちでは、最新美容治療のモニターを募集してるの。どんな肌トラブルにも対応してるから、興味があったら連絡してね。モデルさんはお肌が大事ですもの」

金色のラメつきドレスをまとったロングヘアのヒトミが、モデルたちにアピールしている。

肌が抜けるように白く、鼻筋が不自然なほど高い。

「産婦人科が必要になったらうちでね。もちろん、極秘の相談にも乗るわよ」

片側の髪を耳にかけて微笑んだのは、銀色のドレス姿のフタバ。ショートボブだが顔立ちは姉のヒトミと酷似している。――まるで、サイボーグのような姉妹だ。

「それじゃ、僕はもう少し飲んでくるから。ただ酒とただ飯ほど旨《うま》いもんはないよね」

パンパンになったスーツの腹の辺りをさすりながら、福山がバーカウンターのほうへ歩いていった。すかさず歩夢が小声でささやく。

「前に、福山先生にお世話になったことがあったのね。気になってた腕の痣《あざ》の治療。それで二《ふた》子新地《こしんち》にあるクリニックに通ってたとき、ヒトミ先生とフタバ先生とも顔見知りになったの」

「二子新地って、二子玉川《ふたこたまがわ》の隣駅だったよね？」

「そう。ニコタマより庶民的だけど、多摩《たま》川沿いにちょっとした高級住宅街もあるんだ。その中にクリニックもあるんだよ」

「ふーん。福山先生の奥さんが美容外科の院長で、義理の妹さんが産婦人科の院長。で、福山先生はクリニックの理事長で形成外科医。まさに華麗なる一族の婿養子だね」

「福山先生、以前は大学病院で脳神経外科医もされてたんだって。先生が婿養子になった福山家は、代々続く開業医で大地主なの。病院の裏にある家もすごい豪邸だった」

今まで縁のなかった金持ちたち。どんな家でどんな生活をしているのか、想像もつかない。

「……そうだ、用事があったんだ。ごめん、ちょっと行ってくるね」

この隙に、優姫のことを福山にも確認しておきたかった。

歩夢の視線を背に、どうすれば確認できるのか考えながら人波を分け入っていく。

バーカウンターに向かう福山の丸い背中が見えた。素早く近寄って、わざと声を張りあげた。

「優姫！　あなた白里優姫でしょ？　ちょっと待って！」

福山の肩が揺れ、足がピタリと止まった。

反応あり。この男は、優姫について何か知っている可能性がある。

くるりと振り向いた福山は、「びっくりした。さっきの神楽さんか」と言いながら、しきりに瞬きをしている。隠し事があるときは瞬きの回数が多くなりがちだ。

「どうしたんだい？　誰か探してるの？」

「はい。少し前までマルムの社員だった白里優姫。ご存じですか？」

「さあ、聞いたことない名前だなあ」

穴が開きそうなくらい顔を見ていたが、黒目は泳がなかった。後ろから声をかけたため、相手に落ち着く時間を与えてしまったのかもしれない。

「なんでその社員さんだった人を、外部の僕が知ってると思ったのかな？」

今度は福山が、ねめつけるように七星を見ている。おどけるピエロの仮面を脱ぎ去った、冷徹さを秘めた細く小さな眼で。

本当のことは言わないほうがいい、と直感が訴えていた。

「いいえ、白里さんと似た人がいたから追ってきたんですけど、人が多くて見失ってしまって。福山先生には関係ないのに、後ろで大声出してすみませんでした」

失礼します、と会釈をしてその場を立ち去った。額に汗が滲《にじ》んでいる。

確信はないけれど、怪しいと感じた。何かを知っていそうな気がする。だが、優姫のデート相手が既婚者で俗物的な匂いのする福山だったとは、どうしても思えない。優姫の好みのタイプは、線が細くて物静かな男性のはず。もちろん、好みが変わった可能性もあるのだが……。考えながら会場を見渡すと、来賓のスピーチもマルムの商品紹介もとっくに終わり、誰もがグラスを手に談笑をしている。あんなに並んでいたフード類も少なくなり、寿司の台はすでに空になっていた。食べ損なってしまったが、後悔の念は特に湧いてこない。それよりも、もう少し情報収集がしたかった。


「もお、やめてくださいよー」

突然、女性の甘えたような声が耳に入り、何気なく声の主のほうを向いた。

すると七星の視界に、驚愕《きょうがく》の光景が飛び込んできた。

テーブル席を離れた桜井が、大勢のサービスプランナーたちに囲まれているのだが、桜井は女性たちに身体を密着させて、「色っぽくなったね」「男ができたのかな?」「君はちょっと太ったんじゃないか」など、際どい軽口を叩いているのだ。

女性たちは嫌がるどころか、嬉しそうに笑っている。

――その中に、景子と友海の姿もあった。

「嘘でしょ……?」

激しい違和感と不快感で、声が漏れてしまった。

あれってセクハラじゃないの? なぜ彼女たちは笑顔でいられるのだろう?

「このあと、僕と二次会に行きたい人はいるかな?」

またもや信じ難い言葉が桜井から発せられた。その場の全員が「はーい」「行きます」「ぜひ連れてってください」と、我先とばかりに手をあげる。

すると、桜井は男性秘書の山崎耕太《やまざきこうた》を手招きし、彼の耳元で何か告げてから、「じゃ、またあとで」とテーブル席へ戻っていった。

小柄で真面目そうな二十代後半の山崎は、ひとりの女性のもとへと歩み寄り、うやうやしく何かを差し出した。金色に光る封筒だ。

「社長からです。二次会の場所が書いてあります。どうぞ」

「えっ? 私?」と驚きながらも嬉しそうに封筒を受け取ったのは、深紅のタイトなワンピースがセクシーな女性。社長賞の表彰式で公開処刑のように挙手させられていた、新宿店の竹中香織だ。彼女は即座に封筒を開けて中のカードを取り出し、「わぁ」と相好《そうごう》を崩す。

「東京タワーの夜景が楽しめる、麻布《あざぶ》の会員制バーだって。ホテルに迎えの車が来るみたい」

「わ、いいなー」「ずるい!」「今夜はあたしだと思ったのにぃ」

周囲から羨望の眼差《まなざ》しを集め、竹中は悠然と微笑んでいる。

景子と友海も残念そうに、封筒を持つ彼女を見つめている。

……彼女たちは、セクハラだなんて思ってないいんだ。むしろ、誘われるのを待っている……。

その場から動けず茫然《ぼうぜん》とする七星の肩を、誰かが小さく叩く。歩夢だ。

「なにあれ。まんま恋愛リアリティショーじゃない」

思わずつぶやくと、歩夢が淡々と言った。

「真似《まね》してるのかもね。こういう集まりがあると、社長はああやって女性社員を内輪の飲み会に誘うの。主にサビプラの中からひとりだけ」

「……ひとりだけ？　どういうこと？」

それが何を意味するのか、うまく思考がまとまらない。

「誘われた人は、社長と朝まで付き合うことになる。ふたりきりでね」

「え……？」

歩夢の返事を受け、彷徨《さまよ》っていた思考がひとつの考えに辿《たど》り着《つ》いた。

「その話、もっと詳しく教えてほしいんだけど」

速攻で食い下がった。なぜなら、優姫を誘った相手が桜井かもしれないからだ。

先ほどの福山の態度にも疑念を覚えたが、優姫の言っていた「自分とは釣り合わない年上の会社関係者」に該当しそうなのは、独身で見た目は紳士的な桜井のほうだ。

やっと有力情報が得られそうな期待で、鼓動が高まってきたのだが……。

「ここでは詳しく話せないよ。パーティーが終わってからね」

歩夢は口を閉ざしてしまった。

一刻も早く終わればいいのにと願いながら、七星は会場から出てトイレへ向かった。

メイクルームもある豪華なトイレ。鏡に映る着飾った自分が、見慣れなくて違和感を覚えた。憧れていたはずの都会で華やかな場所にいるのに、優姫の行方が気になってしまい、最初の高揚感などとっくに消《き》え失《う》せている。

自分は今、どこを走っているのだろう。この道は、優姫へと繋がっているのだろうか。

つい弱気になりそうになったので、首を左右に振って気持ちを切り替えた。

会場のほうへ戻ると、受付の脇で祝いのスタンド花を眺めていた男性と目が合った。

ラフなスーツ姿で長い髪を後ろで縛った、面長で芸術家風の中年男性だ。

――マルムの関係者かもしれない。挨拶しておこう。

「あの、ご挨拶よろしいでしょうか。わたし、マルムの新人サービスプランナーで……」

すると相手は鋭い視線を向け、七星の言葉を遮った。

「僕は宿泊者です。失礼」

男性にしては高い声を発した男が、後ろ髪を揺らしながら逃げるように去っていく。

……なんか神経質そうで感じ悪い。パーティーの出席者じゃなかったのか。

男が眺めていた赤が基調のスタンド花は、医薬品から化粧品まで幅広く手がける大手製薬会社、〝ジャパン製薬〟から贈られたもの。深紅のバラに姫リンゴの実もあしらった特注品だ。

何気なく見たそのスタンド花が、やけに七星の記憶に残った。


女子社員たちだけで二次会に行くという景子と友海と別れ、七星は歩夢と会場を出た。

ホテルから徒歩二十分ほどの社宅に帰る道すがら、歩夢がおもむろに打ち明けた。

「うちの会社にはね、大奥があるの」

「大奥っ？」

つい、叫び声が出てしまった。

「そう。将軍は桜井社長で、側室は一部の女性社員たち。世継ぎのためじゃなくて、享楽のための大奥だけどね」

土曜日夜の渋谷、信号待ちのスクランブル交差点。

あちこちで酔ったサラリーマンや学生の集団が笑い声や奇声をあげている。外国人の姿も多く、日本というよりもアジアの歓楽街と呼びたくなる。車道ではホストクラブの宣伝カーが爆音を鳴らし、大型ビジョンにはヒット曲のMVが流れている。このまま横断歩道を109のほうに渡って道玄坂《どうげんざか》を上がると、キャバクラの呼び込み声が耳をつくようになっていく。

だが、そんな街の喧騒《けんそう》が聞こえなくなるほど、歩夢の話には破壊力があった。

「信じられない！　そんなことがまかり通る会社が今の時代にあるなんて」

七星は我が耳を疑っていた。慣れないヒールの両足がもつれそうになる。

「驚くかもだけど、ほとんどのサビプラが大奥のメンバーなんだ。エステティシャンの中にも側室がいるけど、圧倒的にサビプラが多い。社長と親しくなると、基本給が上がったり社長賞が取りやすくなったりするからね。朝まで過ごすとお金もくれるみたい。それに……」

「それに？　なんでも教えて」

今は少しでも情報がほしい。優姫を捜すために。

「七星、グルーミングって知ってる？」

「……聞いたことあるような気がするけど、なんだっけ？」

するとと歩夢は、訳知り顔で答えた。

「主に、子どもとか若い子に大人が行う、心理操作とでも言えばいいのかな。理解者の振りをして距離を詰めて、信頼させて依存させる。最終的には性的な行為に持ち込んだりすることを、グルーミングって呼ぶの」

——社長って、本当に素敵な人なんよ……。

うっとりとした景子の顔が、真っ先に浮かんだ。

「もしかして、社長がサビプラたちにグルーミングをしてる？　個人的に部屋に呼んで話すのは、その目的のため？」

七星が問うと、歩夢は「たぶんね」と頷いた。

「あたしは前からそう思ってた。景子と友海も、すぐ洗脳されちゃったみたい。あのふたりにも大奥について話したことがあるけど、全然驚いてなかったからね。むしろ興味津々だった。きっと、恋愛リアリティショーの出演者になった気分でいるんじゃないかな」

「そんな……」

頭では理解できても、にわかには受け入れられない。

「セクハラで問題になった芸能人や権力者って多いけど、社長も同類ってこと？」

「うん。とんでもなく時代錯誤だよね。だけど、そういう風習って今もあるんだと思う。ＭｅＴｏｏ運動みたいに誰かが声をあげたって、実際はなくならない。女の武器を使ってメリットを得る人もいるわけだしね。男社会が続くうちは、なくならないんじゃないかな」

「じゃあ、営業主任も大奥のメンバーなの？　美空専務も？」

問いただした七星に、歩夢は首を横に振ってみせる。

「キャリアの長い人は実力で今のポジションになったはずだよ。社長が大奥的なことをするようになったのは、三年くらい前からみたいだし。それに、幹部たちも黙認してるんだよね。内輪の飲み会には幹部も参加するんだけど、途中でみんないなくなるわけ。で、社長と側室はふたりだけで飲んでから、どこかのホテルに移動する。そんな段取りになってるんだって」

「そうなんだ……」

他の幹部まで協力するなど普通ならあり得ないと思うはずだが、すでに七星の感覚は麻痺《まひ》しつつあった。

「実はわたし、さっきのパーティーで変だと思ったんだよね。社長からセクハラされてるのに、みんな本気で喜んでるように見えたから」

「サビプラって二十代の女子ばっかでしょ。若くて肌のキレイな子のほうが、営業に説得力が出るからね。まだ社会経験が少ない女子たちは、すぐ洗脳されちゃうんじゃないかな。特に、上京組はあっという間に染まっちゃう。嫌がって辞める子も多いけどね」

自分もまだ二十二歳なのに、歩夢はどこか達観している。

「だけど、景子ちゃんたちは社長にグルーミングされてるなんて思ってないよね。歩夢ちゃん、注意しなくてもいいの？」

「それは余計なお世話かな。七星みたいに疑問を持つ人もいれば、景子たちのようにモチベーションが上がる人もいるからね。大奥に入るも入らないもその人の自由。嫌なら誘われても断ればいいだけだから。逆に、志願したいなら秘書の山崎に頼めば取り次いでくれるんだって。新人はウェルカムだって噂。一度朝まで過ごしたあとは、社長の指名を待つだけらしいけど」

慣れっこになっているせいか、興味なさげに歩夢が言う。

そうか、大奥などという気色の悪いシステムがあるから、営業部員の入れ替わりが激しいんだ。退社理由は仕事のキツさだけじゃなかったってことか。

……じゃあ、優姫は？　あの子は大奥やセクハラの実態を知っていたの？

七星が尋ねようとしたら、いきなり横から声をかけられた。

「あー、キレイなオネエサンたち見っけ！」「今夜はラッキー！」

ふたり組の男性だ。どちらも二十代半ばくらいで、いかにも遊び慣れているように見える。

「ねね、オレらとカラオケかダーツバーに行かない？」

ひとりが馴《な》れ馴《な》れしく話しかけてくる。

「ちょっと急いでるの。七星、行こう」

男たちには目もくれずに、歩夢が早足で歩き出す。七星も急いであとを追った。

「……ここら辺、ナンパ男が多いんだよ。もううんざり」

歩夢は不快感をたっぷりと滲ませている。

「うん。渋谷ってホント馴れ馴れしい人が多いよね。なんかの勧誘とか怪しいスカウトとか」

「相手にしないほうがいいよ。じゃあ、あたしはここで」

「歩夢ちゃん、どこに行くの？」

七星はまだ全然話し足りない。

「男友だちと待ち合わせしてるんだ。クラブで遊んでくる。じゃね」

軽く手を振ってから、歩夢は軽い足取りでクラブが密集する路地へ入っていった。

ちょっと待って、と追いかけようとした七星は、思い留まって考えた。

今度はもっと時間があるときに、社宅の部屋で話の続きをさせてもらおう。社長の大奥と優姫との関係性について思い当たるふしはないか、歩夢からじっくりと聞き出さないと。

七星はひとり歩き始めた。足がだるい。ヒールの靴だけでも、この場で脱いでしまいたい。

「すみません。ちょっといいですか？」

また見知らぬ男から声がかかった。ハンチング帽にヨレヨレのジャケット、膨らんだカバンを斜めがけした中年男性だ。

渋谷ではこんなオジサンでもナンパするんだ。なんでもすぐ噂になる地元とは大違いだな。

一瞥《いちべつ》して通りすぎようとしたら、男が名刺を突きつけてきた。

「週刊文冬《ぶんとう》の稲葉《いなば》正善《まさよし》と申します。マルムについてお話が聞きたいのですが、少しだけお時間をもらえませんか？」

その男性は、〝文冬砲〟と呼ばれるスクープを多発する、有名週刊誌の記者だった。

〈優姫、相変わらず既読にならないけど、また報告させてもらいます。

先週、週刊誌記者に声をかけられたの。マルムのことを調べてるみたい。パーティーの出席者を見張ってて、会社の話をしてたわたしに目をつけたんだって。あまりにも疲れてたし本当に記者なのか確認もしたかったから、名刺だけもらって別れたんだけど、さっき編集部に電話したら在籍してた。なので、日を改めて会うことにしたよ。

それから、マルムの大奥の話を聞きました。この会社が異常なのか、ほかの会社でもあることなのか、よくわからないけど気色が悪すぎるよ。

実はね、わたしも今日、社長に呼ばれたんだ。『仕事は楽しいかい?』『悩み事があったりしないかな?』とか、いろいろ尋ねられた。ものすごく優しい笑顔と声で。

これがグルーミングか、って思ったよ。何も知らなかったら、いい人だと信じたかもしれない。

でも、わたしは騙《だま》されないように、わざと冷たい態度を取った。で、「困っていることならあります」と答えてから、逆に質問したの。「サビプラだった白里優姫さん、入社してすぐに辞めたみたいなんです。なぜなのかご存じないですか?」って。

一瞬、虚を突かれたような顔をした気がする。でも、「すぐ辞めた人のことは覚えてないな。その白里さんがどうしたのかな?」って笑みを作った。「実は幼馴染みなんです。実家にも帰ってないから困ってるんです」と答えたら、「それは心配だね。早く連絡が取れるといいね」だって。

きっと、とぼけたんだと思う。急にそわそわし始めて、わたしを仕事に戻したから。

優姫が辞めた理由には、大奥が関係してる気がしたから、もっと探ってみるつもり。

とはいえ、仕事はきっちりやってます。今月は調子が良くて、現時点では全店舗で一、二を争う売り上げになってるんだ。たまたまだろうけど、もしかしたら社長賞も、なんてね。社長のグルーミングは絶対パスだけど、賞にはちょっとだけ魅力を感じてる。ライバルが景子ちゃんだから敵《かな》わないかな。でも、来月のお給料が楽しみなんだよね。

お給料といえば、わたしの振込先が間違ってたみたいで、入社早々に経理課長から呼ばれたことがあったの。念のためにもう一回、課長のパソコンで振込先を入力してきた。ついでに領収書の整理まで手伝わされたよ。歩夢ちゃんに言ったら、経理課長のオジサンは無能で使えないんだけど、社長の親戚だから無下にできないらしいよ。コネって強いんだね。不公平だな。

……優姫。うちの母は、今も頻繁に優姫の家を見てくれてる。でも、誰も帰ってきてないみたい。母は優姫がベトナムに行ったと思ってるけど、本当はどうなんだろう？

とにかく無事を祈ってます。また連絡させてもらうね〉

チャイムが鳴ったので玄関扉を開けると、ラブホテル群のネオンを背景に、ラフな部屋着姿の歩夢がロングヘアをなびかせて立っていた。

「遅くなってごめん。男友だちと電話してたら長引いちゃった」

「友だちって、フィギュアのクリエーターさんだよね？」

「そう。写真見る？」

「いいの？　見たい見たい！」

部屋に上がり込んできた歩夢が、華奢な指でスマホを操作する。

「目黒准《めぐろじゅん》くん。二十四歳の天才クリエーター。そのうち大ブレイクするかもよ」

「うわ、素敵な人だね」

目黒という彼は、自らがフィギュアかのように整った顔をしている。目元にほんの少し影を感じさせる辺りが、母性本能を刺激しそうな青年だ。

「歩夢ちゃんとお似合いだ。本当に彼氏じゃないの？」

「うん。クラブのアニソンイベントで知り合った友だち。あたしたち、推しアニメがほとんど一緒だったの。七星にも紹介するよ。一緒にクラブでも行く？」

「いいね！　わたし、渋谷に住んでるのにほとんど遊んでないから、ぜひ誘ってほしいな」

サロンと社宅を往復するだけで、遊び場に寄ることなど皆無だった。仕事と都会生活に慣れるのが先で、遊ぶための精神的余裕がなかったからだ。ましてや遊び人だらけのクラブなど、怖気《おじけ》づいてしまい気楽に入れそうにない。でも、歩夢と一緒なら楽しめるかもしれない。

「了解。今度行くとき声かけるよ。で、本題なんだけど、あたしに何を訊きたいのかな？」

「うん。紅茶とシュークリーム用意してあるの。まずはどうぞ」

「やった、さては食べ物で釣るつもりだな。いいよ、なんでも話しちゃう」

ソファーベッド横の小さなテーブルに、お気に入りのティーカップがふたつ。東急系のデパートで奮発したシュークリームも、お揃いの皿に盛ってある。ささやかだけれど、七星にとっては情報収集も兼ねた大事なティーパーティーだ。

「いただきます。――ん、美味しい。皮が厚くてサクサク」

白い歯を見せる歩夢。

事情通で聡明《そうめい》な彼女とは、優姫の件を抜きにしても、ゆっくり話をしてみたかった。

「こんな風に高級スイーツを食べるとき、青森から上京してよかったって思うんだ。田舎のおやつは、ふかし芋とか干し柿だったからさ。それはそれで美味しいんだけどね」

「わたしも」と、つい言ってしまった。

「近所の農家さんからもらう果物が、定番のおやつだった。……生クリームに憧れたな」

つぶやくと、歩夢は不思議そうに首を傾けている。

過去を告白するにはもってこいの流れだ。七星の口は自然に開いていく。

「実はね、うちも母子家庭で苦労した時期があったの。欲しいものが買えなくて、クラスメイトと遊ぶ余裕もなくて。質素なお弁当が恥ずかしくてお昼もひとりで食べてた。図書室とかで」

すると歩夢は、瞳を大きく見開いた。

「ホント？　あたしと一緒だ。ボッチのお昼なんて当たり前だったよ。洋服も小物も買えなかったし、最悪な学生時代だった」

「やっぱり。もしかしてだけど、靴下の穴を縫い繕ったりした？」

「したよ。靴下も手袋もジャージも。さすがに恥ずかしくて、ほかの子たちには気づかれないようにわざと距離を置いてた」

「似てる。わたしね、歩夢ちゃんとは境遇が似てたような気がしたんだ」

「そうだったのか。なんかシンパシーを感じちゃうな」

とても楽しそうに笑うので、こちらも楽しくなってくる。

「七星は根性があると思ってたんだけど、その理由がわかった気がする。あたしと同じで雑草だったんだね。踏まれても生え続ける雑草の強さ。……なんてごめんね、雑草呼ばわりして」

「ううん、その通りだよ。まさに雑草。温室の植物とはしぶとさが違うのかも」

「温室育ちは、雨風に打たれ弱かったりするからね」

我が意を得たりとばかりに頷く歩夢との距離が、急速に近づいた気がした。

「だけど、わたしは目立ちたくなかったから、誰かに言いたいことがあっても我慢する癖がついちゃった。でも歩夢ちゃんは違う。景子ちゃんたちに食べ物を残さないように言ってくれたときは、なんか憧れたな。わたしもそうなりたい」

「なれるよ」

確信めいた面持ちで、歩夢が真っすぐこちらを見る。

「なれる。七星もなりたい自分になれるよ」

……心臓が、トクンと動いた。

本当に自分もなれるだろうか？　彼女のような強くて聡《さと》い人に。

「あたしも、前は七星と同じだったの。狭い田舎で息を潜めてた。でも広い都会に来て、やっと自由に呼吸できるようになった。自分が思ってるほど、他人は自分を気にしないってわかったからね。今は誰にも遠慮なんてしないで、したたかに雑草なりの花を咲かせたいと思ってる」

堂々と言い切った歩夢が、眩しいほど凜々《りり》しく見える。

「……わたしも咲かせたいな。このまま暗闇の中で萎《しぼ》むのは嫌だよ」

優姫と摑みたかった輝かしい未来を思い起こして、つい涙ぐみそうになる。

「どうしたの？　ひとりで抱えてないで話してよ。雑草同士、力になれるなら協力する。ね？」

左肩に置かれた歩夢の右手から、優しくて温かいものが流れてくる。

「前から思ってた。優姫ちゃんのことで悩んでるでしょ？　今日の本題はそれなのかな？」

小鳥の羽音のように柔らかな口調で尋ねられ、七星ははっきりと決意した。

信じてみよう。飛び切り強く美しい花を咲かせそうな歩夢を。何かが変わるかもしれない。

「実はね、聞いてほしいことがあるんだ」

七星は、全てを包み隠さず打ち明けることにした。

未だに行方知れずの優姫に、気になる年上の会社関係者がいたこと。その人は表参道でぶつかってスーツケースを倒したあと、優姫の割れたメガネを新調し、ドライブに誘っていたらしいこと。先週末のパーティーは、その相手を探すために男性たちに声をかけていたこと――。

「でね、思ったの。優姫の相手は桜井社長なんじゃないかって。わたしも社長室に呼ばれたから、どんな感じでサビプラをコントロールするのか実感できたんだ。わたしは拒否反応が出たけど、あの子は社長に親切にされて誘われて、その気になってしまった。そう考えるとしっくりくるんだよね。それで、優姫と社長の接点について何か知らないか、訊きたかったの」

「なるほどね……。それなら、いくつか話せることがあると思う」

「全部聞きたい。お願いします」

両手を胸の前で組み、歩夢を見つめる。

彼女は紅茶をひと口飲んでから、少しだけ声を潜めた。

「優姫ちゃんが洗脳されてたかどうかは、確認したことがないからわからない。会社に大奥があることもあたしは教えてないし、景子たちと食事したときもその話題は出てないから、大奥の存在に気づいてたかどうかもわからないんだ。だけど、社長は飲み会以外でもサビプラに声をかけるだろうから、表参道で優姫ちゃんが誘われた可能性は十分あるよ。それから……」

「なに？　どんな些細なことでもいいから教えて」

祈るように組んだ両手に、より力を込める。

「社長って、お気に入りを別宅に連れてくことがあるみたい。かなりの豪邸らしいんだけど、その敷地内でミラクルリンゴが栽培されてるって噂があるの。ただし、連れてくときは窓をカーテンで塞いだリムジンに乗せるから、別宅の場所はわからないんだって。なんか怪しいよね。まさかだけど、そこに連れてかれた、なんてことは……」

「ある。あるよ！　だって優姫が言ってたんだよ。『すごい車でドライブに連れてってくれるみたい』って」

これは、かなりの重要情報なのではないだろうか。

「そのすごい車は、社長のリムジンだった。優姫はどこかにある社長の別宅に、リムジンで連れていかれた。そこで何かが起きて行方不明になった」

まだ推測の域は出ないが、理に適《かな》っている気はする。

「……ねえ、ほかにも社長に誘われて失踪した人、いたりしないかな？」

「さすがに失踪者の話は聞いてないな。だけど社長には、もうひとつ不可解なことがあるんだ」

「不可解なこと？」

七星は、歩夢に向かって大きく身を乗り出した。

「うん。社長室の隣に社長専用の備品室があるんだけど、幹部以外は入ったことがないの。だから、『開かずの間』ってみんなに呼ばれてる」

「開かずの間……」

「社員で唯一入れるのは、管理を担当してる秘書の山崎だけ。でも、社長に絶対服従の山崎は、中に何があるのか口外しない。そこで何を保管してるのか、山崎以外の社員は誰も知らないんだよね。社長自身も滅多に入らないらしいけど、なんらかの秘密がありそうな気はする」

「まさかそこ、座敷牢《ざしきろう》みたいになってたりしないよね？　そこで人が監禁されてるとか」

真っ先に浮かんだのは、鉄格子の中でうずくまる優姫の姿だった。

開かずの間という物々しい響きが、七星の疑念をさらに掻《か》き立《た》てている。

「それはなんとも言えないけど、誰かが監禁されてたら気配が漏れてくるんじゃないかな」

「でも、たまたま入ってしまった優姫が見てはいけないものを見て、閉じ込められた可能性もあるんじゃない？　どうにかしてそこに入れないかな？」

「実は、あたしもずっと気になってたの。そこに入ろうとした山崎を見かけて、掃除なら手伝います、って言ったことがあるんだけど、速攻で断られた。タッチパネルキーがついてて、暗証番号を社長が頻繁に変えるみたい。だから入るのは厳しいと思う。でも、監禁なんて現実的じゃないし、優姫ちゃんは関係ないと思うよ。なんか余計なこと言ったかも。ごめんね」

「そんな、いろいろ教えてくれてありがたいよ」

歩夢に相談して正解だったと、本能がささやいている。

「……やっぱり、社長が一番怪しい。福山先生もなんか知ってそうだったし、記者はマルムを探ってるし、優姫は何かに巻き込まれてるような気がする」

「記者ってなに?」

ティーカップに手を伸ばした歩夢が、その手を止めた。

「先週、週刊文冬の記者から声をかけられたの。マルムの実態を聞かせてほしいって頼まれたから、今度話してくるつもり。優姫の件も調べてくれるかもしれないし」

「そうなんだ。記者が近づいてきたのか……」

少しだけ考えてから、彼女は真剣な面持ちで言った。

「あたしね、本当は女子を洗脳して将軍ぶってる社長が許せないんだ。見てると寒気がする」

——強い口調に驚いた。ここまで感情的になる歩夢を見るのは初めてだ。

「もし優姫ちゃんの失踪に関わってるなら、余計に許せないよ。……優姫ちゃん、すごくいい子だった。短いけど隣に住んでたから、他人事《ひとごと》とは思えないんだよね。それに……」

「それに?」

「優姫ちゃんって、うちの妹に少し似てたの。青森にいる一番下の妹。素直でちょっと気弱で、あたしとは違って人の善意だけを汲《く》み取《と》ろうとするところとか」

大きく頷いた。確かに、優姫はそういう子だった。

「妹さん、いくつなの?」

「十五。今年高校生になったんだけどね、あたし、四年前の春に『行かないでっ!』って泣く妹を、無理やり振り切って家を出たんだ。……あの泣き声が、今も忘れられない」

ほんの一瞬だけ、歩夢の潤んだ視線が遠くを彷徨った。

遠くに置いてきた大切なものを、懐かしむかのように。

「だからってわけじゃないけど、優姫ちゃんがどこかで泣いてる可能性があるなら、これからも七星に協力する」

……思いがけない申し出だった。

「本当に？　本当に協力してもらっていいの？」

「うん。もし必要なら、記者と会うときあたしも一緒に行くよ」

「……ありがとう」

またもや目頭が熱くなってきた。急いで横を向き、滲んだ涙を指で拭き取る。

優姫の居場所を目指して孤独に走っていた暗闇の先に、ようやく光が差してきた。

これからはもう、自分ひとりではない。

「なんか、仕事ももっと頑張れそう。今日は歩夢ちゃんと話せてよかった。ただ、景子ちゃんと友海ちゃんには内緒にしておきたいんだ。噂になって広まるかもしれないから」

「わかった。特に景子には注意したほうがいいかもね。社長に褒められたくて賞を狙ってるから、売り上げで競い合ってる七星のこと、常に意識してるように見えるんだ」

それは気づいていた。景子は七星がいくら売り上げたのか、毎日必ず訊いてくるからだ。

「そうだね。これからはもっと慎重に動くようにするよ」

気をつけて、と言いながら、歩夢はぴたりと目を合わせてきた。

「あのさ、何があったのかわからないけど、殺人とかは絶対ないと思う。社長は臆病だから、大それたことはできないはず。実は男性性機能不全で、お持ち帰りした女も撫《な》でてるだけ、なんて噂もあるんだ。だから、本当に社長が優姫ちゃんを誘ったんだとしても、彼女の身は無事だと思うよ」

その力強い言葉が、七星を確かに勇気づけてくれた。

翌日。七星は景子と共に、表参道で路上アンケートを行っていた。

ふたりとも、すでに数十人に声をかけていたのだが、立ち止まって話を聞いてくれる人は誰もいない。今も目の前で、景子の話しかけた女性が逃げるように去っていく。日ごとに強さを増す五月の太陽光が、じりじりと七星の焦燥感を煽り続けている。

「もーイヤ、やってらんないっ」

いきなり景子が怒声を上げ、その場で地団太を踏んだ。

「今の女、犯罪者でも見るような顔で睨《にら》んでったんよ。こっちだって好きで声かけたんじゃないっつーの。ブスを少しでもまともにしてあげようとしてるのに、腹立つわー」

怒ると毒舌になりがちな景子。七星はいつものように、曖昧な笑みを浮かべてやり過ごそうとしたのだが、彼女のおしゃべりは止まらなかった。

「七星って、ええ子ちゃんよね。うちが毒吐いても笑ってるだけやし、誰かの噂話にも乗ってこないしな。だけど、本音は違うでしょ?」

「本音?」

「そう。ブスがエステ通っても無駄。うちらの金づるになるだけ。本当はそう思ってるんやろ？　なあ、たまにはぶっちゃけ合おう。あんたの腹ン中、うちに見せてよ」

期待しているような顔で見つめられて、目を逸《そ》らしてしまった。

今日の景子はいつもよりしつこい。立ちっぱなしの振られっぱなしでイラ立ちが限界を超えているのだろう。何も言わないとますます荒れそうなので、無難な返事を選ぶことにした。

「景子ちゃんのイラつく気持ちはわかるよ。無視され続けるとうんざりするよね。でも、人の外見のことはあんまり言いたくないかな。わたしの見た目も大したことないからさ」

冗談めかして済まそうとしたら、景子の瞳から光が消えた。

「なんや、あくまでもええ子の振りするんか」

失敗した、怒りに火を点《つ》けてしまったようだ。

眉を吊り上《あ》げて睨んでいる景子が、まるで般若《はんにゃ》の面のように見える。そこまで怒らせてしまうようなことを、自分は言ったのだろうか？　それがわからないことが、何よりも恐ろしい。

「あの、景子ちゃん……」

どうにか話しかけようとしたら、「あんたさ」と遮られた。

「最近売り上げ伸ばしてるやん。うちに対抗意識燃やしてるんと違う？」

「そ、そんなことないよ。たまたま運が良かっただけで……」

「運ね。確かにあんたは恵まれてるもんな。実家は山梨ですぐ帰れるし、家族とも仲がええんやろ。関西から来て親と絶縁してるうちとは違うもんなあ」

ずっと恵まれていたわけではないのだけど、今は何も言えない。何を言っても怒りの燃料にされてしまいそうな気がして、沈黙するしかなかった。

「なあ、七星も社長に呼ばれたんやろ？　で、反抗的な態度を取った。社長が悲しんでたわ。『何か嫌われるようなことしたのかな』って。うちも聞いてて悲しくなった。なんでなん？」

……まさか、景子の怒りの根本的な原因は、これだったのか？　桜井のグルーミングで、完全にコントロールされている？　だとしたら、余計なことを言うと火に油を注ぎかねない。

ひたすら黙り込んでいると、「……まあ、ええわ」と景子がつぶやいた。

「ここで七星を詰めたって、一文にもならんからな。だけど、これだけは言っとくわ」

険しい表情のまま、彼女は口調を強める。

「うちはな、七星みたいに帰るとこなんかないんよ。この仕事で成り上がるしかないわけ。だから必死で営業スキル磨いてんの。社長にも期待してるって言われてるし、ビギナーズラックのあんたなんかに絶対負けへんからな」

闘志をむき出しにした景子が、くるりと背を向けて他のサービスプランナーがいる方向に歩いていく。本当は、「争いたくなどない」と伝えたいのだが、今は聞く耳を持たないだろう。

遠ざかる景子を見送りながら、七星は長く息を吐いた。

今月の売り上げトップは今のところ景子だが、二位の七星とは僅差だった。月末まで十日あるので、順位が逆転する可能性は十分ある。景子は桜井から七星の態度を聞き、余計にライバル心を燃やしたのかもしれない。七星にとっては、共に切磋琢磨《せっさたくま》できる大事な仕事仲間なのに。

だけど、彼女の機嫌を取るためにわざと仕事の手を抜くなんて、ナンセンスだしな……。

軽く頭を振って雑念を追い払ってから、再び路上アンケートに没頭した。その結果、新規契約を一件取ることができた。

契約してくれた女性客をサロンから送り出すとき、景子が睨んでいることに気づいていたが、七星は極力意識しないように努めた。自分が意識さえしなければ、きっと相手も落ち着いてくれるだろうと願いながら。


新規契約の書類を整理し、私服に着替えて二階のサロンの裏口を出ると、非常階段のほうから男性たちの声がした。

——社長の桜井と副社長の秋元だ。ふたりで話しながら、ゆっくりと階段を下りて行く。

エレベーターを使わないということは、内密の話をしているのかもしれない。なんらかの情報が手に入る可能性がある。

七星はとっさに二階の踊り場に潜んで、聞き耳を立てた。

「……つまり、お前の本願は再生医療関連のビジネスなんだな」

やや鼻にかかった甘めの声は、桜井のものだ。

「そうだ。うちの親のこと、桜井も覚えているだろう?」

低音で抑揚の少ない秋元の声。ふたりは学生からの付き合いだ。敬語など使わないのだろう。

「忘れるわけがない。ご両親が難病で立て続けに亡くなった。あれは高校の頃だったよな」

「ああ。うちは裕福ではなかったから、満足な治療を施せなかった。今でも悔やむよ」

秋元は貧しかった？　思いがけない会話に、ますます耳を凝らす。

「……力になれなくて悪かったな」

桜井は階段の途中で立ち止まり、神妙な口調で言った。秋元も足を止めている。

「いや、医療費だけの問題じゃなかったんだ。適切な治療法が確立されていないのが一番の問題点だった。だけど、ヒト幹細胞の研究で光明が見えてきた。どんな難病も再生医療で治せる未来が、すぐそこまで迫っているんだ」

「幹細胞関連のビジネスをしよう、まずは植物幹細胞エキスの化粧品からだ。そう言ったのは秋元だったからな。お前の先見の明は確かだったよ」

笑いを含んだ声。桜井のニヤけた顔が目に浮かぶようだ。

「俺はマルムを美容事業だけで終わらせる気はない。いずれは再生医療の分野に進出して、医療界に新たな歴史を刻みたいんだ。今はその準備期間だと思っている。これは桜井のためでもあるのだから、同じ意識でいてほしい」

「わかってる。やるべきことはやるよ」

そこで会話が途切れ、ふたりは再び階段を下り始めた。

順風満帆だと思っていた秋元の意外な過去と、マルムの未来に対する志に、七星はほんの少しだけ興味を持った。

「――ところで秋元。このあいだ、例の部屋に山崎を行かそうとしたんだけど……」

例の部屋？　山崎とはおそらく秘書のことだ。一体なんの話だろう？

息を潜めて次の言葉を待っていたら、ふいに秋元が「待て」と桜井を鋭く制した。

音が聞こえそうなほど心臓が波打った。あわてて下を覗いていた顔を引っ込める。

「誰かいるなっ？」

大声を発した秋元が、勢いよく階段を駆け上がってくる。

しまった、逃げなきゃっ！

とっさにエレベーターホールを横切りサロンに走った。まだ営業中のサロンの正面口しか、逃げ込める場所はない。……いや、間に合わない。自動ドアの音でサロンに入ったことがバレてしまう。

正面口に向かっていた足を止め、どうにか呼吸を整えて後ろを振り返る。

その刹那、非常階段からダークスーツの秋元が走り出てきた。息ひとつ乱れていない。

「お、お疲れ様です」

たった今サロンから出てきたような態度で、丁寧にお辞儀をしてみせた。

「……盗み聞きしていたのか？」

青いレンズの奥の冷たい視線と、威圧感を含ませた低い声音。

まるで呪縛の魔法をかけられたかのように、四肢の自由が利かない。

「いえ、帰宅しようと思って……」

「それなら裏口から出るだろう。そこはゲスト用の正面口だ」

目の前にいる屈強そうな男が、震えるほど恐ろしい。

どうにか誤魔化さないと、ただでは済まないかもしれない。

「……で、出口を間違えてしまいまして。わたし、まだ新人でして、う、うっかり……」

次の言葉が思いつかない。どうすればこの危機的状況を打破できるのか、全くわからない。

「おいおい、怖がっているじゃないか」

秋元の背後から、桜井がにこやかな笑顔で現れた。

「新人は大事にしないと。君は……サビプラの神楽くんだね。僕に冷たい態度を取った子だ。あれは悲しかったなあ」

「すみませんでした。緊張してたので、つい……」

本当は謝りたくなどないけれど、そうするしかなかった。でないと、いつまでも解放してもらえないかもしれない。

「神楽くん、僕らが非常階段を使うなんて思わなかったんじゃないか？　声がしたから、つい様子を窺ってしまった。違うかい？」

桜井の甘い猫なで声。逆に気味が悪い。オーデコロンの匂いも不快だ。

この男が優姫を誘ったせいで、行方不明になっているかもしれないのだ。できることなら、今ここで問い詰めてやりたいけれど、何をどう訊けばいいのか、全く浮かんでこない。

「神楽くん、返事をくれないかな？」

屈《かが》みこんだ桜井が、七星の顔を舐《な》めるように覗き込んでいる。秋元の厳しい視線も感じる。

もう駄目だ。どんな嘘もつき通せそうにない。

「……様子を窺ってしまいました。申し訳ありません」

おそらく自分は、今にも泣き出しそうな顔をしているはずだ。

「素直でよろしい。……君はまだ原石だね。磨きがいがありそうだ」

好色そうな眼差しが耐えられなくて、ひたすら床のタイルを眺めているしかなかった。

――神様、お願いします。どうか助けてください！

神頼みが届いたのか、ゲスト用のエスカレーターから、女性ふたりの華やいだ話し声がしてきた。ザ・マルムの顧客たちだ。頭のすぐそばで、秋元が小さく舌打ちをする音が聞こえた。

「秋元、行こうか。神楽くん、また今度ゆっくり話そう」

桜井と非常階段に向かう秋元が、振り返って最後のひと睨みをしていった。

――助かった……。

大きく息を吐いたら、両手にじっとりと汗をかいていることに気づいた。

ほんの数分間の出来事なのに、とてつもなく長かったように感じる。

「桜井と秋元に近づくのは危険だ」と、本能が強く訴えてくる。だが、優姫を捜すためには、多少のリスクは覚悟する必要がある。自分にはその勇気が、まだ足りないのかもしれない。

それにしても、あの横柄な態度は酷《ひど》い。桜井と秋元は、七星をいたぶることになんのためらいもないようだった。どこの会社でも、男性幹部は社員に同じような態度を取るのだろうか。

――例の部屋に山崎を行かそうとしたんだけど……。

桜井の言葉を思い出した。「例の部屋」とは、どこにあるのだろう。飛躍しすぎかもしれないが、その部屋はやはり「開かずの間」で、優姫が囚《とら》われている可能性も無きにしも非《あら》ずだ。

それに、桜井が優姫を誘ったのだとしたら、山崎が行き先の書かれた金色の封筒を、優姫に渡した可能性だってある。彼が何らかの情報を握っている確率は、かなり高い気がする。

……こうなったら、山崎本人に尋ねてみるしかない。迂闊《うかつ》に話しかけるのは危険だろうけれど、今の自分にできるのはそれだけだ。覚悟を決めて勇気を振り絞らないと。

七星は自らを奮い立たせ、秘書課のある総務部にエレベーターで向かった。


総務部の扉が見える六階の廊下で、まずは歩夢にスマホで電話をかけた。

山崎とは挨拶すら交わしたことがないが、経理課の歩夢が中にいれば、彼に取り次いでもらえるはずだった。

「歩夢ちゃん、まだ会社にいる?」

『さっき出ちゃった。どうしたの?』

「そっか。実はね……」

廊下に誰もいないことを確認してから、先ほど非常階段で聞いた会話の内容を打ち明けた。

『――その「例の部屋」がなんなのかわからないけど、山崎はまだ総務部にいると思うよ。いつも外出してて、社内にいるのが珍しい人なんだけどね』

「じゃあ、山崎さんが出てくるまで待ってみる」

『あのさ、一応言っておくね。山崎って経理課長と同じで、創設の頃からいる社長の親戚なの。七星が何か訊いても、答えは期待できないかもしれないよ』

山崎もコネ入社だったとは、全く知らなかった。だから桜井に忠実で、大奥の段取りまでしているのだ。合点《がてん》がいくと同時に落胆が押し寄せる。

「……だけど、このまま何もしないわけにはいかない。無謀だってわかってるけど、彼の前で優姫の名前を出してみる。それで反応だけでも見てみるよ」

つい先ほど、リスクは覚悟すると決めたのだ。躊躇《ちゅうちょ》している時間などない。

『わかった。気をつけてね』

歩夢との電話を切ってから、しばらく廊下の隅で総務部の人の出入りを眺めていた。

ずっと動かないのは不自然なので、スマホをいじる振りをしてどうにかやり過ごす。

――ようやく山崎が扉から姿を現した。

同じエレベーターにそっと乗り込み、エントランスから外に出ていく彼のあとを追う。

誰かを尾行するなんて初めてだ。心臓の鼓動を抑えつけ、見失わないように相手と歩調を合わせる。夕闇に包まれた表参道で、山崎の後頭部にだけ薄明かりが差しているように見える。

表参道と青山通りの交差点で信号待ちをしたとき、思い切って横から声をかけた。

「山崎さん、お疲れ様です」

山崎はひと重の目を見開き、首を斜めにしている。

近くでよく見た彼は、韓流アイドルのようにシャープな顔立ちをしていた。あまりセンスがいいとは言えない服装と髪形を整えたら、もっと目立ちそうな青年だ。歳は二十九だと歩夢から聞いたが、もう少し若く見える。

「わたし、青山本店のサビプラです。神楽と申します」

名刺を取り出して渡すと、山崎は「失礼しました。制服のときしかお見かけしていなかったので」と、言い訳がましく笑みを寄こした。

「こちらこそ、きちんとご挨拶してなくてすみません。お帰りのところ恐縮なのですが、山崎さんにお訊きしたいことがありまして」

「なんでしょう?」

いかにも生真面目そうな社長秘書を、食い入るように見つめる。

嘘の気配がないか、一瞬たりとも見逃さないために。

「白里優姫って女性を知りませんか?」

すると、山崎は黒目を激しく動かし、何度か瞬きをした。

——嘘をつく者の動きだ。

「白里さん……。名前は聞いたことがある気がするけど、どなたでしたっけ?」

微《かす》かな顔と声の強張《こわば》り。アルバイトのときに見た、数名の万引き犯と面影が重なる。

「三月半ばまで渋谷店のサビプラをしてた人です。わたし社宅住まいなんですけど、今の部屋、前に白里さんが住んでたんです。入社して間もないのに急に辞めたみたいだから、なんだか気になってしまって。白里さん、会社で何かあったんですかね?」

山崎は何度も瞬きを繰り返している。

「……さあ、僕には全く。社長の二次会にもお誘いしたことがない人ですし」

今、口を滑らせた。

「ということは、白里さんの顔も覚えてらっしゃるんですね。でないと誘ったかどうか、山崎さんが判断できませんよね」

身体をびくりと動かした山崎は、水面でうごめく鯉《こい》のように、口をパクつかせている。

「……あの、あのですね、渋谷のサビプラって聞いたから、思い出したんです。社長賞のときに見かけた人だと」

「山崎さん、本当のことを教えてください。実はわたし、白里優姫とは同郷で親しいんです」

本音をぶつけると、山崎の身体が固まった。押しに弱そうな人だ。

「彼女から誘われて入社したのに、社宅に入ったら何も言わずに退社していた。今も連絡が取れません。絶対おかしいんですよ。どこかで動けなくなったりしてないか、心配なんです」

話しているうちに、感情が高ぶってしまった。危険は承知だけど、言わずにはいられない。

「会社には『開かずの間』があると聞きました。そこで白里さんが倒れているんじゃないか、気になって仕方がないんです。何かご存じのことがあったら、教えてもらえないでしょうか」

すると瞬時に目を逸らし、せわしなく言った。

「本当に白里さんとは話したことすらないんです。開かずの間とやらもなんのことだかわかりません。お役に立てなくてすみませんが、約束があるので失礼します」

信号が赤に変わる直前に、山崎は横断歩道を逃げるように駆けていった。

——あの人は、優姫をよく知っている。

それが、七星の下した結論だった。

翌日の午後、人が行きかう表参道。

七星が単独で美容アンケートを行っていると、前方にタクシーが停《と》まり、中からふたりの男が歩道に降り立った。桜井と山崎だ。何か話しながら、本社のある七星の方向に歩いてくる。

山崎は、優姫に関して何かを隠していた。それは間違いない。

だが、隠し事の内容を確かめる術《すべ》はなかった。直接問いただしたところで、口を開くわけがない。山崎をマークして、どこかに行くときは徹底的に尾行してみたいのだが、そんな探偵のような真似が自分にできるとは思えない……。

昨夜、自室で何度も考えたことを思い返していると、桜井たちが目前に迫っていた。

「お疲れ様です」

「ああ、神楽くん、お疲れ様」と桜井が応じ、山崎も「ご苦労様です」と会釈をする。

歩み去るふたりに神経を集中させていたら、山崎が桜井に告げた言葉に仰天した。

「社長、そろそろ備品室の掃除をしましょうか」

――社長の備品室。つまり、歩夢が言っていた「開かずの間」だ。

「前に入ってからかなり経ってます。今日は時間があるので、僕としては丁度いいのですが」

「そうだな、では頼もうか。準備ができたら僕の部屋に来てほしい」

「かしこまりました。すぐに参ります」

……信じられなかった。まるで奇跡のような好機だ。いや、何かの罠《わな》かもしれない。

けれど、優姫の行方がわかるかもしれないのだから、この機を逃すわけにはいかない。自分もその部屋に行こう。気弱そうな山崎なら、見つかっても誤魔化せそうな気がする。

ふたりに魂胆を悟られないように、仕事に励んでいる振りで往来の女性に声をかけた。

「すみません、ただ今美容アンケートを行っておりまして……」

「結構です」

即座に断られたが、そのほうがありがたかった。営業をかけている余裕などない。

七星は桜井と山崎が本社に入っていくのを確認し、自分もエントランスに急いだ。

エレベーターで七階まで行き、そこからは非常階段で八階まで上った。サロンに寄ってスニーカーに履き替えてきたので、足音をさせない自信はある。

踊り場から社長室の隣にあるドアを窺うと、掃除道具のバケツを持った山崎が、ドア横のタッチパネルに手を伸ばしていた。目を凝らして指の動きを追う。——駄目だ、追い切れない。

開いたスライド式のドアの中に、山崎がゆっくりと入っていく。

迷っている暇はなかった。七星は神速でドアまで走り、閉まる寸前に飛び込んだ。

——薄暗い室内。さほど広くはない。窓はシャッターで塞がれ、いくつもの棚が学校の図書室のように縦に並んでいる。棚には白い布で覆われた何かが、ずらりと詰め込まれている。空調のよく利いた備品室の匂いや空気感は、図書室というよりも美術室に近い。

山崎の姿が見当たらなかった。一番奥の棚にでも行ったのだろうか。

ふと、何を保管しているのか気になった。大きさは様々だがどれも丸っこく、人や動物の頭のように思えてくる。……まさか、頭蓋骨のコレクション？

近くの棚にある物の白布を、恐る恐る捲《めく》ってみる。……思わず息を漏らした。

角の丸いガラスケースの中に、花瓶のような壺が収められている。

精細で美しい模様の入った、西洋の骨董《こっとう》品。口の縁を彩っているのは純金のようだ。サロンの装飾品や社長室のコレクションにもありそうなものだけれど……。

――カシャ、とふいにシャッター音がし、目の前が眩しく光った。

「現行犯ですね」

棚陰から現れた山崎が、スマホを構えている。

「な、なんのことですか？」

得体の知れない恐怖と驚きで、唇がわななないてしまった。

「わたしは、ここのドアが開いていたから……」

「言い訳は結構です。ここは会社の資産である美術品の保管室。『開かずの間』です。あなたは忍び込んで壺を盗もうとした。僕も写真を撮ったけど、防犯カメラもあなたを捉えています」

気づかなかったのだが、天井の四隅に小さな防犯カメラがついている。

「……わざとわたしをおびき寄せたんですか？」

「そうですよ」

意外なくらい平然と、山崎はこれが罠だったことを白状した。

「僕がここの掃除をすると聞いたら、あなたがどうするのか試しました。普通の社員は、わざわざ忍び込んだりしない。神楽さんは何かを狙っているようだったから、普通ではない行動を取るのではないかと思ったんです。狙いは会社の資産だったんですね」

「違います！」

いきなり容疑をかけられ、全身から汗が噴き出した。

「資産があるなんて知らなかったし興味もない。わたしは友人の白里優姫を捜してるんです。それで社内を確認したかっただけです」

信じてほしくて必死だった。勝手に侵入したのだから強くは言えないけれど、こんなことで疑われるなんて恐ろしすぎる。気弱そうだと舐めていたが、したたかな相手だったようだ。

「白里さんの友人だからこそ、あなたを怪しんだんです。昨日は白《しら》を切りましたけど」

「友人だからこそ?」

その意図が読めず戸惑う七星に、山崎は険しい表情で告げた。


「白里さんは、うちの商品を盗んでどこかに逃亡した、窃盗の容疑者です」


……この人は今、何を言ったのだろう?

意味が理解できないわけではないのだが、腹の中にすとんと落ちていかない。

「被害はスキンケアセットと健康食品セット、総額三十万円以上。白里さんがサロンの商品管理室から持ち出した際の映像も、防犯カメラに写っています」

相手はまだ、腹落ちできない言葉をしゃべり続けている。

「会社側は告訴も検討しましたが、十周年パーティーを控えていたので、大ごとにすると商品管理の甘さも露呈させることになり、対外的によくないと判断しました。それで、社員たちが妙な噂などしないように、自主退社だと思わせたそうです。本当は夜逃げのように社宅を……」

「そんなこと、あの子がするわけがない。いい加減なことを言わないでくださいっ」

一拍遅れてやってきた怒りのままに、七星は山崎に詰め寄った。

急に怯《おび》えたように尻込みをして、彼は「そう言われても……」と口ごもる。

「僕は、幹部から聞いた話を内密に伝えているだけです」

「幹部ってどなたですか？　社長？」

「個人名は出せませんけど、証拠も預かってます。防犯カメラの映像です」

スマホを操作した山崎が、画面を七星に突きつけてくる。

優姫が勤めていた渋谷店の一室。左右の棚にびっしりと詰まった箱の中から、セミロングでペールピンクの制服を着た女性が、商品を取り出している。白黒映像なので細かい表情まではわからないが、洒落たメガネと耳元の銀色のイアリングはよくわかる。

「優姫……」

確かにそれは、親友の姿だった。久しぶりに目にする元気な姿。初めて見る仕事中の彼女。七星は痛みにも似た涙の気配を、どうにか抑え込んだ。

――映像は、箱の積まれた台車を、優姫が運び去ったところで終わった。

「……これが窃盗の証拠になるとは思えない。単純に品出しをしてるだけじゃないですか？」

「この商品は無断で外に持ち出されたんですよ。不審な出荷伝票から発覚しました。名前は言えませんが、白里さんの怪しい行動を目撃したスタッフもいるそうです」

……そういえば、渋谷店のサービスプランナーたちに優姫の退社理由を訊いたとき、箝口令でも敷かれたかのように「すぐ辞めた人のことはわからない」と口を揃えていた。あれは本当に口止めされていたのかもしれない。けれど、優姫が商品を盗んだなんてあり得ない。

「そのスタッフが嘘をついてない証拠はあるんですか？　何か事情があるのか、見間違えたのかもしれません。わたしに調査をさせてください。あの子の潔白を証明してみせますから」

食い下がった七星に、山崎が逸らしていた視線を戻す。

「神楽さん。白里さんを信じたい気持ちはわかります。でも、今は白里さんよりも、ご自身のことを考えてください。ここに無断で忍び込んだ疑いで、処分されるかもしれません。白里さんの窃盗仲間として、ふたり一緒に告訴されないとも限らない」

何をバカげたことを！　と思ったのだが……。

「もちろん僕は、あなたが窃盗目的で入ったのではないとわかってます。写真は撮りましたけど、単なる脅しです。正直言うと、白里さんが本当に窃盗犯なのか、疑う気持ちもあります」

静かに揺れる彼の眼差しは、思いのほか優しかった。憐憫《れんびん》の色さえ浮かんでいる。

だが、すぐに「これは忠告です」と強く言い放った。

「幹部たちは、社員の裏切り行為に敏感なんです。白里さんはある意味幸運でした。十周年パーティーという恩赦がなければ、どこに逃げようが警察に追われていたでしょう。神楽さんも注意してください。マルムに長く勤めたいのなら、白里さんを社内で捜さないでください」

わかりました、もう捜しません。なんて口が裂けても言いたくないが、ここで反発するのが得策だとも思えなかった。……一体、どうしたらいいのだろう。

返事ができない七星に向かって、山崎はさらに続ける。

「驚かせてしまってすみませんでした。ご覧の通り、この部屋には誰もいません。これ以上の詮索はしないと約束してくれるなら、今日のことは僕が全て帳消しにします。幹部にも余計なことは言わないでおきますから、あなたも僕との会話やこの部屋で見たものは、口外厳禁でお願いします。よろしいですか？」

　確かに、人が監禁されている気配は皆無だ。山崎の言葉を百パーセント信じたわけではないが、ひとまず「はい」と答えるしかない。山崎に反抗して幹部から目をつけられたら、マルムにいられなくなってしまうかもしれない。そうなると、優姫を捜す手段も失ってしまう。

「失礼しました。仕事に戻ります」

　山崎に一礼をしてドアに向かおうとしたら、「神楽さん」と呼び止められた。

「もうすぐ社長賞の発表ですね。神楽さんは優秀だと、青山本店の店長から聞きました」

　……きっと、わたしのことを調べたんだ。

「どうか余計なことは考えないで、仕事に集中してください。僕も陰ながら応援しますので」

「ありがとうございます」

　上辺だけの感謝を述べて、七星は「開かずの間」をあとにした。


〈優姫。社長秘書の山崎さんから、優姫に関するとんでもない嫌疑を知らされました。だけど、わたしは絶対に信じない。むしろ、誰かの悪意を感じた。

　優姫を捜してほしくない誰かが、幹部の中にいるのだと思う。その誰かが山崎さんを使って、わたしの動きを止めようとしている。そんな気がしたよ。

　はっきり言うね。社長に何かされたんでしょ？

そのせいで、優姫はどこかに逃げる羽目になった。もしくは……。

なんて、これ以上、変な想像をするのはやめておく。

山崎さんには口外厳禁って言われたけど、協力してくれる歩夢ちゃんにだけは、全て報告しておいた。彼女は「何かの間違いだ」って、優姫の潔白を信じてくれたよ。開かずの間が美術品の隠し場所だと教えたら、「裏金で購入してるのかも」と怪しんでたな。

きっとマルムという会社には、わたしたちには窺い知れない秘密がある。

社長の言った「例の部屋」が、優姫に関係してるのかは不明だし、ミラクルリンゴがあるって噂の別宅も謎のままだけど、これからも密かに調査は続ける。

実は、週刊文冬の記者と来週に会う約束をしてるので、そこで優姫の件を相談しようと思ってます。わたしには探偵の真似はできないけど、記者ならできるはずだから。

それまでは大人しく仕事に専念して、売り上げのトップを目指してみます。

たとえ何があっても、わたしはあなたの味方だからね。

真相が明かされて優姫と再会できる日を、心待ちにしています〉

3

社長賞の発表まで、残すところあと三日となった日の夜。

七星は仕事終わりに、顧客のひとりと食事の約束をしていた。七星にとって記念すべき初契約の相手、初根千歳《はつねちとせ》だ。サービスプランナー時代に初根を担当した歩夢も一緒にいる。

待ち合わせ場所は、本社から渋谷に向かう途中にある、ヨーロピアンスタイルのシックなプチホテル〝フローライト青山〟。一階のカフェレストランで七星たちが先に待っていると、ポッチャリ体型で見るからに人の好《よ》さそうな顔立ちの初根が、弾《はじ》けるような笑顔でやって来た。

「神楽さーん。あ、新田さんもいる。お久しぶりです！」

ベージュのサマーニットにタータンチェックのワイドパンツを合わせ、ロングヘアを肩に垂らした初根は、七星たちの向かい側の席にドスンと腰を下ろした。

「ホント久しぶりですね。あたしが初根さんの接客したの、一年以上も前ですからね」

「あの頃はローンなんて組めない貧乏学生でしたよね。でも、この春に人材派遣会社に就職したんです。それで、スキンケアセットと痩身コースを契約させてもらいました。担当は神楽さんになりましたけど」

「エステとかで何かあったらすぐ連絡してくださいね。担当のわたしが請け合いますから」

「今のとこ問題ないです。体重も体脂肪もちゃんと落ちてきてるし。マッサージのオイルで肌もツルツルになって、いい感じですよ」

「コースが終わったらアンケートを書いてもらうので、効果を教えてくださいね」

七星が言ったアンケートとは、ザ・マルムの各店舗で実施している顧客向けのもの。サロンでのコースを終えた人に対し、「施術の効果は感じていますか?」「それはどんな効果ですか?」といった満足度から、「皮膚や体調に異常を感じたことはありますか?」「それはいつからで、どんな症状ですか?」などの体調確認まで、質問用紙に記名で書いてもらうのである。できるだけ多くの意見を募り、サービス向上に努めるのがマルムの方針だった。

「エステの満足度は満点ですよ。ミラクルリンゴのスキンケアセットもすごくいいです」

「よかった。そう言ってもらえると安心します」

顧客の喜ぶ顔を見ると、七星の胸にもほのかな灯りが宿る。ここ数日、メンタル的に健康とはいえない状況だったので、初根の笑顔に心底癒されていく。

初めて接客したときの彼女は、容姿にコンプレックスがあると酷く嘆いていた。

――この樽《たる》みたいな身体が嫌なんです。学生の頃から周りにからかわれて、いじめに近いことされて。そのストレスで肌も荒れちゃった。これからはエステとスキンケアでいい女を目指したい。見違えるような体型と美肌で、生まれ変わりたいんです。

切実だった初根の力にどうにかなりたくて、痩身エステを体験してもらうことにした。

発汗と老廃物の排出を促す個室の遠赤外線サウナ。電気刺激で筋肉運動をさせるEMSマシン。高周波を脂肪細胞に当てて乳化させ、体外に流れやすくするキャビテーション。プロの揉《も》み解《ほぐ》しで血液やリンパの流れを促進するハンドマッサージ――。

試した施術の効能を丁寧に説明し、サイズダウンを果たした同世代モニターたちの、施術前後の写真を何枚も見てもらった。その結果、初根は青山本店に通うと決めてくれたのだ。

今は彼女が来店したら、可能な限りカウンセリングルームで効果を確認し、ついでに世間話で盛り上がる。会社でも孤立しがちだという初根にとって、エステと七星とのひとときがストレスのはけ口になっているようだった。

ウエイターが注文を取りに来たので、ビールとコース料理をオーダーする。

ここはアボカド料理専門店。海老《えび》とアボカドのチーズ焼き、カラスミ入りアボカドパスタなど、女子人気の高いアボカド料理が手頃な値段で食べられる人気店だ。

「今夜は思いっ切り食べるつもりなんです。カロリーオーバーだって言われそうだけど、明日はマルムのダイエットドリンクだけにします。それでリカバリーするから大丈夫ですよね」

ぷっくりと頬を膨らませ、初根が朗らかに笑う。

ザ・マルムの痩身コースは、提携する福山クリニック美容外科の指導が入るかなりの本格派。コース契約者は、毎日の食事内容や睡眠時間、生理のサイクルなど、身体に関するヘルスデータをクリニックの担当者に送る必要があり、生活習慣を細かくアドバイスされるのだ。必要だと判断された人には、クリニックから食欲抑制などの薬も処方される。

エステと医療の両面からアプローチし、確実に結果を出すと触れ込んでいるのが痩身コースの特徴で、フェイシャルと同じくらい人気があった。

「最初は、毎日スマホのヘルスデータ画面に書き込むのが面倒だったんだけど、慣れちゃうもんですね。痩せるぞーってモチベーションにもなります」

「目標は半年でマイナス十五キロ。絶対クリアしましょう。わたしも応援しますから」

「神楽さんがいると励みになります。異動したりしないでくださいね。新田さんみたいに」

「申し訳ないです、経理に異動しちゃいまして」

「まあ、仕方ないですよね。会社勤めに異動はつきものだって、就職するまでよくわからなかったんです。私いま、人材派遣の管理事務をやってるんですけど……」

初根の話は止まらない。朗らかな空気が七星たちにも伝染している。

ほどなく運ばれてきたビールで乾杯し、料理とおしゃべりを三人で楽しんでいると、初根が「そうだ、報告があるんです」と、嬉しそうに一枚のパンフレットを取り出した。

外国人モデルの水着写真と共に、悩み別の美容治療について説明された、福山クリニック美容外科のパンフレット。ザ・マルムの各店舗に置いてあるものだ。

「この『再生医療を取り入れた美容治療』のモニターにならないかって、クリニックの担当さんから電話があったんです。月に数名しかなれないモニターに、私が選ばれたみたいで。どうしようか考えてたんだけど、夏休みにやってみようかと思って」

再生医療を取り入れた治療とは、ミラクルリンゴの〝植物幹細胞〟よりも強力な効果が期待できる、人間の〝ヒト幹細胞〟を直《じか》に使用するものだった。

幹細胞の化粧品への直接使用は厚生労働省が認可していないため、各メーカーは幹細胞を培養する際の〝上澄み液〟しか使えない。マルムのスキンケア商品に含まれているのも、幹細胞そのものではなく培養エキスだ。

だが、化粧品とは違い、美容系クリニックでは幹細胞を直に移植する治療が認められている。

福山クリニックでは、モニターの腹部から微量の皮下脂肪組織を採取し、その組織から〝A

SC〟と呼ばれる脂肪由来のヒト体性幹細胞を培養。それを数週間かけて増やしてから、顔の希望箇所に戻すことで美肌効果を促すという、画期的な『再生美容治療』を行っていた。

たとえば、プチ整形で知られるボトックス注射は、表情筋の動きを制して皺《しわ》などを薄くさせる。ヒアルロン酸注射は、表皮の下に入れることで鼻を高くしたりほうれい線などを目立たなくさせる。だが、どちらも時間が経てば体内に吸収されてしまう、一時的な効果にすぎない。

しかし、再生美容治療は肌細胞そのものを再生させるので、根本からトラブルのない肌に生まれ変わるとされていた。

「でもね、初根さん。幹細胞の培養って、すぐに成功するとは限らないんです。どんな熟練者でも失敗はあり得るから、時間も費用もかかる。再生美容治療は、大金持ちの方しかやらない未知の治療法。一回で効果があるとは限らないんですよ。それでもモニターになるんですか？」

心配した七星の問いに、初根は「なりたいです」と断言した。

「だって、費用は本来の半分で済むんですよ。顎のニキビ跡が気になってたから、そこの皮膚を再生してみたいんです。それにモニターになると、皮下脂肪を取るついでにお腹の脂肪吸引を無料でしてくれるんですって。脂肪吸引の手術だって何十万もするんだからお得ですよね。あと、産婦人科で婦人病の検診もやってくれるんです。最新美肌治療とお腹の部分痩せが一度に格安でできて、婦人科検診もできる。こんなチャンス、なかなかないと思うんですよ」

初根は興奮気味で訴えている。

データ収集のモニターだから、再生美容治療の費用は相場からすれば格安。脂肪吸引は麻酔込みで全て無料。さらに、若年層の女性に子宮の病気が増えているらしく、そのデータを取るための無料検診も同じ敷地内の産婦人科で実施される。美容と健康に関心を持つ者なら、誰だって興味を引かれる話ではあった。

だが、クリニックの理事長が腹に一物ありそうな福山だからなのか、美味しすぎる話には裏があるような気がしてしまう。行方知れずの優姫の顔も浮かび、不安が忍び寄ってくる。

「初根さんがやるって決めたのなら、あたしは応援します」

歩夢が真剣な表情で、初根を見つめている。

「だけど、美容にかけるお金は限度を決めておいたほうがいいと思いますよ。一度ハマり出すと、歯止めが利かなくなる人も多いんです。あげくローン地獄に……なんてことには、絶対なってほしくないので」

「わたしも同感です」と、七星も続けた。

「それに、担当のお客様で美容モニターになる方、初根さんが初めてなんです。脂肪吸引なんてしたら、しばらく痩身エステもできなくなるでしょうし、少し心配ではあります」

「わかりました。肝に銘じておきます。……それにしても、強引な営業なんてしないで、むしろ親身になってくれる神楽さんと新田さん。やっぱりおふたりは信用できますね」

初根の澄んだ眼差しが正視できなくて、七星は視線を外してしまった。

高価なスキンケア商品とエステの痩身コースをローン契約し、ダイエットドリンクまで大量購入。さらには、美容外科で身体にメスを入れるのも厭《いと》わなくなった初根。

自分はサービスプランナーとして、信用に値することをしているのか？　彼女がつぎ込む大金に見合う対価を、果たして提供できるのか？　売り上げに比例して懐に入る歩合給に、目がくらんでいたりはしないだろうか？

マルムの営業は、ある意味「美しくなりたい」と願う女性たちに夢を売る仕事だ。最低限の金銭負担で結果を得られる人もいれば、いくら注いでも満足できない人もいる。自業自得だと言えばそれまでだけど、別の見方をすれば「女性客を食い物にしている」と言えなくもない。

――ブスがエステ通っても無駄。うちらの金づるになるだけ。本当はそう思ってるんやろ？

景子の言葉が思い浮かび、胃の辺りが急に重くなった。

金づるだなんて思ったことなどないはずなのに、なぜか景子の問いかけが耳から離れない。

手にしていたパンフレットの下部に、白衣姿の福山ヒトミの写真が載っている。サイボーグのような福山姉妹の姉で、形成外科医の婿養子を取った美容外科の院長。白衣をまとった彼女は威厳に溢れ、金色のドレス姿だったパーティーのときとは別人に見える。

……このヒトミ先生が、初根さんの治療をするのかな。どうか、妙なトラブルなど起きずに、初根さんが理想の容姿を手に入れられますように。

「初根さん、クリニックで治療を受けたらすぐ連絡もらえます？　どんな感じだったのか知りたいし、また食事にも行きたいですしね」

七星の言葉に、もちろんです、と初根は微笑んだのだった。


食事を終えた三人は、会計を済ませてホテルから出ようとした。

宿泊者用のフロントが見えるガラスの扉に手をかけた瞬間、七星は驚愕で口を開けた。

紫のタイトなミニワンピースを着た景子が、スーツ姿の桜井と一緒に横切ったのだ。

ふたりは何か話しながら、上りのエレベーターに乗り込んでいく。

「……あれ、社長だね」

横にいる歩夢が、小声でそっとささやく。

「だよね。まさかあのふたり……？」

「どうかしましたか？」

何も知らない初根は、不思議そうな顔をしている。

「いえ、知り合いに似た人がいただけです。行きましょう」

七星はなんとか取り繕い、三人で渋谷駅へ向かった。

——JR渋谷駅の改札前まで初根を送ったふたりは、社宅の方向へ歩きながら話し込んでいた。話題はもちろん、景子と桜井についてだ。

「あのホテル、一階にレストランがあるだけで、上階にバーとか飲める場所はないはずなんだ。だから、景子たちがエレベーターで上がっていったのは、部屋ってことになるんだよね」

「見間違えじゃないよね？　さっきの景子ちゃんと社長だったよね？」

「決めつけるのはまだ早いかもしれないけど、景子は完全に大奥の一員になった、って考えるのが自然かな。山崎に取り次いでもらった可能性が高いね」

「実は、言おうかどうか迷ってたんだけど……」

景子とのあいだに起きた出来事を、洗いざらい歩夢に話してしまうことにした。

山崎から忠告を受けたあと、仕事に邁進して売り上げを伸ばした七星は、ついに景子の成績を超えてしまった。その途端、景子があからさまに牙を剝《む》き出《だ》したのだ。

サロン内でも路上アンケート中も、七星を無視し続けている。前のように一緒に帰ることもしないし、社宅で顔を合わすこともなくなった。

「……あの、景子、ちゃん」

どうにか関係を修復したくて、昨日、ロッカー室で帰り支度をしていた景子に話しかけてみた。だが、彼女は他の同僚たちに「たまには飲みに行かへん？」と声をかけ、七星を置いてロッカー室を出ていってしまった。

閉められた扉の前で立ちすくんでいると、景子の大声が聞こえてきた。

「七星ってな、ああ見えて男好きなんよ。パーティーで男たちに声かけまくってたんやから。めっちゃ浅ましかったわー。社長には反抗的だったくせにな」

それ以上聞きたくなくて、両手で耳を塞いだ。

景子たちが自分の陰口を肴《さかな》に飲み会をする姿が浮かんでしまい、身体の芯から冷気が湧き上がってくる。周囲を巻き込んで嫌がらせを始めた景子が空恐ろしい。おそらく、「いい子の振りをした男好きが、ビギナーズラックで調子に乗っている」などと吹聴しているのだろう。自分は、この仕事でどこまでやれるのか、力を試してみたかっただけなのに……。

打ちひしがれてひとり帰った社宅の入り口で、友海とばったり会った。彼女は一度帰ったあと、どこかに出かけようとしているようだった。

「友海ちゃん、パーティーのあとからあんまり話してなかったけど……」

「あ、急いでるから」

目も合わさずに友海は走り去った。きっと彼女も、景子から何かを吹き込まれているのだ。心に刺さった棘《とげ》の毒が、鈍痛を伴ってじわじわと広がっていく。

中高時代もクラスで空気扱いされていたけれど、それは自らを卑下していた結果だと認識していた。でも、今は違う。仲間だと思っていた景子たちから疎外されるのは、自分で孤独を選んだときよりも遥かに辛い。前のように笑い合えなくなることが、たまらなく寂しい。優姫がいなくなってから、社宅で知り合った仲間が支えになっていたのだと、思い知らされた。

自室に入っても痛みは治まらず、何も食べる気になれない。歩夢に相談しようかとも思ったのだが、こんな話をされても迷惑だろうと思い直し、缶ビールを飲んでベッドに横たわった。しかし、少しうとうとしても悲愴感ですぐ目覚めてしまい、ほとんど眠れない夜を過ごした。

さらに、今日の午後。

フェイシャルに来ていた担当客が、七星に差し入れをしてくれた。デパートで買ってきたと思われる、高級煎餅の箱詰めだ。

「これ、サロンの皆さんで食べてくださいね」

「ありがとうございます。みんな喜びます」

七星は、バックヤードに煎餅の箱を置いて、〈お客様からです。ご自由にどうぞ。神楽〉とメモを張っておいた。これがきっかけで景子と話す機会が作れるかもしれないと、多少の期待も込めて。

ところが、しばらくしてバックヤードに戻ると、箱の中身は全て床にまき散らされ、個包装の煎餅は粉々に踏みしだかれていた。

――なんで？　なんでこんな酷いことができるの？　わたしだけならまだしも、お客さんの厚意まで踏みにじるなんて……。

こぼれそうになる涙を必死にこらえて、ひとり床に膝をつき、煎餅の残骸を片づけた。

そんな七星を、バックヤードの入り口で景子とサビプラたちが笑いながら見ていた。

「いい気味や」とつぶやく景子の嘲り声が聞こえた――。


「それは最低。食べ物を粗末にするやつ、本気で頭にくる。七星、よくこらえたね。あたしだったら切れまくってるよ」

歩夢が吐き出すように言ってくれたので、ほんの僅かだが胸が軽くなった。

「怒りよりも悲しい気持ちのほうが強かった。景子ちゃん、トップになったわたしが気に入らなくて、友海ちゃんや周りにもけしかけてるんじゃないかな。さっき社長と一緒にいたのも、売り上げや社長賞が関係してるような気がしたんだ」

「七星、実はね……」

いかにも言いづらそうに、歩夢が口を開く。

「景子と友海から聞いたの。社長がふたりに言ったんだって。『神楽くんは僕が気に入らないようだ。それなら、無理して会社にいなくてもいいのに』って。それで、あのふたりは七星を排除しようとしてる気がする。景子は社長賞に執着してたから、焦りもある気がするけど」

「やっぱり、そうなのかな……」

つい先ほど、桜井の横で開いていた景子の紅《あか》い唇が、脳裏をかすめて苦しくなってくる。

「でもね、景子たちを庇《かば》うわけじゃないけど、洗脳って本当に怖いんだよ。景子も友海も、本来は気のいい子なんだ。だけど、親との関係が悪かったり、なんらかの問題を抱えてると、心の隙間を埋めてくれる相手に依存しやすいの。悪いのは社長。それだけは言える。あいつ、七星は取り込めないとわかって、会社から追い出そうとしてるのかもしれない」

「……優姫を捜されたくないのかも。だけど、見つけるまで辞めるわけにはいかないよ」

「だよね。あーもう、こうなったら景子たちの洗脳を解く方法を、本気で考えないとな」

そんな方法、あるのだろうか。少なくとも、今の七星には思いつきそうにない。

うなだれた七星を、歩夢がそっと覗き込む。

「七星、今はやり辛いと思うけど、なるべく気にしないで仕事してよ。で、社宅に戻ったらあたしとゴハンしよう」

「……歩夢ちゃん、いいの？」

「もちろん。優姫ちゃんの件でもいろいろあったし、七星が心配なんだ。景子のことが落ち着くまで、しばらく夜はうちにおいでよ」

その途端、両目から熱い涙が溢れてきた。

ずっと抑えていた感情の波が、一気に押し寄せてきたようだ。あわてて目をこすり笑みを作ったが、波は静まりそうにない。ポケットからハンカチを取り出して目元に当てる。

「やだな……もう大人なのに。……っていうか、わたしもまだ子ども、なんだろうな」

「そんなときもあるよ。この街は人が多いけど、誰も他人のことなんて見てないから、思いっきりどうぞ」

歩幅を合わせてくれることがひたすらありがたくて、涙腺がさらに刺激されてしまう。

たったひとりでもいい。理解を示してくれる人がいるだけで、どうにか前に進んでいける。止まってしまいそうになる左右の足を、動かし続けることができる。

「――七星、ほら」

後ろを歩いていた七星に、歩夢がそっと手を差し伸べた。

おずおずと握ると、強く握り返してくれた。

繋いだ手の温《ぬく》もりが、優しく心の傷口を包んでいく。

「歩夢、ちゃん……、わたし、弱くて、ごめん……ね……」

「大丈夫。あたしは七星の味方だよ。ずっと味方。いつか、その涙が強さに変わる。だから、今はそのままでいいと思うよ」

「うん……。ありが、とう……」

歩夢に手を握られたまま、七星はしばらく涙を流し続けた。

〈優姫、いつもの定期報告です。

未読のメッセージが溜まってるけど、連絡が取れるまで報告は続けるからね。

昨日の夜、歩夢ちゃんと、目黒くんっていう歩夢ちゃんの友だちと、三人で近所のクラブに行ってきました。トランス系のイベントだったので、テンションが上がったな。

目黒くんと別れたあと、歩夢ちゃんの部屋でミネストローネスープをご馳走になったの。残り野菜で作る素朴なスープなんだけど、ものすごく美味しかった。

そんな感じで、社宅暮らしもマルムの仕事も、相変わらず楽しくやってます。

……なんて、本当は嘘。

実は、社長のグルーミングのせいで、景子ちゃんやサビプラたちからずっと無視されてるの。店では完全に孤立してます。

孤独感を埋めたくて仕事に没頭してたら、売り上げが全店舗でトップになってしまったよ。明日、社長賞が発表されるんだけど、もしかしたらわたしが表彰されるかもしれない。でも、そうなったら景子ちゃんは、ますます冷たくなるんだろうな……。

歩夢ちゃんは、社長の洗脳を解く方法を考えてくれてるみたいだけど、それって簡単なことじゃないと思うんだ。

今のわたしは、毎日針の筵《むしろ》にいるみたい。社宅に歩夢ちゃんがいるからなんとかやれてるけど、店にいるのが辛い。優姫を捜す気力もなくなってきそうで辛いよ。

……弱音なんて吐いてごめん。

優姫のことは歩夢ちゃんも協力してくれるし、週刊誌の記者とも会う予定だから、ここで逃げ出すわけにはいかない。わたし、もっと強くなりたいよ……〉

「――それでは発表いたします。今月の社長賞は、青山本店の……」

そこまで司会の光流が言ったとき、名前が呼ばれるのかと七星は身構えた。しかし……。

「西沢景子さんに決定しました。西沢さん、こちらにお越しください」

呼ばれたのは自分ではなかった。

「うちが？　信じられんわ」

言葉とは裏腹に得意げな顔で七星を一瞥し、景子がスタンドマイクのほうへ歩いていく。

大会議室に集結したサービスプランナーたちが、盛大な拍手を送っている。

「それでは桜井社長、表彰状の授与をお願いいたします」

光流のアナウンスで桜井が立ち上がる。

「えー、先月から急激に売り上げを伸ばした西沢さん。本当にお疲れ様でした。今回は、お客様からの評判と店長からの評価が、最高得点だったのが西沢さんでした――」

桜井の作り笑いに虫唾《むしず》が走った。

プチホテルで見かけた桜井と景子の姿が、まざまざと脳裏に甦《よみがえ》る。

――そうか。単に売り上げで判断される賞じゃないから、裏でどうにでも操作できるんだ。

それに気づかなかったわたしが愚かだったんだな。

去来するのは悔しさではない。空虚な徒労感だけだ。

どこまでできるのか自分の力を試してみたけれど、そのせいで仲間だと思っていた景子とのあいだに亀裂が生じてしまった。社長の洗脳のせいもあるだろうが、成績を競い合わされていることで、ますます彼女はライバル心を掻き立てられたのだ。

女性客に美という夢を売り、営業部員には賞という夢を見させるマルム。その曖昧で形のない夢には、どれほどの価値があるのだろうか。

もう賞などどうでもよかった。興奮気味で熱弁する景子のスピーチが、ユーチューブ広告の見知らぬ女性のひとり語りのようだ。続いてマイク前に立った秋元の厳しい公開処刑も、エレガントな美空の激励も、なんの引っかかりもなく耳を通り抜けていく。

「――以上をもって、社長賞の表彰式を終了いたします。サービスプランナーの皆さん、次の社長賞を目指して業務に励んでください」

光流のアナウンスで全員が立ち上がり、「お疲れ様です」と一礼をした。先に三人の幹部たちが大会議室の扉から出ていく。

七星も足を引きずって扉まで行こうとしたら、「神楽さん」と男性に声をかけられた。

秘書の山崎だ。金色の封筒を持っている。

「このあと、役員と外部アドバイザーの食事会があります。現場の声を聞くために社員にも参加してもらうのですが、今回は社長が神楽さんを招待したいそうです」

その瞬間、室内のざわめきが消えた。

周囲の女たちがピタリと口を閉じ、射るような視線を飛ばしてくる。

「神楽さんの優秀な成績を称《たた》えたいそうですよ。よかったですね。会場はこの中に書いてあるので、ぜひ出席してください」

幹部の犬である山崎から差し出された、金色に光る封筒。恋愛リアリティショーの真似をした陳腐な演出。行って優姫の情報を探りたい気持ちを、大奥に対する激しい嫌悪感が凌駕《りょうが》していく。

「どうしました？　選ばれたんですよ。封筒を取ってください」

山崎が封筒を突きつけてくる。わざわざ大勢の前で渡すことで、誰もが優越感を覚えるとでも思っているのだろうか。とんだお門違いだ。……いや、わざと社長の誘いを大奥の女性たちに見せつけて、七星への憎しみを煽っているのかもしれない。会社から追い出すために。

それに、この招待自体が山崎や幹部の罠である可能性だってある。開かずの間に誘い込まれたときの驚きと恐怖は、今も忘れられない。いずれにせよ、社長に惑わされなかった七星を食事会に呼ぶなんて、なんらかの魂胆があるとしか思えない……。

行きたくない！　と心の叫び声がし、どう返答するのか決めた。

「……お断りします。まだ仕事がありますので」

小声で告げたら、「え？」と山崎がひと重の瞳を瞬かせた。

「社長からのお達しですよ。これも仕事の一環なので通常業務は休んで……」

「結構です。お誘いありがとうございました、とお伝えください」

周りのサビプラたちがひそひそと話し出す。きっと七星の態度を批判しているのだろう。怖くて足がすくみそうだったけれど、誰に何を言われても仕方がない。嫌なものは嫌なのだ。

人目を避けたくて非常階段へ急いだら、黒いパンツスーツ姿の女性が立ちはだかった。

ビクッと七星の肩が動く。相手は、先ほどまで司会を務めていた光流だ。

「あのね、役員との食事会は行きたがる人が多いの。知見が広がって仕事がやりやすくなるし、出世にも繋がる機会だから。あなた、せっかく社長から選ばれたのに断るつもり？」

相変わらず感情の読めない光流の目を、どうにか見返す。

これまでは言いたいことがあっても、目立たず騒がず黙ってやり過ごしていた。他人とは摩擦を起こさないように一定の距離を置き、深入りは慎重に避けていた。景子に言われた通り、いい子の振りをしていたのかもしれない。……だけど、もう無理だ。

――なれる。七星もなりたい自分になれるよ。

歩夢の凜《りん》とした声が、聞こえた気がした。

「はい。選んでいただかなくて大丈夫です」

腹を括《くく》ったためなのか、自分でも不思議なくらい勇気が湧いてくる。

「神楽さん、もしかして会社を辞める気なの？　それで断ったとか？」

「いいえ、今のところ辞めるつもりはないです」

「だったら、役員ともうまくやっておくべきだと思う」

「かもしれませんね」

「でしょう？　今ならまだ間に合うから、参加してきなさい」

無表情を保ったまま、光流が食い下がる。

この女性も桜井たちの忠犬なのだと、軽蔑にも近い感情が湧き上がる。

「何度言われても答えを変える気はありません。この招待が何かのチャンスなら、行きたい人に譲ります。別の方に声をかけてください。お願いします」

視線と視線が絡み合う。光流は顔色ひとつ変えようとしない。

……駄目だ、耐えられない。

目を逸らした七星に、「そう。それがあなたの選択ね」と素っ気なく言う。

「はい。失礼します」

一礼をして階段を下りようとしたら、「そういえば」と再び声をかけてきた。

「前に退社した白里さんについて尋ねてきたことがあったよね。友だちだって言ってたけど、あれから彼女の行方はわかったの？」

「まだわかりません」

「これからも白里さんを捜すつもり？」

どう答えたらいいのか逡巡《しゅんじゅん》した。山崎の忠告も頭をよぎったが、嘘はつきたくない。

「捜します。必ず見つけ出してみせます」

週刊誌記者とも会う予定だし、無理して幹部に近づかなくても、捜す方法はあるはずだ。

「……なるほど。決意は固いってわけね」

つぶやいた光流は、なぜか左右の口角を微かに上げた。

「わかった。あなたの前には、これから先もいろんな選択肢が現れると思うけど、選んだあとに後悔だけはしないようにね」

無表情に戻った光流が、そのままエレベーターのほうへ去っていく。

今の言葉は上司としての励まし？　それとも警告なのだろうか？

よくわからないまま、七星は非常階段を下りていった。


七階の踊り場で、「ちょっと待ち！」と上から呼び止められた。

景子だ。表彰状と目録を抱えて、一目散に階段を駆け下りてくる。

もう誰とも話したくない。できれば避けたいのに、彼女は怒濤《どとう》の勢いで七星に迫ってきた。

「なんであんたが社長に誘われるわけ？　どーせ会社に居づらくなって自分から取り入ったんやろ、秘書に頼んで。なのに拒否るとかワケわからんわ。悪目立ちしてどうしたいんよ？」

瞳をギラつかせた景子は、以前の陽気な関西女ではなかった。社長のグルーミングで洗脳された結果、七星を敵と見なすようになってしまったのだ。とても辛いけれど、この現実からいつまでも目を背けているわけにはいかない。

「……もう、やめよう」

自分自身にささやいてから、景子に対しても我慢や遠慮を脱ぎ去る覚悟をした。

思い切り息を吸い込み、丸裸の言葉を解き放つ。

「取り入ってなんかいないよ。単純に嫌だったから断っただけ。社長に取り入ったのは景子ちゃんのほうでしょ」

「はあ？　なに言うてんの？　わかった。あんた、売り上げトップだったのに賞が取れんかったから、いじけてるんや。だからって、おかしなこと言わんでよ！」

「あのさ、〝フローライト青山〟ってプチホテル、知ってるよね？」

「……っ？」

明らかに動揺した。これ以上、相手のプライベートに踏み込んでいいのか迷う気持ちを、「そのホテルがなんやねん！」との挑発的な叫び声が吹き飛ばす。

「わたし、景子ちゃんと社長がホテルに入るとこ、見ちゃったんだ。歩夢ちゃんと一緒に。それで今日の社長賞も取れたんだよね。おめでとう」

はっきりと告げた途端、景子が不敵な笑みを見せた。

「あっそ。見られたんなら仕方ないわ。うちは選ばれるのを待ってるのが耐えられんの。だから自分から飛び込んで、社長賞をおねだりしただけ。あの人はうちの理解者。本物の紳士や」

拍子抜けするほどあっさりと、彼女は開き直った。

「そう。頑張った甲斐があってよかったね」

本音を剝き出す景子を前にしていると、言いたくもない嫌味が流れ出てしまう。話しているのが苦しい。このままだと相手も自分も大嫌いになりそうだ。

「じゃあ」と背を向けようとしたら、景子が「あんたさあっ」と声を張り上げた。

「いつまでええ子ぶってる気？　パーティーで男あさりしてたくせに、自分だけは『大奥なんてキモイ』って顔しちゃってさ。反抗的な七星のことなんて、社長が本気で相手にするわけないわ。ガチガチでマズそうやしな」

「そうかもね。忠告ありがとう」

「その言い方もムカつく。忠告ついでに、うちや友海があんたを避けた本当の理由、教えたる」

……本当の理由？

景子は眉尻を大きく上げて、七星を睨みつけた。

「あんたさ、死にたいくらい落ちたことないやろ。うちは兵庫にいた頃、男に騙されて借金の保証人にされたんよ。そいつが飛んで何百万も借金背負って、返すためにキャバ嬢になった。単なるキャバクラやない、風俗に近い店や。……稼ぐために必死やった」

いきなりの赤裸々な告白に、呼吸が止まりそうになった。

「友海はな、ある朝起きたら家も工場ももぬけの殻で、父親と派手好きな継母がいなくなってたんやて。あの子にはなんも言わんで逃げた毒親やった。そのせいで、債権者に友海が追われる羽目になって、本人も夜逃げ同然で逃げて来たんや」

まさか、ふたりにそんな重い過去があったとは、露ほども考えたことがなかった。

華やかで自信に満ちた景子。公務員の親と絶縁しているとはいえ、男性に縁のない七星が憧れるような、キラキラとした青春を送ってきたと思い込んでいた。

星占いを信じるロマンティストの友海も、北海道で海産物の加工工場を営んでいた両親に愛され、離散するまでは大事にされていたのだろうと勝手に想像していた。

何も知らなかったことを、知ろうともしなかったことを、謝りそうになったのだが……。

「不幸自慢をしたいわけやないけど、あんたのええ子ちゃんぶりが鼻につくんよ。ぬくぬく生きてきた七星には、うちらの必死さなんてわからんよな」

……自分たちと七星は、不幸の度合いが違うとでも言いたいのだろうか。

「ごめんね。わからない」

正直に言った。景子はますます眉を吊り上げる。

「苦労したのはわかるし、知らなくて申し訳ない気持ちにもなった。だけど、わたしにだって言えなかった過去がある。なぜ自分たちだけが必死だと思うのか、全然わからないよ」

「そうやろな。お堅い優等生やもんなあ。あんたになんか一生社長賞は取れんわ！」

「わかった。もう行くね」

まだ何か言いたそうな景子を残して、素早く非常階段を下りた。

冷静を装っていたが、心臓はドクドクと波打っている。

……もう無理かもしれない。こんな腐敗した会社にいたら、自分自身も腐ってしまいそうだ。いっそのこと、このまま実家に帰ってしまおうか。そうしたら楽になれる……。

一階まで駆け下りようとしていた足が、サロンのある二階でピタリと止まった。

——今度なんかあったら、七星に助けてもらおうかな。

——神楽さんがいると励みになります。異動したりしないでくださいね。

——大丈夫。あたしは七星の味方だよ。

どうにか仕事に戻れたのは、優姫と初根、それと歩夢の笑顔が浮かんだからだった。


「あれからどう？　景子たちは変わらない？」

「うん。みんな完全に無視。今日もずっとひとりだったよ。でも、人ってどんな環境でも慣れてくるもんなんだね」

仕事帰りの夜。七星は歩夢と共に、渋谷のセンター街を歩いていた。

左右に飲食店やネットカフェ、カラオケやカジュアルファッション店が軒を連ねるここは、圧倒的に十代が目立つストリート。道の真ん中で派手なギャルたちがスマホを構え、自撮り写真のポーズをとっている。遠方から遊びにきた子たちだろう。夜七時を過ぎているのに、制服姿ではしゃぐグループも見受けられる。

昼も夜も雑然としているセンター街だが、清濁併《あわ》せ呑《の》んでくれそうな大らかさも感じ取れ、決して嫌いではない。少なくとも、セレブな空気を振り散らかす表参道よりは居心地がいい。

「……七星、無理して元気な振りしないでよ」

「いつもありがとね。でも、もう無理したり媚びたりしないって決めてるから」

本当に空元気なわけではなかった。

社長賞表彰式のあとで景子の本音を聞いて以来、残念だけど洗脳された相手を気にしても仕方がないと割り切れている。それに、集団の中の孤独は学生の頃から慣れていた。心の痛みを麻痺させてしまえば、どうにか対応できるものなのだ。

「大したもんだよ。社長の誘いを堂々と断った子がいるって、本社でも話題になったくらいだからね。これまでも断ったサビプラはいたけど、会社に居づらくなって辞めた子が多いんだ。でも、七星は肝が据わってるから居座ってくれそう」

「優姫を捜す目的があるからだよ。そうじゃなきゃ逃げてると思う」

「……そっか。そうだよね」

痛みを麻痺させる薬。それが、優姫を捜すことだった。

「今日はとりあえず記者の話を聞くけど、優姫のことも相談したいんだ」

「信用できそうな相手か見極めてからにしなよ」

「うん、そうする」

これから歩夢と共に、週刊文冬の稲葉に会う予定だ。別の取材で多忙だった稲葉との、ようやく果たせる再会。彼が待ち合わせ場所として指定したのが、センター街にあるカフェだった。

「そうだ、友海も大奥の正式メンバーになったんだって」

さらりと歩夢が言う。まるでアイドルの話題かのように軽い口ぶりである。

「ふーん。本人が言ってたの？」

七星もすでに、何を聞いても驚かない耐性を身につけていた。

「そう。昨日の夜、景子と友海がうちに来たの。ちょっと飲んで雑談したんだけど、そのときペロッと言ってた。『社長って酔っぱらうとデキなくなるんだよねー』って。友海も山崎に頼んだんじゃないかな。景子みたいに」

忠実すぎる山崎。光流もそうだが、マルムの幹部と側近たちの異常さは、想像を遥かに超えている。社長に洗脳されてしまった社員たちは、何があっても目を覚まさないのだろうか。

「景子ちゃんと友海ちゃん、大奥のライバルになったのに今も仲がいいんだね」

「オスが一匹でメスが二匹だと三角関係の修羅場になりそうだけど、オス一匹に対してメスが何十匹もいると、メスたちに団結力が生まれるみたい」

「歩夢ちゃんって、いつも冷静に見て分析するよね。感心しちゃうよ」

「もちろん、あたしだって気持ち悪いよ。早く景子たちの洗脳を解いてやりたい。でもね、世の中には似たような話が溢れてるんだよ。芸能界のドンとタレントたち。カルト集団の教祖と信者たち。人気ホストと取り巻きの客たち。いろんなとこに小さな猿山があって、ボス猿が君臨してる。そんな風に考えると、人も動物なんだなーって笑えてくるんだよね」

「そういえばさ、歩夢ちゃんはサビプラのとき……」

社長に誘われなかったの？　と訊こうとしたのだが、「ああ、ここの二階だ」と歩夢が立ち止まったので引っ込めた。彼女はカフェの看板を指差している。

「看板から察するに、いいお店っぽいね。その記者、センスいいかも」

すたすたと前を行く歩夢のあとを追う。

雑居ビルの階段を上がり、木造りの扉を開けて中に入ると、肉の焼ける香ばしい匂いが漂ってきた。オールド・アメリカンなインテリアで統一された、開放的な雰囲気のカフェ。オールディーズのＢＧＭが適度なボリュームで流れている。

ウエイトレスに「待ち合わせです」と告げたら、奥の個室へと案内された。周囲の壁が厚く、隣の声は全く聞こえてこない。ここなら他者を気にせずに話ができそうだ。

「おお、神楽七星さん。やっと会えましたね」

先に来ていた稲葉が即座に立ち上がった。

「稲葉さん、連絡した通り同じ会社の友人を連れてきました」

「はじめまして。経理課の新田歩夢です」

「週刊文冬の稲葉です。いやー、わざわざ来てもらって恐縮です」

初めて会ったときと同様に、ハンチング帽を被《かぶ》りよれたジャケットを羽織った稲葉。天然パーマで目尻が垂れ気味の、愛嬌《あいきょう》のあるルックスをしている。

「仕事終わりでお疲れですよね。ここのカフェ飯なかなかイケるから、なんでも好きなもん頼んでください。ハンバーガーとパンケーキが名物なんですよ」

いりません、と断りたかったが、東京のカフェへの興味が勝ってしまった。

「じゃあ……フルーツのパンケーキがいいかな。紅茶とのセットでお願いします」

地元ではお目にかかれない本格的なパンケーキ。一度食べてみたいと思っていた。

「僕もそのセットにしよう。新田さんは？」

「同じでいいです」

七星たちの対面にいる稲葉がスマホを操作し、モバイルメニューでオーダーを済ます。

「パンケーキ、いいですよね。僕もここのを食べるのは初めてなんです。楽しみだなあ」

嬉しそうに目尻を下げる稲葉は、どこにでもいる平凡な中年男性に見える。しかし、その凡庸さも愛嬌の良さも、記者としての鋭さを隠す鞘《さや》なのかもしれない。

できれば優秀な記者であってほしい。そして、優姫を見つけてもらいたい。

思惑を秘めたまま稲葉を観察する七星の前で、彼はハンチング帽を脱ぎ、カバンからボイスレコーダーを取り出した。

「早速だけど、僕がなぜマルムを調べてるのか説明しますね。ここからの会話は資料として録音させてもらうけど、勝手に記事にしたりしないから安心してください」

稲葉はボイスレコーダーをテーブルに置き、表情を引き締める。

「まず、どうも腑《ふ》に落ちないのが、ここ数年で他の美容系ベンチャーを凌《しの》ぐ急成長をした理由です。ウトビラー・スパトラウバーの幹細胞エキスを使用した化粧品は他社でも扱ってるし、エステに特別な何かがあるわけでもないようでした。ミラクルリンゴがウリらしいけど、幹部以外は実物を見たことがないと聞く。その奇跡のリンゴって、本当に存在するんですかね？」

「それは、わたしたちも知りたいくらいなんです。ねえ、歩夢ちゃん？」

「そう。社内の誰に訊いても企業秘密としか言わない。成分表示は〝リンゴ果実培養細胞エキス〟としかされてないから、特殊なリンゴかどうかも確かめられないしね」

ミラクルリンゴに限らず、ウトビラー・スパトラウバーの幹細胞エキスを使用した化粧品も、リンゴ果実培養細胞エキスとしか表記されないのが実情だった。

「桜井社長の父親は元厚生労働大臣で現役の文部科学大臣。化粧品の認可で特別な計らいがあったかもしれません。ただのリンゴをミラクルリンゴと謳《うた》うことで、原価率を大幅に下げているとか。不正献金の隠《かく》れ蓑《みの》として、息子に起業させた可能性もありますよね」

「つまり、稲葉さんは文部科学大臣の闇を暴こうとしてるんですか？」

七星の質問に、「いや、それは本丸じゃありません」と断言する。

「僕のターゲットは社長の桜井大輔ですよ。彼には叩けば出るホコリが唸《うな》るほどある。スクープになり得るホコリがね」

人畜無害そうな稲葉の顔が、標的を狙う射撃者へと変貌している。

なぜ桜井をターゲットにするのか知りたかった。自分と利害が一致するかもしれない。

「社長に関しては、わたしも歩夢ちゃんも気になってることがあります。先に稲葉さんの知ってることを教えてください」

「わかりました。実はですね、桜井に関するタレコミが編集部にあったんですよ。桜井が女性社員たちに悪質な……その……」

言葉を詰まらせた稲葉に、七星は「もしかしてセクハラですか？」と言ってみた。

「そうです。『悪質なセクハラをしまくっている』ってタレコミなんですけどね」

すると、「コンプラとか気にしないで話してください」と歩夢が促し、質問を繰り出した。

「セクハラ情報は誰からの密告ですか？　あたしたちが知ってる人？」

「それは秘匿義務があるから勘弁してください。タレコミがあったのは僕が週刊文冬に異動する前の話で、そのときは探ろうとする記者がいなかった。だけど、僕は桜井の裏事情を摑んでます。その情報とタレコミ内容を合わせれば、かなり大きなネタになるかもしれないんですよ」

「裏事情ってなに？　もったいぶらないで話してくださいよ」

強気に出る歩夢に、稲葉はやんわりと微笑んだ。

「新田さん、あなたは有能な方だとお見受けします。もちろん神楽さんもです。実を言いますと、道玄坂で神楽さんに声をかける前に、新田さんと話してるのが聞こえてしまったんですよ。『マルムには大奥がある』って話です。セクハラと大奥。僕は非常に興味を引かれました」

「パーティー会場からあたしたちを尾行して、こっそり盗聴してたわけですね」

歩夢の表情が、ますます険しくなる。

「そんな怖い顔しないでくださいよ」と、稲葉は声を和らげた。

「あの日は僕も、偽の肩書と変装でパーティー会場に潜り込んでたんです。で、桜井が恋愛リアリティショーよろしく振舞っているのを見た。僕のそばにいた女性社員たちが、桜井から誘われるとどうなるのか話している。地獄耳の僕は、続きが聞きたくて話しかけるタイミングを見計らってたってわけです。その行為を尾行と盗聴だって言うのなら、その通りかもしれません。だけど……」

鋭い眼光を放った彼が、言葉に力を込める。

「女性を食い物にする奴《やつ》は許せないんです。特に、桜井だけは絶対に許せない」

——驚くほど憎々しげな言い方だ。桜井と因縁でもあるのだろうか……？

隣の歩夢がまた口を開きかけたが、ウエイトレスが来たので閉じてしまった。

「フルーツパンケーキセットです。お好みでハチミツをかけてお召し上がりください」

注文品がテーブルに並ぶ。甘い香りが鼻腔をたまらなく刺激する。

「この先は深刻な話になりそうだから、冷めないうちに食べましょう。僕、甘いものが大好物なんです。三十八の男がひとりで頼むのは気恥ずかしいから、今日はおふたりが一緒でありがたいです」

香ばしく焼かれた厚みのあるパンケーキが三枚。その上には大量のホイップクリーム。さらに、イチゴ、ブルーベリー、バナナ、オレンジ、キウイといった色とりどりのカットフルーツがトッピングされ、見ているだけで心が躍り出す。

稲葉は「お先に」とハチミツを大量にかけ、ナイフとフォークを動かした。

「うー、脳に染みる……。なんだろう、このドーパミンがドバッと溢れる感じ。僕はアルコールで分泌されるのよりも、スイーツで得る幸福感が好きなんですよね」

こんな美味しそうにパンケーキを食べるオジサン、見るの初めてだ。なんだか親近感が湧いてきちゃうな。食べ物でこっちの警戒を解こうとしてるのかもしれないけど、まあいいか。

七星もふわふわの生地にナイフを入れて、生クリームをたっぷり載せて頬張った。

「うわ、美味しい。歩夢ちゃん、これ最高だよ」

「……ホントだ。生地にリコッタチーズとクルミが入ってる。これはアリだね」

三人は話すよりも、食べて飲むことに集中した。

あっという間に各自の皿が空になり、稲葉は「旨かったー」と満足そうに言った。

「さて、話の続きをしましょうか。まずは、僕が知ってる桜井の裏事情からいきましょう」

稲葉が記者の顔に戻った。七星も姿勢を正して居ずまいを整える。

「おふたりは、〝ハイリバティ事件〟って知ってますか？　十九年前に報道されて、世間を騒がせた事件なんですけどね」

七星と歩夢は、同時に顔を見合わせた。

「歩夢ちゃん、知ってる？」

「聞いたことある気がするんだけど、よく覚えてないな」

「わたしも。十九年前ってまだ二歳だったから」

「ですよね。覚えてなくて当然です。ハイリバティというのは、京東大学の男子学生たちが作ったインカレサークルの名前です。当時、〝他校との交流会〟と称したイベントを主催していたのですが、その飲み会に参加した女子大生が、レイプドラッグ入りの酒で泥酔させられて、サークルの男たちに暴行されました。……いわゆる輪姦《りんかん》です」

輪姦、という聞き馴染みのない言葉に、七星は全身が粘つくようなおぞましさを感じた。

この手のニュースを聞くたびに思う。昔も今も、犠牲になるのはいつだって弱者だ。立場や力の弱い者が、強い者に虐げられる。玩具扱いされる。自分だって何も持ち得ない弱者のひとりだ。いつ何時、被害に遭ってもおかしくない。

身震いしながら隣の歩夢を窺うと、彼女も眉間に皺を寄せて稲葉の話を聞いている。

「イベントのたびに男子学生数名がターゲットに一服盛り、サークル事務所やカラオケボックスで犯行に及びました。百名を超えるという被害者の中から五名が被害届を出し、サークルの代表者と男子学生の総勢十九名が実刑判決を受けた。そんな前代未聞のインカレサークル輪姦事件を、ハイリバティ事件って呼んでいるんです」

「最低の鬼畜たちが捕まったんだ」

吐き捨てるように言った歩夢に、稲葉が「捕まったのはごく一部なんですよ」と低く告げ、持参していたタブレットのニュース画面をこちらに向けて置いた。ハイリバティ事件を大々的に報じた、週刊文冬のネット記事だ。

「泣き寝入りせざるを得なかった被害者が大半なんです。逃げおおせた加害者はもっと大勢います。恐ろしいことに、男子学生に協力する女子大生も何人かいたんですよ。ターゲットにされる女子をイベントに呼んだり、犯行後にその女子を慰めてフォローしたりね」

「酷すぎる……」

七星はこらえきれずに口を挟んでしまった。

「まさか、女子が女子を犠牲にしてたなんて。自分の身を守るためだったのか、相手への憎しみなのかわからないけど……。女子を利用する側も卑劣だし、なんか悲しくなってくる」

それは、性的な犯罪とは無縁だった七星にとって、想像を絶する話だった。

「そう、世の中には信じ難い悪が存在するんです。しかも、十九年前に罰せられなかった鬼畜たちが、今も野放しになっている。放っておいたら、また何かやらかすかもしれませんよね」

稲葉の言葉を受け、陰惨極まりない記事を読んでいるうちに、不吉な符合に思い至った。

「……ねえ、京東大学って、桜井社長の出身校じゃない?」

「だね。秋元副社長も社長と同じだよ。京東大の経済学部出身」

歩夢の同意を得て、胸騒ぎが激しさを増していく。

「そう、桜井と秋元は京東大アメフト部でも同期で、サークル運営のメンバーだったんです。ふたりは家が近所で幼馴染みだったらしい。優秀だが家が貧しかった秋元を、大学進学時に金銭援助したのも桜井だったようですね」

本社の非常階段で聞いた桜井と秋元の会話が、とっさに浮かんできた。——この話は信じてもよさそうだ。

「実は、知人に被害者の身内がいて、あの事件を調べ直してほしいと頼まれていたんです。それで当時の関係者に聞き込みをしたら、複数から桜井と秋元の名前が飛び出した。つまり……」

そこで稲葉は、目力をさらに強くした。

「コネや人脈を持つ桜井と、悪知恵の働く秋元。ふたりがイベントを企画してやりたい放題していたのが、ハイリバティだったんです」

「じゃあ、社長たちも女子大生に手を出してたんですかっ?」

つい声が大きくなってしまったが、個室だったので周囲から注目されずに済んだ。

「いや、ふたりともイベント自体には参加していなかったようですね。あくまでも陰で動くフィクサー的な立場で、男子学生たちの卑劣な犯罪を黙認していた。おそらく、最低の同調行動で男たちを結束させていたんでしょう。間接的かもしれないが、事件に関わっていたのは事実。なのに、桜井はなんの制裁も受けずに親の金で起業した。しかも、ですよ」

稲葉は七星たちのほうへぐいと顔を近づける。

「代表取締役として表に出た桜井が、今は女性社員にセクハラ行為をしているという。大奥という言葉から察するに、女性たちをいいように洗脳してる可能性もありますよね。会社の参謀役は秋元。つまり、解散したハイリバティの再来が、マルムといっても過言ではないんですよ」

信じられない！　まさか、桜井と秋元にそんな卑劣な過去があったなんて。だけど、それが事実なら、会社の異常性にも説明がつきそうな気がしてしまう。

「マルムが急成長した裏にも、なんらかの悪事が隠されている予感がするんです。僕はそれを、どうにかして暴きたい。そのためには協力者が必要なんですよ。社内で気づいたことがあったら、どんな些細なことでもいいから教えてほしいんです」

一気に話したあと、稲葉は残っていた紅茶を飲み干した。

七星の体内を、激しい憤りが駆け上ってくる。

桜井と秋元は、大学生の頃から女性たちを〝物扱い〟していたのだ。

桜井は今も同じような感覚で欲望を満たし、秋元と共に女性営業部員を酷使し、女性客から大金を搾り取っているのだろう。そんな奴らの会社に勤めている自分が恥ずかしい。もう、全てを暴露せずにはいられない。

「わかりました」と稲葉に言いかけたら、「ちょっと待って」と歩夢が遮った。

「社内情報を教えろって言いますけど、それって会社に対する裏切り行為ですよね？」

「……まあ、そういう言い方も間違いじゃないかもしれませんけど」

弱腰になった稲葉に、歩夢はきっぱりと言い切った。

「即決なんてできません。考えさせてください。稲葉さん、署名記事書いてます？」

「ええ。まだ少しだけだけど、ネットで読めるものもありますよ」

「じゃあ、それを読んでから決めます。いいですよね？」

真っすぐな歩夢の視線を、彼は眩しそうに受け止めた。

「もちろんです。では、僕は別の席で待ってます。ふたりで僕の記事を見て、じっくり相談してください。もし無理だと判断するのなら、黙って帰ってくれて構いません。了解してくれるならスマホを鳴らしてください。この席に戻ってきますので」

立ち上がった稲葉が、七星たちに真剣な眼差しを注ぐ。

「僕は、立場の弱い者が搾取されて、強い者が私腹を肥やす今の時代を、少しでも変えていきたいんです。自分にもできることがあるのに、何もしないなんて絶対にできない。本気なんです。神楽七星さん、新田歩夢さん、どうか力を貸してください。よろしくお願いします」

ゆっくりと頭を下げた稲葉の様子は、誠実な記者そのものだった。


「七星、安易に引き受けちゃだめだよ。即決しようとしてたでしょ」

稲葉が遠くの席へ移動した途端、歩夢が軽く睨んできた。

「だって、ハイリバティ事件のことを知ったからには、ほっておけないじゃない。マルムの実態を調べたら、優姫の件も何かわかるかもしれないし」

「わかってる。七星は優姫ちゃんのことで目が曇り気味だってこと。でも、会社を裏切ることになるんだからね。慎重に考えないと」

スマホをいじり出した歩夢に、すかさず問いかける。

「ねえ、歩夢ちゃんの本心を教えてよ。断るつもりなの?」

「まだ判断してないよ。七星もあの人の記事を読み込んでから決めたほうがいいって。ね?」

「うん……」と同意しながらも、一瞬だけ考えてしまった。

歩夢が慎重になってくれるのはありがたいけれど、慎重すぎる気がしなくもない。もしかすると、彼女にも優姫を捜させたくない理由があるのではないか? 疑いたいわけではないが、実は幹部たちの手先で、会社の暗部が外部に漏れないように、自分をマークしている可能性もあるのではないだろうか。社長秘書の山崎のように……。

「あのさ、七星」

ふいに、歩夢が視線を向けてきた。

「あたし、お人好しで猪突猛進なところがある七星が心配なの。危なっかしいんだよ。突っ走らないでちゃんと考えてから進もう。そうじゃないと、転んで怪我するかもしれないでしょ」

母が子を叱るようで、思わず笑ってしまった。

「笑い事じゃないよ。本当に心配してるんだからね」

「はいはい、わかったよ歩夢ママ」

「ママの言うことをちゃんと聞きなさい。何度も言うけど、あたしは七星の味方なんだから」

「うん。本当に嬉しいよ」

朗らかに答えながら、七星は内心で「疑ってごめん!」と平謝りしていた。

こんなにも親身になってくれるのに、猜疑心《さいぎ》を持つなんてどうかしている。

「……あ、あった。稲葉さんのネット記事。ほら、七星も早く検索してよ」

歩夢に催促され、七星はあわててスマホを操作した。

ふたりで稲葉の署名記事をリサーチした結果、パワハラやセクハラが横行する芸能界の闇に切り込んだ記事や、若い世代の貧困を扱った記事がいくつか出てきた。どれも飾らず誠意ある言葉で、誰にでもわかるように問題を提起している。

いじめを苦に自ら命を絶った女子中学生の事件では、〈いじめを知りながら見ない振りをする傍観者も、いじめの同罪になり得る場合があるのではないか〉と、持論を熱く綴《つづ》っている。

「――ねえ、これなら信じてもいいんじゃないかな。マルムに闇があるなら、稲葉さんに暴いてもらえそうじゃない？」

七星が言うと、歩夢も小さく頷いた。

「まあ、言ってることと記事の内容にブレはなさそうだね。だけど、社内情報を漏らすってことは、危険な目に遭うのも覚悟しなきゃいけないってことなんだよ。七星は山崎にも忠告されたわけだし、本当に危なくなるかもしれない。それでもいいの？」

真剣な眼差し。危険、の言葉に躊躇する気持ちが込み上げる。

けれど、もしかしたら優姫のほうがもっと危険な状況にいるのかもしれない。あの子を捜すために週刊誌記者が協力してくれるのなら、どんな目に遭おうとも挫《くじ》けない自信がある。それに、ハイリバティ事件の黒幕だったという桜井たちを、このまま放置していいはずがない。

「いい。稲葉さんに全部打ち明ける。社長の大奥のことも、優姫が行方不明になってることも。あんな会社、潰れたっていいから暗部を暴いてやりたい。だけど、歩夢ちゃんを巻き込むのは申し訳ないから、わたしひとりで大丈夫。歩夢ちゃんは先に帰ってくれていいよ」

決意した七星を、歩夢はしばらく見つめていた。

「……わかった。七星が本気なら、あたしもその本気に付き合う」

「歩夢ちゃん、本当に無理しないでいいから……」

「いや、無理なんかじゃないよ。あたしだって、弱者を食い物にするやつは断固として許せない。マルムが悪事で栄えたのなら、そんな会社にしがみついていたくないよ。社内のハラスメントに関しても今までは傍観者だったけど、そうも言ってられない気がしてきたしね」

真顔で言われて、七星の胸が急速に高まっていく。

「よかった。歩夢ちゃんが一緒なら安心だ」

「ただし、稲葉さんが交換条件を飲んだらだよ。こっちがマルムについて探る代わりに、彼には優姫ちゃんの捜索をしてもらう。まずは、その言質を取らないと」

「もちろん、そのつもりだよ」

「じゃあ、稲葉さんとの話を続けようか」

「うん。スマホを鳴らすね」

進むべき道がはっきりと見えた気がして、七星は勢いよくスマホを取りあげた。

それから七星は歩夢と共に、これまで見聞きしたことを稲葉に打ち明けた。

大奥の実態から社長賞を巡るいざこざ、優姫の件や社長の備品室の話まで、こと細やかに。

ときおり質問を挟みながら最後まで話を聞いた稲葉は、「なるほど」と大きく頷いた。

「桜井は、女性社員へのグルーミングで、自分と一夜を過ごすことがステイタスになるように仕向け、大奥のようなシステムを構築した。同調行動で女性たちを結束させているのかもしれません。それに、社長賞のアメと成績不振者の吊《つる》し上《あ》げのムチで、営業部員をコントロールしている。悪質なセクハラとパワハラ、さらには洗脳行為が当たり前のように横行する、今時あり得ないほどのブラック企業ですね」

「知ってます」と、歩夢が即座に応答した。

「その黒さに気づいたから、あたしはサビプラから経理に移れるように動いたの。内勤の経理にはさほど被害が及ばないと思ったから。異動できなかったらとっくに辞めてたと思う。七星がブラックに耐えてるのは、優姫ちゃんの行方を探るためなんだよね」

「そう、今はそれが一番のモチベーションかな」

その目的が果たされるまでは、どんなにブラックでも耐えなければならない。

「稲葉さん。優姫は社長からドライブに誘われて、ミラクルリンゴがあるって噂の別宅に連れていかれたかもしれないんです。優姫の窃盗話もでたらめだろうし、会社は何かを隠している。それを調べていけば、暗部に繋がる可能性がありますよね。だから、優姫の捜索に力を貸してください。約束してくれるなら、わたしたちも協力します。なんでもやるつもりです」

必死に訴える七星を落ち着かせるように、稲葉が「もちろんですよ」と微笑んだ。

「早速、白里優姫さんの居場所と桜井の別宅について洗ってみます。白里さんの本籍やご両親の名前など、知ってることは全て教えてください」

「それはまとめてメールしますね。ありがとうございます」

七星は礼を述べながら、両手で拳を作った。

これで言質は取った。週刊誌記者が優姫を捜してくれる。

「僕が頼みたいのは、社内の情報収集です。できれば悪事の確定的な証拠や、核心的なネタがほしい。幹部が秘密裏に外部の誰かと繋がって、怪しいビジネスをしていないか。裏帳簿が存在していないか。客から妙なクレームが入っていないか。無理のない程度で探ってもらえたら助かります」

「あたしは社長室に出入りできるし帳簿にも触るから、少しは役に立てるかもしれない」

「歩夢ちゃんって、ホント頼りになる。なら、わたしはお客さんのクレームを調べてみるよ」

宣言すると、うねるように使命感が湧き立ってくる。

「おふたりとも、ありがとうございます。声をかけたのが神楽さんで正解でした」

目尻を大きく垂らす稲葉に、親戚のような親しみを感じてしまった。

「そういえば、社長と副社長が個人的に話してるのを、聞いたことがあるんです。暗部とは関係ないかもしれないけど」

非常階段で聞いた会話を、また思い出した。

「なんでしょう？　どんな細かいことでも聞かせてください」

追加注文したホットコーヒーを手に、稲葉が身を乗り出す。

「いずれヒト幹細胞でどんな難病も治せるようになる。うちも美容事業だけでなく、再生医療の分野に進出したい。そんな感じのことを副社長が言って、社長が同意してたんです」

「……再生医療か。僕は詳しくないので勉強しないとな。そういった新規ビジネスの話も、何かの手がかりになるかもしれません。今後もぜひお願いします。それから、マルムの社員名簿とパーティーの出席者一覧を、送ってもらえたら助かります。関係者は可能な限り調べておきたいので」

「そのデータなら、あたしがなんとかできると思います。——ねえ七星、こういうのって内通者って呼ぶんだよね。週刊誌記者の内通者。ドラマとかでは見たことがあるけど、まさか自分たちがそうなる日が来るとはね」

歩夢の言った〝内通者〟の響きが、深く耳に残った。

大それた話になってきたけれど、スクープを狙う記者と組めば、真相に迫れるかもしれない。こうなったら、内通者でもなんでもやるしかない。たとえそれが、危険極まりない選択なのだとしても。

七星はふたりと話しながら、何度も武者震いしそうになっていた。

4

「ほら見て。これ、目黒くんが作ってくれたんだ」

歩夢がフィギュア・クリエーターの目黒と共に七星の部屋に持ち込んだのは、縦長で黒いモルトウィスキーの箱だった。

「社長室のキャビネットに、同じ銘柄の箱がいくつも並んでるのを思い出したの。キャビネットは防犯カメラの真下で死角になってる。これは使えそうだなと思って目黒くんに言ったら、すぐ考えてくれたんだよね」

「俺、探偵グッズも大好きで、無駄に集めてたりするんだ。こういうのを作るのは本当に楽しい。これを社長室に仕かければ、内密の話も聞けるかもしれないよ」

それは、有名ミュージシャンと酒造メーカーの名前がアルファベットで明記された、数量限定販売のコラボレート商品の箱。よく見ると上部の中央に小さな穴が開いている。

「なるほど。この穴からレンズが覗いてるわけだ」

漆黒の箱。光沢のある黒いドット模様がちりばめられているので、近くでよく見ないと穴の存在には気づかない。

「そう。中にボイスレコーダー付きカメラとバッテリーなんかが入ってる。最長で二週間は映像と音声がＳＤカードに記録されるようになってるんだ。カードとバッテリーを二週間ごとに交換すれば、社長室での出来事がずっと観察できるってわけ。歩夢のノートパソコンならＳＤ

カードの差し込み口があるから、すぐに映像がチェックできるよ」

飄々《ひょうひょう》とした佇まいの目黒が、自作の監視アイテムを愛おしそうに眺めている。

歩夢を通じて何度も会っている目黒は、二次元をこよなく愛する純朴な男。優姫やマルムの事情も真摯に聞いてくれる、七星にとっても付き合いやすい相手だ。メカに詳しく慎重な性格で、話をする前に持参した盗聴器発見機で部屋中をチェックし、ないことを確かめるという念の入れようだった。

「目黒くんってホント天才。明日にでも、社長がいないときに本物とすり替えてくるね。何か情報が得られるまでは、あたしがカードとバッテリーを交換するつもり。お坊ちゃまの社長はガードがユルいから、気づかれない自信はあるんだ」

「だけど、社長が箱からウィスキーを出そうとしたら、すぐバレちゃうんじゃない？」

素朴な疑問を口にした七星に、歩夢が「大丈夫」と言い切った。

「同じ箱が十個並んでるんだけど、その中の一本は箱から出して、グラスと一緒に応接セットに置いてあるの。その瓶が空くまでは、同じウィスキーの箱をわざわざ開けたりしないはず。あたし、ほぼ毎日帳簿を持ってくから、瓶の空き状況はしっかり見張るつもり。それにさ、このあいだ久々に掃除したら、全部の箱に埃《ほこり》が積もってたんだ。しばらく触ってない証拠だよ」

「なるほどね。よく考えたなあ。それに、よく同じウィスキーの箱を用意できたね」

「それは簡単。限定品だからネットオークションで売られてるの。それを買っただけ。ちょっと高かったけど、あたしも家飲みのお酒はよく買うから。さー、今夜は三人でコラボウィスキーを飲もう。どんだけ美味しいのか試してみようよ」

箱の中身も持参した歩夢が、ロックアイスを入れたグラスに琥珀《こはく》色の液体を注いでいく。早速ウィスキーをすすった目黒が、「うん、普通」とつぶやいてから七星を見た。

「稲葉って記者さん、優姫さんのこと調べてくれたんだって？」

「そう。優姫の親がいるベトナムの現地法人に連絡してくれた。やっぱり優姫はあっちにいなかったよ。社宅を出る前に、本人からお母さんにメッセージがあったらしいんだ。会社を辞めてバックパッカーの長旅に出るけど心配しないで、って内容のメッセージ」

「よかったじゃないか。優姫さんは無事だったんだから」

のんびりと言う目黒に、つい「よくないっ」と反発してしまった。

「絶対おかしいよ。わたしに連絡なしで長旅をする子じゃないもの。わたしの入れたメッセージは未読のままだし、誰かが優姫のスマホから、成りすましのメッセージをしたんだと思う」

誰がなんのためにそんなことをしたのか、その先は恐ろしすぎて考えられずにいるのだが、優姫は無事なんかではないと直感が叫んでいた。窃盗で逃亡中という筋書きを、誰かが考えたに違いない。それなのに、何もできずにいる自分の無力さに歯ぎしりをしたくなる。

「七星、心配なのはわかるけどさ」

いつものように、歩夢がなだめに入る。

「何度も言うけど、優姫ちゃんは〝人間関係リセット症候群〟で、友だちとの連絡は絶ったけど、親にはメッセージを入れておいた気がするんだ。っていうか、とりあえずそう考えておかない？　そうじゃないと先に進めないよ。これからマルムを探っていけば、七星の想像が当たってるのかわかるんじゃないかな。当たってほしくはないけど」

何を言われても考えを変えるつもりはなかったが、歩夢の心遣いは素直に受け止めたい。それに、異論を唱えても堂々巡りになるだけなので、うん、と頷いておいた。

「あれはどうなんだろう？　社長の怪しい別宅の話」

再び目黒が話しかけてきた。

「稲葉さんは、社長名義の物件がないか当たってみるって言ってたけど、警察でもない限り見つけるのは難しいみたい。だからわたしは、リムジンで別宅に行った人と話してみたいんだ」

リムジンはカーテンで塞がれて外が見えなかったらしいが、聞こえた音などで場所のヒントが摑めるかもしれないし、どんな家だったのかも詳しく知りたかった。

「その件に関しては、あたしが噂の発信源になった人を探ってる。もうちょっと待ってて。七星のほうは？　お客さんで変なクレーム入れてきた人、いなかった？」

「それが、青山本店の記録だと特にないんだよね。クーリングオフにもすぐに応じてるし、化粧品とかで肌トラブルがあると、福山クリニックが対応してるしね。他店のデータは見られないから、手詰まっちゃいそう」

社員名簿やパーティーの出席者一覧は、歩夢がスクショして稲葉に送ってあるのだが……。

「歩夢ちゃん、会社の裏帳簿なんて、都合よく出てこないよね」

「能無しの経理課長をつつけば何か出てくるかもしれないけど、あの人は社長の信奉者だから難しいと思う。でも、この箱を仕かけてデータを回収すれば、新情報が得られるかもね」

ウィスキーを喉に流し込む歩夢。彼女はかなりの酒豪だった。

「俺も陰ながら協力するけど、あんまり危ない橋は渡らないでほしいな。歩夢は冷静なタイプだけど、向こう見ずなところもあるからなあ」

目黒と歩夢が視線を交わす。親密そうだが、ふたりのあいだに友情以上のものは感じられない。お似合いのカップルになりそうなんだけどな、と余計なことを考えそうになり、あわてて打ち消した。自分が恋愛経験ゼロだから、歩夢たちに願望を重ねてしまうのかもしれない。

「わかってる。目黒くんに心配かけたくないから、危険だなと思ったらすぐ撤退するよ。でも、早く進展があるといいな」

好奇心で瞳を光らせる歩夢が、実に頼もしかった。

動きがあったのは、思っていたよりも早い五日後のことだった。

青山本店にいた七星を、営業主任の光流が呼び出し、幹部たちの食事会に出席してほしいと伝えてきたのだ。

「今度は私も参加する食事会。社長たちはあなたの実力を評価してて、一度ゆっくり話したいと言ってるの。変な噂があるから前は断ったのかもしれないけど、私がおかしなことは何もないと約束する。とりあえず顔だけは出してちょうだい」

再び説得され、また嫌悪感が湧いてきたのだが、幹部たちを探る絶好の機会なのだと自分に言い聞かせた。何かの罠である可能性もあるけれど、たとえそうだったとしても、今は週刊誌記者という味方がいる。内通者としての使命もある。あえて相手の懐に飛び込み、なんらかの情報を引き出したい。もう一度だけ桜井の前で優姫の名前を出して、嘘を見極めたい。

「では、伺います」

七星が招待に応じると、光流はビジネスライクに詳細を伝えた。

「明日の午後七時。会場はホテルのレストランです。服装はカジュアルすぎないようにしてください。それから……」

感情を一切表さないまま、彼女は口調を強くした。

「社長たちの前で迂闊な言動はしないようにして。たとえば、会社への批判や何かを探るような発言は、場の空気を乱すことになる。念のため忠告しておきます」

「……わかりました」

厳重すぎる忠告。素直に応じた振りをしながら、慎重にことを進める必要がありそうだ。

密かに考えていると、思いがけない言葉を投げかけられた。

「神楽さん、白里さんの居場所はわかった？」

また同じ質問。これで二度目だ。

「まだですけど、絶対に諦めません。でも、なんでそんなことを訊くんですか？　主任は何かご存じなんですか？」

真意を確かめたくて穴が開くほど注視したが、相手は眉ひとつ動かさない。

「いえ、役員にも白里さんのことを訊いたりしないか、確認したかっただけ。あなたは優秀だから、それが空気を乱す言動だとわかってるはずよね。明日は食事会を楽しんでください」

やはり優姫を捜されたくないのだ。幹部と側近たちは、何を隠そうとしているのだろう？

サロンの裏口から出ていく光流を睨むように見ていると、背後から景子が近寄ってきた。

「氷の女王がいたようやけど、なんかのお誘い？　まさか社長からじゃないよな？　前は断ったくせに、ええ子のあんたが寝返ったりするわけないもんな」

聞き耳を立てていたのかと、うんざりしてくる。

「景子ちゃんが思ってるようなことはないよ。絶対に」

それだけ告げてシャワー室の掃除をしに行こうとしたら、「あんなダサい子、相手にされるわけないやんなあ」と、背後から景子と他のサービスプランナーの嘲笑が聞こえた。

相変わらず、七星を敵と見なしているのだろう。洗脳と人間の恐ろしさを改めて痛感する。

――こんな腐り切った会社、暗部を暴いて優姫を見つけたらすぐに辞めてやる。

心中で唱えながらシャワー室に向かい、ひたすら掃除に専念した。


幹部たちとの食事会は、十周年記念パーティーが開催された〝グランドタワーホテル〟の三十階にある、中華レストランの個室で行われた。

七星は、ザラで買ってあったグレーのシャツワンピースにローヒールという、食事会で浮かない程度の服装でホテルに赴いた。ゆったりとしたワンピースには、真っ赤な前ボタンが縦に並んでいて、着やすくてデザインも愛らしい。七星にしてはフェミニンな一着だ。

緊張で肩をいからせながら、黒いパンツスーツ姿の光流に連れられて店内に入ると、息を呑むほど美しい景観が広がっていた。

高い天井も奥の壁一面もガラス張りになっており、東京の夜景が遥か遠くまで見渡せる。まるで田舎の山で見た星空のように、人工の光が眼下で眩く煌《きら》めいている。ウエイターに通された個室からもパノラマビューが堪能《たんのう》できるので、つい見入ってしまう。

個室の席はよくある円卓ではなく、どっしりとした木造りの長テーブルで、瀟洒《しょうしゃ》なグラスや皿、布ナプキンがフレンチレストランのようにセッティングされていた。

——とんでもなく素敵な店だ。幹部と一緒じゃなければ、絶対に楽しめただろうな。

残念に思いながら七星が光流と着席すると、桜井、秋元、美空が現れた。三人ともこういった場所には慣れているのだろう。見た目も物腰もレストランにしっくり溶け込んでいる。

「お、お疲れ様です」

素早く立ち上がって一礼をした。

情報収集を目的に来たはずなのに、いざ三人が揃った姿を目の前にすると、畏怖の念すら湧いて軽々しく言葉など発せそうにない。

「神楽くん、今夜はよく来てくれたね」

にこやかだけど眼だけ冷たく感じる桜井は、挨拶もそこそこにウエイターを呼び、コース料理と各皿に合うペアリングのワインを注文した。

提供されたのは、一品一品が個別の皿に盛られた高級中国料理だった。

オマール海老の冷製、干しアワビのクリーム煮、北京《ペキン》ダック、フカヒレの姿煮。初めて目にする豪華食材の数々。食欲よりも驚きのほうが勝ってしまい、少しずつしか食べられない。

「神楽くん、もしかして口に合わなかったかな？」

長テーブルの上座にいる洒落たスーツ姿の桜井が、穏やかに話しかけてくる。

下座にいる七星は、あわてて布ナプキンで口元を拭う。

「そんなことないです。こんなにすごい中華は初めてで、緊張しちゃって」

ああもう、なにへりくだってるのよ。この男は景子たちを洗脳して、優姫にも何かした可能性があるのに、もっと堂々と対峙しなさいよ！

自分自身を叱咤してみたが、身体の強張りは取れそうにない。

「ここはね、麻婆豆腐が一番おいしいの。楽しみにしててね」

フェンディのツーピースを着た専務の美空が、優しく微笑む。横にいる副社長の秋元は、にこりともせずにワインを飲み続けている。

桜井と共にハイリバティ事件に関わっていたという秋元。近くで話すのは二度目だが、できれば目を合わせたくない。迂闊な言動はするなと光流から忠告されたことも相まって、この男の不気味な威圧感が、ますます七星を萎縮させている。

「そういえば、ここのオーナーは日本に麻婆豆腐を広めた料理人のお孫さんなんだけどね――」

食事が始まってから、ほとんど桜井がしゃべっていた。七星の成績を褒め称え、会社の業績や新商品について解説し、中国で食べた本場の中華料理と日本との違いを語る。そのわざとらしいほど紳士的な態度が癇《かん》に障り、不快指数も高まっていた。

「――飲み物はどうだい？　ワインじゃないほうがいいかな？」

「はい。お酒、あんまり強くないんです」

とか答えつつも、実は酒豪だった亡き父の血を引いているため、アルコール耐性には自信があった。だが、この場で飲む気には到底なれない。

「だったら、もう少し飲みやすいものを用意しよう。氷室くん」

「かしこまりました」

七星の隣にいた光流が、桜井に促されて個室から出て行く。

幹部三人に囲まれ、さらに息が苦しくなる。

豪華で窮屈な空間は、料理や酒を楽しむ余裕を根こそぎ奪い、七星の味覚を失わせていた。

それでもどうにか味のしないフカヒレを飲み込んでいたら、ウエイターがフルートグラスを運んできた。ウエイターと一緒に戻ってきた光流がグラスを受け取り、七星の前に置く。

高価そうなクリスタルのグラスが、照明の光を受けて輝いている。中は透明で赤茶色の液体で満たされ、フルーティーな香りが漂っている。リンゴジュースだ。

ひと口飲むと、それはジュースではなくカクテルだった。ブランデーのような香りもするが、リンゴの風味が濃く甘さは控えめで飲みやすい。これならワインより喉を通りそうだ。

「それにしても、神楽くんは優秀だねえ」

桜井が再び優しく話しかけてきた。またグルーミングかと身構える。

「どうやらお互いに、何かの誤解があったようだね。もう一度話してみたかったのに、断られたときはがっかりしたもんさ。だけど氷室くんがね、必ず君を呼ぶからまた席を設けませんかって、提案してくれたんだよ」

……営業主任が提案した？　一体なぜ？　そんなこと、ひと言も言ってなかったのに。

危惧していた通り、この食事会は本当に罠なのかもしれない。

――油断は厳禁だ。違和感を見逃すな。

本能に命じられ、まずは光流のリアクションを見定めたかったのだが、彼女はまた席を外していた。とりあえず、三分の一ほど飲んでしまったリンゴのカクテルは避けることにし、ミネラルウォーターを飲み干して気持ちを静める。

「今日は来てもらえて本当によかった。僕は君に期待しているんだよ。生まれはどこだい？これまでは何をしていたのかな？」

「生まれも育ちも山梨県の甲州市で、ドラッグストアでバイトをしてました」

今度は桜井に問われるがままに、経歴を話していく羽目になった。

生い立ち、得意学科、最終学歴、親の職業――。

このまま相手のペースに乗せられたままだと、何も情報が引き出せない。

席に戻ってきた光流は、顔色ひとつ変えずポットのジャスミン茶を飲んでいる。

「……あの、わたしからもお訊きしていいですか？」

「もちろんだよ」

「マルムのミラクルリンゴは、どういった経緯で手に入れられたんですか？」

「それについては、僕より専務が話したほうがいいんじゃないかな」

「そうね」と頷き、美空が箸を置いた。右の中指に大きなエメラルドが光っている。

「私が別のコスメ会社にいた頃に、スイスに行く機会があったの。そこで親しくなったのが、ウトビラー・スパトラウバーの樹を有する企業の役員。その方が、個人的に改良品種の苗を譲ってくださった。それがミラクルリンゴよ。日本で育てるのは無理だろうって、その方に言われたんだけど、社長と副社長に相談したらいろいろと動いてくれてね。お陰でどうにか栽培に成功したの」

「皆さんは以前からのお知り合いだったんですね。学生の頃からのお付き合いなんですか？」

「その質問の意図は？」

突然、秋元が会話に割り込んできた。

ビクリと全身に動揺が走り、箸を落としてしまった。

「もう、副社長は強面《こわもて》なんだから気をつけて。女子社員たちが怖がってるんだから。神楽さん、ごめんなさいね。ああ、お箸は拾わなくていいのよ。代わりを持ってきてくれるから」

美空に言われて、屈みかけていた身体を起こす。少し酔ったのか、頭がふらついている。

「副社長はプライベートな質問を嫌がるきらいがあるんだよ。気にしないで続けよう。僕と副社長は幼馴染みで、同じ京東大学出身。専務は新聖女子大出身だけど、僕たちとは大学時代から親しくしている。今も三人で会社をやれていること自体が、まさにミラクルのようだよ」

「本当に。腐れ縁とでもいうのかな。長い付き合いになったわよね」

大学から親しいということは、美空もハイリバティ事件に関わっていたのだろうか？　男子学生に協力していた女子大生がいたらしいけど、それが彼女だった可能性もある……。

「ほかにも訊きたいことがあるのかな？」

桜井がじっとこちらを見つめている。

優姫の失踪の件、ミラクルリンゴの所在、ハイリバティ事件とマルムの関係性――。

知りたいことはごまんとあるのに、核心に迫る質問ができない。何か言ったら秋元に遮られそうで、言葉自体が出てこない。……酔いのせいで脳の働きも鈍くなってきたようだ。

「あら、麻婆豆腐が来た。神楽さん、新しいお箸もあるから、熱いうちに召し上がってね」

「やっぱり僕は、白米と一緒に食べたくなるなあ。氷室くん、頼んでもらえるかな？」

「はい。ほかの皆様はどうされますか？」

「私はいいわ。副社長もいらないわよね？　お酒と白米は合わないって、いつも言ってるから」

「ああ」

「かしこまりました。神楽さんはどう？　……神楽さん？」

――ぐにゃり。

音がするように、視界が急激に歪《ゆが》んできた。話し声も遠ざかっていく。

光流に答えたいのに、上下の唇がくっついて離れない。思考だけがグルグルと頭の中を巡る。なのに、なぜか気分は高揚していた。まるで空を舞っているかのように身体が軽く感じる。

――アルコールの酔いとは明らかに違う。リンゴのカクテルに何かが仕込まれていたのか？

「酔ってしまったみたいね。お水でももらいましょうか？」

美空の声が、ぼんやりと遠くから聞こえる。

ほしい。水がほしい。なのに、どうしても声が出せない。

身体の力が抜けていき、椅子の背にだらんともたれかかる。照明が眩しくて目を閉じると、瞼《まぶた》の裏でも七色の光が飛び交っている。自由自在に動く美しい光。永遠に魅入られそうになり、あわてて目を開けた。見えるのは自分の膝と絨毯だけだ。首が垂れたまま上げられない。

早く正気に戻りたくて再び目を閉じると、ふいに両肩に誰かの手が置かれた。後ろから光流が支えているようだ。

「そろそろ本題に入ろうか」と、桜井が唐突に言い出した。

「君は、今も捜しているようだね。うちの会社に少しだけいた……白里優姫、だったかな？」

……今、白里優姫って言った？　やっぱり優姫を誘ったのはあなたなの？

「ああ、無理にしゃべろうとしないほうがいい。意識ははっきりしてるはずだ。目を閉じて聞いてなさい。白里は君の幼馴染みだと言ってたね。営業で頑張ってほしかったのに、あろうことか商品を盗んで逃亡したらしい。本来なら通報するところだが、大目に見てやったんだよ」

白々しい！　ねえ、優姫に何かしたんでしょ！　あの子は今どこにいるのっ？

叫びたいのに口が動かせない。それがもどかしくて悔しくて涙が零《こぼ》れそうになる。

「もしかしたら君は、勇敢なハンターなのかもしれないな。〝虎穴に入らずんば虎子を得ず〟って言うからね。だけど、その穴に虎の子がいるとは限らない。何もいないのに穴の中を探られたら、虎は不快に思うだろう。うっかり噛み殺されないように、注意しないといけないよ」

脅してるつもり？　こんな幼稚な手で口封じをするなんて、信じられない！

「もう一度言う。うちの会社はもう、白里とはなんの関係もない。君がなぜ執拗《しつよう》に捜すのかわからないが、どこを嗅ぎ回っても無駄だ。これ以上、妙な勘繰りはしないでほしいんだよ。わかったら瞬きをしなさい。瞼は動かせるだろう？」

瞬きなんてするもんか！

この食事会に光流と共に参加することは、歩夢にだけ伝えてある。万が一、何かあって社宅に帰れなかったら、彼女が騒いでくれるはずだ。

固く目を閉じたまま考えていたら、低く冷徹な声が響いてきた。

「元気な子だ。甲州の親御さんも、元気でいられるといいけどな」

心臓を鷲摑《わしづか》みにされたような気がして、呼吸が一瞬止まった。

……秋元だ。

浮遊していた心が、恐怖で固定される。額にじわりと冷や汗が滲んできた。

「その言い方はやめて。堅気じゃなくなってるわよ」

美空の言葉でやっと気づいた。秋元の不気味な恐ろしさは、ヤクザのそれと似ているのだ。

……これが単なる脅しではなかったとしたら？　この人たちが堅気だとなぜ信じられるの？

もしかすると、都合の悪いものを裏で消す組織と繋がってるのかもしれない。汚職事件とかでよく聞くけど、自殺に見せかけて殺される人がいるって話は事実なんだ。このまま刃向かっていたら、親も自分も消息不明にされてしまう。……優姫のように。

七色の光が火花のように散って消え去り、黒い渦の中に搦《から》め取られた。そのまま漆黒の闇へと吸い込まれていく。

怖い、怖い、怖い、怖い、怖い怖い怖い怖い怖い怖い怖い怖い怖い怖い怖い怖い────。

悪夢のような感覚に耐えられなくなり、とっさに目を開いて瞬きをしてしまった。

涙で視界が覆われて何も見えない。身体はピクリとも動かない。

「よし、それでいい。神楽くん、強い言い方をして悪かったね。顔色が悪い。少し休んだほうがいいな。氷室くん、頼むよ」

桜井の指示で、光流が七星の肩をかついだ。そのまま立たせようとする。

「手伝う」

片側から肩に手を伸ばしたのは、秋元だった。

やめて！　触らないでっ！

無理やり立たされた瞬間、七星の意識は深い暗闇へと堕《お》ちていった。


目覚めると、身体がハイスピードで下降していた。エレベーターの中にいるようだ。

七星は光流と秋元に左右から身体を支えられ、どうにか立っている。さっきよりは力が戻ってきた気がするけれど、頭が酷く重い。唇は固まったままで、まだ言葉は発せない。

「副社長、９０５号室でいいんでしたよね？」

「……何度も訊くな」

「社長はこの子がよほど気になるんですね。酩酊《めいてい》させて部屋に連れていけだなんて」

「俺は無駄な会話が嫌いなんだ。黙っててくれないか」

光流たちの会話が聞こえてくる。腕を振り払いたいのに何もできない。

一服盛ったのはやはり主任だった。おかしなことはしないって約束したのに、この卑怯《ひきょう》者！　ああ、どうにかしないと社長に何かされてしまう。この会社は常軌を逸している。内通者なんて引き受けるんじゃなかった。実家の住所を把握されているのが恐ろしい。どうしたらこの状況から逃れられるのか、早く方法を考えないと……。

「七星さん、目が覚めたみたいね。気分はどう？　……まだ話せないか」

エレベーターが止まり、ドアが開いた。絨毯の敷かれた廊下が見える。

ぐるぐると回っていた目の焦点が、少しだけ合ってきたようだ。

「ボーイがいる。副社長、男性が泥酔した女の子を連れてたら不審がられます。あとは私だけで大丈夫です。このまま戻ってください」

「では、キーを渡しておく」

「かしこまりました」

ひとりで肩を抱き直した光流が、エレベーターから七星を引きずっていく。すごい力だ。足を踏ん張ってみようとしたが、抵抗するだけ無駄だった。前方から若いボーイが歩いてくる。

「お客様、いかがされましたか？　お手伝いいたしましょうか？」

すれ違いざまに、ボーイが声をかけてきた。

「た……す……」

少しだけ声が出たけれど、助けを求めた七星を「大丈夫ですよ」と光流が遮った。

「酔ってしまったんです。部屋で休ませますから。ああ、ここです」

「ま、あ……」

待って、行かないで！

ボーイに叫ぼうとしたが、無理やり部屋の中へ連れ込まれてしまった。

「静かにして。すぐ終わるから」

ベッドに仰向けで寝かされた。

光流は七星のシャツワンピースの前ボタンを、上からひとつずつ外していく。

「やめ……て……」

やめて！　何すんのよっ！

「声が出てきた。ピークはすぎたようね」

七星の首元を緩めただけでその場を離れた光流が、すぐに戻って七星を抱き起こし、ミニペットボトルを口に近づけてくる。微かに首を振ると、冷たいものが口の端からこぼれ落ちた。

「ただの水。たくさん飲めば早く醒《さ》める。大丈夫だから飲みなさい」

……もしかして、助けてくれるのだろうか？

意図が読めずに困惑したが、喉の渇きには抗《あらが》えない。たっぷり一本は飲んでしまった。

「これで落ち着くはず。そのままよく聞いて。これから私が、あなたの身代わりになる」

……身代わり？

あまりの驚きで、頭の中が真っ白になった。

「まず、あなたの服を私が着るから、大人しくしてて」

言いながらワンピースのボタンを全部外していく。抵抗したいのに、あっけなく脱がされてしまった。羞恥心と恐怖心で慄《おのの》きながら下着姿で横たわる七星に、光流はそっと布団をかけた。

「怖がらせてごめんなさいね。飲み物に細工してあったんだけど、量を加減したから寝ればあとに残らないと思う。さっきは副社長を追い払えてよかった。ここは社長がいつも使う９０５じゃなくて９１５号室。部屋代は払ってあるから、起きたらここから出て。替えの服はクローゼットにかけてある。カードキーとあなたのバッグは、サイドテーブルに置いておく」

光流は早口で告げ、自分も着ていたパンツスーツを脱いでいく。

「この機会をずっと待ってた。社長の誘いを断る子、意志の強そうな子がなかなかいなかったから。なんでこんなことをするのか説明したいけど、その時間が今はない。改めて話すね。それから、このスマホは私のスマホと繋いであるの。これから起きることは全て録音する。ここに置いておくから、データは絶対に消さないで。あとで回収するので預かってください。どうかお願いします」

脱がせたワンピースを着込み、用意してあった七星の髪型と似たショートのウィッグを被った光流は、ドアから出ていく前に振り返って言い残した。

「あなたは私が守る。あいつらの好きなようには、絶対にさせない」


……どのくらい時間が経ったのだろう。いつの間にか眠っていたようだ。

手足は弛緩したままで、まだ力が入らない。

『――具合はどうだ?』

いきなり耳元で男の声がし、心臓が跳ね上がった。

隣に誰かがいる……っ?

急いで首を向けると、枕元に光流のスマホがある。通話の声だとわかりホッとした。

『こんなやり口は本意ではないのだが、神楽くんとはもっと親しくなりたいんだ』

鼻にかかった桜井の声で、身の毛が逆立つ。

『秋元が脅すようなことを言ってすまなかったね。君の誤解を解いておきたい。悪いようにはしないよ。長い夜をふたりでゆっくり過ごそう』

それからしばらく沈黙が続き、布が擦れる音だけがしていた。

まさか、光流が自分の振りをしてベッドで桜井と……？

『――あっ、お前！』

突如、桜井が声を張りあげた。

『……残念、気づかれましたか。神楽さんと代わってもらいました』

やはり光流の声だ。

『ふざけるな！　あいつはどうしたんだ？』

『別の部屋にいます。社長に言われて一服盛ったから、今頃は熟睡してるはずです』

『ど、どういうつもりだっ？』

『神楽さんは無理ですよ。副社長が脅したあとで、社長が優しくフォローする。それで大人しくなる子が多かったんでしょうけど、今回は諦めてください。なぜあの子にこだわるんです？　白里優姫さんと何か関係があるんですか？』

優姫！　つい名前を呼びそうになり、歯を食いしばる。

『お前に話す必要はない。こんなことをしてただで済むと思うなよ』

『そんなに怒らないでくださいよ。これは社長のためでもあるんですから。あの子はどんな手を使ってもコントロールできません。通報だってしかねないし、危険すぎます』

『それをどうにかするのもお前の仕事じゃないか。なんのための高給取りだ』

……徐々に桜井の声が遠ざかり、意識も遠のきそうになる。

先ほどから七星は、睡魔に負けそうになるのを必死で耐えていた。

『そうですね。これまでもトラブルになりそうな子は、お金で黙らせた。セクハラだって騒ぐより、メリットを感じる子ばかりで楽勝だった。だけど……。ねえ社長、私だって女なんですよ。私みたいな中性的なタイプは好みじゃないでしょうけど、一度くらい試してもいいじゃないですか』

『やめろっ、気でもふれたのか？　……まさか、何か仕掛けてるんじゃないだろうな？』

『そんなことしませんよ。私だって共犯者なんだから。すみません、おふざけがすぎました。帰りますね』

『待て、お前のスマホを見せろ！』

それからしばらく、ふたりが揉み合う音がして、突然通話が切れた。

どうにか眠気をこらえていた七星の意識も、糸が切れるように消えていく。

――体験した恐怖を反芻《はんすう》するかのように、夢の中で救急車のサイレン音が鳴り響いていた。

目を開けたら、見慣れないカーテンの隙間から朝日が差していた。
備え付けの時計を見る。時刻は午前九時半。まだ頭がボーッとしている。体がだるい。今日は遅番だから、もう少しだけ横になっていよう……。

間接照明が点いたままの瀟洒な天井を眺めているうちに、昨夜の出来事がまざまざと浮かび上がってきた。

そうだ、営業主任と話さなきゃ！

あわてて耳元のスマホを取り上げる。……充電切れのようだ。

バッグから自分のスマホを出して開いたら、早朝から何度も着信履歴があり、メッセージが入っていた。全て歩夢からのものだ。急いで目を走らせる。

〈七星、大変なの。光流さんが事故に遭ったみたい〉

事故……？

早鐘を打ち始めた鼓動をどうにか抑えながら、メッセージの続きを読んでいく。

〈昨日、救急車で病院に運ばれたらしいよ。七星は今どこ？　光流さんと食事会に参加したはずだよね？　スマホが繋がらなくてちょっと心配してます〉

つまり、夢で聞いたサイレン音は現実だったのだ。

おそらく、このホテルで事故が起きて、光流は救急搬送されたのだろう。だが、本当に事故だったのか疑わしい。幹部の忠犬だったはずの光流が、なぜか桜井を裏切ったのだ。あれから桜井と揉めて、口を封じられた可能性だってある……。

考えを巡らせていたら、気分が悪くなってきた。

冷蔵庫からミネラルウォーターを取り出し、一気に飲んでから歩夢に電話をかけた。

「——歩夢ちゃん、いま話せる？」

『大丈夫。どこにいるの？』

「事情があって渋谷のホテルにいる。ねえ、営業主任の事故ってホント？　無事なのかな？」

『病院の人から「入院したので休む」って会社に伝言があったんだって。容体はわからないんだけど、昨日の食事会で何かあったの？』

「いろいろ最悪なことがあったんだけど、会ってから話したい。今夜、仕事が終わったら部屋に行ってもいい？」

『もちろん。待ってるよ』

「主任にも会いたいんだ。どこの病院にいるのかわかる？」

歩夢から聞いた病院の場所を検索し、七星は身支度を整えてホテルの部屋を飛び出した。


ビルとビルのあいだに挟まれていた小さな救急病院は、中に入ると思いのほか奥行きがあった。微かに薬品臭の漂うロビーは、外来患者でごった返している。

受付を済ませて七星がエレベーターで向かったのは、六階の個室病棟だった。

——どうかどうか、命にだけは別状がありませんように。

祈りながら目当ての部屋をノックすると、中から若い女性の看護師が顔を出した。

「すみません、氷室光流さんのお見舞いに来たんですけど……」

「どうぞ」

中に入ると、光流は頭や腕、足に包帯を巻いた痛々しい姿で、ベッドに横たわっていた。

かなりの大怪我のようだが、こちらに目を向けたので少しだけ安堵《あんど》した。

「……神楽さん、来てくれたのね」

沈んだ声だけど、意識ははっきりしている。――よかった、命だけは無事だった。

「主任、事故と聞いて驚きました。これ、お見舞いのフルーツゼリーなんですけど……」

途中で買ったタカノフルーツパーラーの包みを差し出すと、彼女は口元を綻ばせた。

「ありがとう。甘いもの、大好きなの」

……信じられない。氷の女王が普通に笑った。しかも、風でそよぐ白百合のような、清らかで優しい笑顔だ。無表情の彼女しか見てなかったので、あまりのギャップに戸惑ってしまう。

「どうしたの？　驚いた顔して」

「なんだか、いつもの主任とは違うなと思って」

「ああ、会社ではずっと仮面を被ってたから。さすがに病院では脱ぎたくなるよ」

口調も柔らかく、公的な場での光流とは本当に別人のようだ。

「そうだったんですね。あの、ゼリーを冷やしておきます」

備え付けの冷蔵庫にゼリーを入れていたら、看護師がベッドのジャッキを動かし、光流の上半身を少しだけ起こしてくれた。

「では、またあとで来ます。くれぐれも無理はしないでください」

看護師が出ていくと同時に、七星はベッド脇のパイプ椅子に腰を下ろしながら尋ねた。

「心配してました。昨日ホテルで何があったんですか？」

「説明する前に確認させて。枕元に置いてきたスマホは持ってる？」

「ここにあります」

バッグの中からスマホを取り出した。

「よかった。私のボイスレコーダーとスマホは社長に取り上げられたから、そこに録音されたデータだけが証拠なの。迷惑をかけてごめんなさい。借りた服は弁償させてもらうね」

「服のことはいいです。何があったんですか？　この怪我、社長にやられたんですよね？」

「違うのよ」と、光流は辛そうに顔をしかめた。

「あれからどうにか逃げたんだけど、社長に追われて非常階段を駆け下りたら、途中で足を踏み外してね。かなりの高さから落ちて床がリノリウムだったから、ダメージも大きかったみたい。全身打撲と右足首の複雑骨折。昨日の夜に骨折の手術を受けたの」

「手術まで……」

自分が寝ている間に大変な事故が起きていたと知り、いたたまれない気持ちになってくる。

「何も知らなくてすみません。話してて大丈夫ですか？」

「今は痛み止めが効いてるから大丈夫。でも、全治には三ヵ月以上かかるみたい。……自業自得。あなたにあんなことをした天罰かな。守る、なんて意気込んだのに滑稽よね」

「主任……。ちゃんと守ってくれたじゃないですか」

だから自分は桜井の餌食にならずに済んだのだ。そこに関しては、感謝してもしきれない。

「もう主任なんて呼ばれるような立場じゃないよ。神楽さんを騙してしまった。あれは私があなたの身代わりになって、決定的な証拠を押さえるために仕組んだ食事会だったの」

「仕組んだ食事会？」

「そう。社長をそそのかして一席設けさせた。あの男の悪質なセクハラを告発するために」

「告発？　主任も社長に何かされてたんですか？」

「私じゃなくて……」と言《い》い淀《よど》んだ光流は、傍らに座る七星をしかと見つめた。

「こうなったら神楽さんに頼るしかないから、全部話すね」

彼女は視線を外し、ぽつりと言った。

「何かをされたのは姉。うちの姉は、人生を台無しにされたの。社長と副社長に」


それから光流は、ベッドに横たわったまま静かに語り始めた。

驚いたことに、光流と同居している腹違いの姉は、十九年前に報道されたハイリバティ事件の被害者だった。

前に友海が噂話をしていた、アラフォーで独身の姉。彼女は大学生の頃、先輩だった桜井に声をかけられてイベントに参加し、ドラッグ入りの飲み物で酩酊。そのままサークル事務所に連れ込まれ、桜井の後輩たちに襲われてしまった。告発しようとしたのだが、加害者のひとりにあられもない写真を撮られており、ネット上に晒《さら》すと脅されたため、断念せざるを得なかった。以来、精神的に不安定となって人間不信に陥り、未だに通院を続けているという。

やがて、実行犯たちは逮捕され刑に服したが、姉をイベントに誘った張本人でハイリバティの黒幕だった桜井と、仲間の秋元は逃げおおせた。

光流は姉の無念を晴らすために、桜井の会社に就職。忠実な部下となって信頼を勝ち取り、桜井の非人間的な裏の顔を、根気強く暴こうとしていたらしい。

「――復讐《ふくしゅう》心はいつしか、セクハラの被害者の中に、精神を病む人と病まない人がいることへの興味に変化していった。姉はほとんど家から出ないし、私以外の人とはろくに話せないままでいる。だから、社長に何をされても病まずに済んだ女性社員を観察して、姉の治癒に役立てたいと思った。でも、結局何もわからない。もう限界。あんな異常すぎる会社、この手で壊したいと思ってる。……神楽さん、巻き込んじゃって本当にごめんなさいね」

「いいえ、そんな事情があったなんて、本当にお気の毒です……」

それ以上の言葉は出てこなかった。何を言っても薄っぺらくなりそうで、光流の細くて長い右手を見つめながら、光流と彼女の姉に思いを馳《は》せた。

本人だけでなくその身内までもを不幸にする、弱き者への理不尽な性暴力。これまではあくまでもニュースの中の出来事で、本気で怒りを覚えることはなかった気がする。だけど、今はもう違う。身近な人が苦しんでいるのだ。自分も危うく被害者になりかけたのだ。こうして考えただけで、食事会での屈辱や恐怖が甦ってくる。

あのまま桜井の部屋に連れ込まれていたら。自分では何も選べずに、大切な物を奪われてしまったら。……心も身体も、ズタズタに壊れてしまったかもしれない。相手の快楽のために。

――ふいに、全てを焼きつくしそうなほどの熱が、身体中を駆け巡った。

悔しい！　一体なぜ、いつも女性や弱者が犠牲にならなければならないのか。

許せない！　女を身勝手に弄ぶ男を、弱者の尊厳を平気で奪う強者を、絶対に許さない。

優姫を捜しながら自分にできる手段を考え続けて、加害者たちに然《しか》るべき罰を与える。こんなにもちっぽけな雑草にだって、できることはあるはずだ。どんなに時間がかかっても、必ずやり遂げてみせる！

七星の中で燃え上がった憤怒《ふんぬ》の炎は、どうあっても消えそうになかった。

荒ぶった心を落ち着かせるために、部屋から出て廊下の自動販売機で飲み物を買ってきた。自分にはアイスティーのペットボトル。光流にはアイスカフェラテのストロー付きパック。七星がパックにストローを差して渡すと、光流は礼を言って動く右手で受け取った。

ふたりでひと息ついたあと、光流は静かに口を開いた。

「あのね、白里優姫さんの件だけど、何が起きたのか私も本当にわからないの。社長たちは商品を盗んで逃げたと言ってるけど、実際はどうなのか本人からも聞かないと判断できないし。でも、社長たちは白里さんについて何か隠してるね。昨日はっきり思ったよ」

「同感です。あの、社長が優姫を誘ったことはなかったんでしょうか？」

「私が知る限り、それはなかったはず。だけど、あの男の行動を全て把握してるわけじゃないから、断言はできないかな」

「そうですよね……。どうしたら優姫の居場所がわかるんでしょう？」

藁《わら》にもすがる気持ちで尋ねると、「素人には難しいかもしれないね」と気の毒そうに言った。

「だけど、この先、週刊誌の記者がマルムの実態を暴いてくれさえすれば、白里さんのことも明らかになると思うよ」

「週刊誌の記者？　もしかして、週刊文冬の稲葉さんですか？」

名前を言ってよかったのか、迷う暇さえなく飛び出てしまった。

光流は目を見開き、「そうだけど、神楽さんも彼を知ってるの？」と訊いてきた。

共通の記者を知っている。それなら、隠し事をする必要はないだろう。

「はい。マルムの実態を探ってるから、情報を流してほしいと頼まれました。わたしも新田さんと一緒に優姫のことを話して、稲葉さんに協力することにしたんです」

「そうなのか……」

ストローでカフェラテを吸い込んでから、光流は再び口を開いた。

「実はね、私も稲葉さんに情報を提供してたの」

その瞬間、稲葉が言った「タレコミ」という言葉を思い出した。

「あのですね、前に稲葉さんが言ってたんです。編集部にマルムのセクハラについてタレコミがあったって。もしかしてそれも主任だったんですか?」

「そう、密告したのは私。最初は相手にされなかったけど、稲葉さんが調査を始めたので希望が見えてきた。それで、社長が七星さんを連れ込むように誘導して、私が成り代わって部屋に行ったの。独断でね。かなり無謀だったけど、あの男の非道なやり口は録音できたはず。神楽さん、申し訳ないんだけど、証拠のスマホを稲葉さんに渡してもらえないかな?」

初めて見る、縋《すが》りつくような眼差し。迷いなど全く生じてこない。

「わかりました。必ず届けます」

光流が決死の覚悟で録音した通話記録。このまま無駄にしていいわけがない。

「よかった……」

光流の身体から、力が抜けていく。

「あなたを危険な目に遭わせたこと、本当に悪かったと思ってる。言い訳したいわけじゃないけど、私が女の子に一服盛ったのは初めてなのよ。これまでは、社長が女の子とトラブルを起こしたときだけ呼ばれて、お金で解決させられてた。私か美空専務がトラブル処理係だったの」

「待ってください。社長はそんなにトラブルを起こしてたんですか？」

「私は五人の子をお金で黙らせた。専務はもっとかもしれない」

「……じゃあ、社長はこれまで、どのくらいの女性を誘い込んでいたんですか？」

「セクハラが酷くなった三年くらい前から、月に二、三回はあったはずだから……。百人以上はいるんじゃないかな。リピートした子もいたし、実数はもっと少ないと思うけど」

五人というトラブル数が相対的に多いのかよくわからないが、桜井の病的なほどの横暴さはよくわかる。これまで大ごとにならずに済んでいたのは、周囲が守っていたからだろう。

「……姉のためとはいえ、最低の汚れ仕事だったよ。もう二度とあんなことしたくない」

目を伏せた光流に、冷ややかで厳しい営業主任の面影は微塵《みじん》もない。その素顔は、激しい闘志を内に秘め、周到に戦おうとしていた、悲しいほど姉想いの女性だった。


——気づけば、窓越しに高く昇ってきた太陽の光が、光流の顔に差しかかろうとしていた。

「あの、カーテン閉めましょうか？」

「そうね、ありがとう」

窓辺の遮光カーテンを閉めると、薄暗くなった部屋が秘密めいてきたように感じる。

七星はこの際、知りたいことは訊いてしまおうと、再びベッドの脇に座った。

「主任、もう少し質問させてもらってもいいですか？」

「どうぞ。今さら隠し事なんてしないよ」

「わたしが飲んだの、ドラッグが入ってたんですか？　酔い方が普通じゃなかったけど」

「アップルジャック。ドラッグじゃないけど、似たような効果のあるリンゴのブランデーの一種。昨日は小瓶で持たされてたんだけど、あなたのジュースに入れたあと社長に回収された。あの男がミラクルリンゴで造った密造酒よ」

光流の説明によると、それはアメリカ植民地時代に流行《はや》ったアルコール飲料。自然発酵させたリンゴ酒を凍らせて水分を取り除き、アルコール度数と甘みを高めていく、凍結濃縮法と呼ばれる原始的な方法で造ったもの。そんな昔ながらのアップルジャックを、桜井は極秘施設のミラクルリンゴで密造しているという。

特殊なリンゴだからなのか、ドラッグのような幻覚効果が得られるらしく、桜井はどうしても懐柔したい女子に飲ませることがあるそうだ。

「――少量とはいえ、飲ませてしまってごめんなさい」

何度も真摯に謝る光流を、今ここで責めたって何も生まれない。

「それはもういいです。許せないのは社長たちですよ！」

密造自体が犯罪なのに、その酒で酩酊させて性犯罪と同義のえげつない行為に及ぶ。まさにハイリバティを彷彿《ほうふつ》とさせる鬼畜だ。優姫も毒牙にかかってしまったのかもしれない。

「極秘施設って社長の別宅らしいですよね。どこにあるのか本当に知らないんですか？　そこに優姫が連れていかれたかもしれないんです」

七星が事情を詳しく話すと、光流は「本当にわからないの」とうなだれた。

「研修でも話したけど、施設の場所は幹部しか知らない機密事項なのよ。リムジンで連れてかれた女性がいるって噂は聞いたことがあるけど、それが誰なのか、事実なのかもわからなくて」

その件に関しては、歩夢が噂の発信源を辿っているはずだった。今は朗報を待つしかない。

「じゃあ、何か幹部について知ってることがあったら教えてください」

「そうだな……」

少しだけ考えたあと、彼女は言った。

「美空専務に子どもがいるって話は聞いてる?」

「聞きました。五歳の息子さんをひとりで育ててるんですよね」

「厳密に言うと、ひとりじゃないの。父親は秋元副社長」

「えっ? 副社長の?」

「そう。意外かもしれないけど、副社長と専務は内縁の夫婦。大学の頃から付き合ってたらしいよ。今も近くに住んでて、親子三人で過ごす時間も多いみたい」

ヤクザのような脅しをかける秋元が、子を持つ親だとは信じ難かった。華やかな美空との組み合わせもしっくりこないけれど、見た目で判断はできないなと思い直す。

「大学といえば、専務もハイリバティ事件の加害者だったんでしょうか?」

「社長と副社長は真っ黒。でも、専務はグレーかな。あの人を現場でずっと見てきたけど、質の高いコスメを女性たちに提供したいって、本気で思ってるみたい。専務に感化されたから、私も営業力を発揮できたんだと思う。……裏の顔は周到に見せないだけかもしれないけど」

なるほど、と頷くしかなかった。美空に関しては、つかみどころのない人、としか七星も言えずにいる。グレーとの表現は言い得て妙だ。

「そうだ、マルムが画策してる悪事に心当たりはありませんか？」

「稲葉さんからも散々訊かれたよ。だけど、私はエステとコスメの営業に関わるごく狭い範囲しか見てないから、そこまでの情報は摑めなかった。経費の動きやお客さん側から探れば、何かわかるかもしれないけど」

「つまり、新田さんとわたしが、内通者としてベストなわけですね」

「それなんだけど……」と、光流は心配そうに七星を見上げた。

「これ以上、危険なことはしなくてもいいんじゃないかな。私は怪我で動けないし、もう会社には戻らないつもり。私のスマホを稲葉さんに渡してもらえたら、あとは彼がハイリバティ事件と絡めて記事にしてくれるはず。社長たちに社会的制裁が下されれば、そこからマルムに綻びが生じるだろうし、ほかの悪事もあるならいずれ発覚する。私はそう思うんだけど」

「でも、早く優姫の行方を……」

「気持ちはわかるよ。痛いくらいわかる。ただ、社長と副社長の脅しも心配なの。あれだけのことをやったってことは、神楽さんに探られたら困る何かがマルムにはあると思う。でも、あなたはすでに警告されている。ご家族の身に何かあったら、私も寝覚めが悪くなるよ」

両親に魔の手が伸びたら。そう考えると身がすくんでくる。

だけど、優姫のことは諦められない。悪魔が君臨するマルムを、この手で崩壊させたい。

「……ごめんなさい、少し疲れてきたみたい」

ふいに光流が、額に右手をやった。

「すみません、長居してしまって。あ、何か買い物してきますか？　下着とか着替えとか」

「もうすぐ友人が来てくれるはずだから大丈夫。神楽さんはできるだけ早く稲葉さんに会って、証拠のスマホを渡してね」

「わかりました」

今の自分にできることは、残念ながらそれしかなかった。

「あと、私のデスクの二番目の引き出しに、社長の被害にあった元社員の告発文とか証言データとか、稲葉さんの役に立ちそうな書類が入ってるの。極秘資料って書いてあるＢ４の茶封筒に入れてあるから、それも渡してください。面倒をかけるけど、どうかお願いします」

それから光流は、引き出しについているダイヤル錠の番号を七星に教えた。


〈優姫、大変なことになってきました。

昨日、社長たちに脅されたの。信じられないほど卑劣な方法で。だから本当に嗅ぎ回るのをやめないと、もっと酷い目に遭うかもしれない。今すぐどうにかしてやりたいけど、歩夢ちゃんが社長室にカメラを仕かけたから、その結果を待とうと思ってます。

でもね、社長のセクハラの証拠を集めてた光流さんが、そのせいで大怪我をして入院したので、わたしが明日の朝、証拠の一部を光流さんのデスクからピックアップする。

それだけは記者の稲葉さんに渡しに行くつもり。

さっき歩夢ちゃんに報告したら、一緒にデスクに行くと約束してくれた。考えてみると、サロン勤めのわたしが本社に行くと目立つんだ。ほかの社員が先にいたときのためにも、彼女に手伝ってもらうのがいいと思う。

わたし、歩夢ちゃんと会えてよかった。お陰で少しは強くなれた気がする。東京は華やかなだけの街じゃないってわかってきたから、もっと強く逞《たくま》しくなりたい。

これでついに、マルムの実態が報道される。パワハラとセクハラが凄《すさ》まじい社長たちに天誅《てんちゅう》が下って、優姫の居場所もわかる。そうなったら最高なんだけど。

そうだ、本当に最高なことがあった。うちの母親、ついに体外受精に成功したの。来年には妹か弟ができる予定なので、産まれたら優姫にも会ってほしいな。

優姫。「バックパッカーの長旅に出ます」って、お母さんにメッセージがあったらしいけど、それは成りすましの工作だとわたしは思ってる。どうか無事でいてください〉

本社の営業部に忍び込んだのは、まだ誰も出社していない朝七時頃だった。

七星も歩夢も、目立たないように黒のニットとパンツを着ている。まるで泥棒のようだ。

青を基調とした薄暗い室内。パソコンの並ぶデスクがいくつかの島になっている。広々としているのに閉塞的で胸苦しいのは、裏切り行為をしている自覚があるからだろうか。

その罪悪感にも似た気持ちを正義という言葉で塗り変えて、窓際にある光流のデスクにそっと近寄った。右側に三つの引き出しがついた、シンプルなデスクだ。

「光流さんのデスク、荷物が片づけてある。辞めるつもりで賭けに出たんだね。すごいな」

歩夢が小声を発した。確かに、デスクの上には何も置いていない。

「うん。勇敢な人だよね」

七星は一番上の引き出しのダイヤル錠を操作し、錠と連動する二番目の引き出しを開けた。

「……これかな？」

厚みのあるＢ４の茶封筒。表に小さく極秘資料とペン字で記されている。中身は——告発文と書かれた数枚の白い長形封筒。ＳＤカードも入っている。この書類で間違いない。

七星は光流から預かったスマホも茶封筒に入れ、大切な証拠をしっかりと胸に抱えた。

「これで光流さんとお姉さんの無念が、少しでも晴れたらいいんだけどね」

「七星も大変だったね。目が赤いよ。寝不足なんじゃない？」

「あんなことがあったばかりだし、今日は稲葉さんと会うまで油断できないし、気が高ぶって昨日は寝られなかったよ。サロンは休みだから、出版社に行って渡したら帰ってすぐ寝る」

ここ数日の現実離れした出来事で、心身共に疲れ切っているのは事実だった。

「それがいいと思う。あたしは仕事だから一緒に行けないけど、よろしく言っといてね」

「了解。歩夢ちゃん、まだ時間あるよね？　朝カフェでモーニングセット食べない？」

「そうだね。悪くないかも」

じゃあ行こう、と扉に向かって歩き出した七星を、「あのさ」と歩夢が呼び止めた。

振り返ると、なぜか彼女の目元は昏《くら》く、思い詰めた表情をしている。

「七星。あたしね……」

「どうしたの？」

「先に謝っておく。ごめんね」

予期せぬ言葉に、胸の奥でちりちりと不安の火が燻《くすぶ》り始めた。

「なに？　なんか変だよ。歩夢ちゃん、どうかしたの？」

「あのね、本当は社長室に何も仕かけてないんだ。やっぱり無理だったの。目黒くんにも謝っておいた。本当にごめん」

頭を下げた歩夢の長い髪が、ニットの胸に垂れている。

「……それ、どういう意味？」

歩夢のもとに一歩踏み出そうとしたら、いきなり背後で扉が開く音がした。


「その書類、どこに持って行こうとしてるのかしら？」


——心臓が止まりそうになった。

恐る恐る後ろを向くと、専務の美空が腰に手を当てて仁王立ちをしている。

部屋が暗くてもはっきりと認識できる、完璧なメイクとヘアセット。いかにも高級そうなスーツとハイヒール。うっすらと漂う香水はディオールだろう。

——なぜ？　なぜこの人がここにいるの？

驚愕で目を見開いた七星は、書類を掻き抱いて後ずさりをした。

「新田さん、ご苦労様。お陰で妙な気を起こしそうな社員を改心させられるわ」

美空は歩夢に向かって優雅に微笑んでいる。

急いで歩夢に視線を走らせた。彼女はうつむいて七星と目を合わせようとしない。

「……嘘でしょ？　歩夢ちゃん、何かの間違いだよね？」

「間違いなんかじゃないわよ。新田さんはね、社員の監視役として社宅に入ってたの。新田さん、お芝居はもういいからこっちにいらっしゃい」

信じ難いことに、歩夢はうつむいたまま、美空のもとへ歩いていく。

「神楽さん、一昨日は社長と副社長が失礼な態度を取ってごめんなさいね。氷室さんがあんなことになるなんて、ホテルで知って驚いたわ」

謝罪の言葉がどうにも軽く感じるのは、美空が威圧的に腕を組み、自分より背丈の低い七星を見下ろしているからだ。

「それで、帰ろうとしてたんだけど急遽《きゅうきょ》社宅に行くことにして、新田さんに訊いたのよ。氷室さんと神楽さん、結託して何か企んでたんじゃないかって。そしたら、あなたは関係なかったことがわかった。だけど、決死の氷室さんから何か頼まれるかもしれない。もし神楽さんが動こうとしたら連絡してねって、新田さんに頼んでおいたの」

いかにも嬉しそうに頬を緩める美空。

横に立った歩夢は、押し黙って微動だにしない。

「嘘。社長のセクハラを止めなかった専務のことなんて、信じられるわけがないでしょう」

「だから謝ったじゃない。あれは社長が考えた浅はかな方法。私と副社長は反対したのよ。でも、止めても聞かなかった。案の定、この有り様よ。だから、私がわざわざここに来たの。新田さんが教えてくれたから」

美空が歩夢の右肩に、エメラルドの指輪をはめた左手を置いた。

「ねえ、新田さん。いつも教えてくれてたのよね。誰が何を言って何をしてたのか。神楽さんが誰かを捜してることも。そうでしょ？」

ありえない。桜井を嫌悪していた歩夢が、自分を裏切るわけがない。いつだって親身になってくれたし、今日も証拠の回収を手伝ってくれた。強さを教えてくれたのも彼女だ。それに、これから一緒にカフェでモーニングセットを……。

「はい、そうです」

無表情のまま答える歩夢。その瞬間、比喩ではなく目の前が真っ暗になった。

そのまま倒れそうになり、ガタン、と近くのデスクに片手をつく。

「あら、大丈夫？　まだ疲れが取れないのね。当然だわ。早く用件を済ませましょう。あなたが持ってる書類。私にはなんだかよくわからないけど、うちの会社にとってよくないものだってことはわかる。新田さん、この書類に全て入っているのかしら？　漏れはない？」

「はい」

再び返事をする歩夢の冷たい態度は、まるで見知らぬ他人のようだ。

「なら間違いないわね。神楽さん、お願いだから、それを渡してくださる？」

両手を差し伸べた美空に、強烈な怒りを覚えた。

「嫌です！　あなただって女なのに、なんでこんな気色の悪いセクハラ、黙って見てられるんですか？　しかも隠蔽しようとするなんて、どうかしてるとしか思えません！」

「そうね、とても悲しいことだと思う。だけど、男社会で生き抜くためには、心を鬼にしないといけないときもあるのよ」

あくまでも穏やかに答える異常な相手よりも、歩夢のほうが気になる。

「歩夢ちゃん！　わたしに言ったのは全部嘘だったの？　一緒に記者と話したよね。内通者になるって言ったよね。優姫は妹に似てる、捜索に協力するって……」

「ああ、それも全部聞いてるわ。あんまり新田さんを責めないであげて。人にはね、いろんな事情があるの。新田さん、もういいから先に出てちょうだい」

歩夢は視線を外したまま、逃げるように扉へ向かっていく。

「待って！　歩夢ちゃんもこの人たちに脅されてるんだ。そうなんでしょ？　本当のことを言ってよ！　ねえ、こっちを見てよ！　行かないでっ！」

ほんの僅かだけ、彼女の肩が動いた気がしたが、足は止まらなかった。

「歩夢ちゃん！」

七星の切なる呼びかけが、空《むな》しく響き渡る。

歩夢は一度も振り向かずに、扉の外へ消えていった。

――視界が涙でぼやけてくる。優しく寄り添い、ときには勇気づけ、慰めてくれたいつかの歩夢が、いくつも浮かんで瞼を熱くさせる。

「もういいでしょ。新田さんはあなたを裏切っていた。あなたは社宅に入った初日から、新田さんの監視対象でしかなかったの。その事実に変わりはないんだから、しがみつこうとするだけ無駄よ。それに、新田さんはすでに引っ越しを済ませています」

「引っ越し？　そんなわけないですよ。今朝だって一緒に社宅からここに……」

「それも、あなたを見張るためのお芝居よ。新田さんはもう社宅には帰りません。監視役の任務を果たしたら、マンションでひとり暮らしをさせる約束をしてたの。昇給もさせるわ。うちはね、私たち幹部の言うことさえ聞いていれば、報酬も役職も十二分に与えられるんです。あなたも歩夢ちゃんがどうのと子どもっぽく言ってないで、社会人としての自覚を持ちなさい」

美空はソフトな声音で、よどみなくしゃべり続ける。

「会社は仲良しごっこをする場所じゃないのよ。同僚は仲間だけどライバルでもあるんだから、相手に依存するのはどうかと思う。ひとりで賢く立ち回って、会社に報酬以上の利益をもたらして、ワンランク上のライフスタイルを目指しなさいな。新田さんのように」

相手の放つ言葉の数々が、小さなナイフとなって胸をえぐる。

信じ切っていた歩夢の、あまりにも手酷い仕打ち。悲しいのか怒りなのか絶望なのかよくわからない感情で、身体中が震えそうになる。

「じゃあ、本題に戻るわね。長くなるかもしれないから座りましょう」

近づいてきた美空は、光流のオフィスチェアに腰を下ろした。

「あなたもここに座りなさい。……ほら、早くして」

仕方なく彼女の横のチェアに座り、証拠の書類をしっかりと抱え直す。

「神楽さん。その書類を渡してくれたら、内勤の営業事務に異動してもらいます。顧客情報や販売管理システムの運用よ。もう路上に立たなくていいし、固定給は今の倍以上でボーナスも出すわ。でも、拒否するのなら……」

その視線が、いきなり厳しくなった。

「あなたを業務上横領罪で告訴します」

「横領……？」

全身が痺《しび》れたかのように動けなくなった。

山崎にも窃盗の容疑をかけられそうになったが、彼と美空では立場も迫力も違いすぎる。今まで味わったことのない恐怖が、背筋をぞわぞわと這《は》い上《あ》がってくる。

「昨日の深夜に、あなたの口座に会社の口座から百万円が振り込まれたの。あなたがやった証拠もあるわ。経理課長のパソコン、勝手にいじったわよね。会社に忍び込んで」

「そ、そんなことするわけないですよっ」

即座に否定したが、美空は七星を無視して足を組みなおす。

「銀行のパスワード類は、経理課長のデスクに貼ってあった。中央引き出しの裏側にね。それを知ったあなたは、勝手に会社の口座にアクセスしてお金を振り込んだ。経費の名目で。あなたが申請した総額百万円の領収書の束も、課長が持ってるわ。接待交際費で百万だなんて、よくもまあ大それた小細工をしたものね」

軽蔑の眼差しを注がれ、間違っているのは自分のような気がしてしまった。

そんなわけがない。横領なんて考えたこともないし、小細工で金銭を得ようとするほど落ちぶれてはいない。この人が脅しをかけようとしているだけだ。

「何のことか全くわかりません。パスワードも領収書も知りません」

できるだけ落ち着いた態度でいようと努力した。

「言い逃れはできないわよ。うちの顧問弁護士は優秀だし、社長のお父様は警察にも顔が利くしね。あなたが触れるはずのない経理課長のパソコンに、あなたの指紋がついていたら、どうなるかわかるわよね?」

「だから、そんなことできるわけ……」

――ハッと息を呑んだ。

以前、「振込口座の番号が間違っているから、パソコンで入力してほしい」と経理課長から言われて、キーボードをいじったことがあった。領収書の整理も手伝わされた。つまり、その領収書と課長のパソコンには、自分の指紋がついている……。

「……まさか、入社してすぐのわたしに、わざと経理課長のパソコンをいじらせて領収書にも触れさせた? わたしが優姫を捜してたから、いざってときに脅すつもりだったんですか? 社長の親戚の課長は、専務たちとグルだってこと?」

両手の先が酷く冷たい。そこから冷気が身体中に広がっていく。

「何度も言わせないで。言い逃れはできないの。だけど、あなたには食事会で嫌な思いをさせてしまった。その償いとして、特別な計らいをしてあげます。これ以上余計なことをしないで大人しく異動するなら、百万円はあなたの臨時ボーナスになる。だけど、断るなら警察署に行くことになる。営業事務になるか犯罪者になるか、今ここで選んでちょうだい」

……言葉を失った。マルムが異常な会社だとわかってはいたが、まさかこんな卑劣な手でスキャンダルを揉み消そうとするとは、思ってもいなかった。

美空は沈黙を物ともせず、「ああ、言い忘れてたわ」と意地悪そうに口を歪める。

「あなたと光流さんが頼りにしてた記者の稲葉さん、私も知ってるのよ」

相手は攻撃を緩めるどころか、ますます技の手数を増やしていく。

「もうご存じだと思うけど、昔、事件を起こしたインカレサークルがあってね。でも、それは一部の低俗な男子学生がやらかしただけで、健全なイベントが大半だった。私も女子大の頃に何度か誘われたことがあったの。そのとき、サークルの実行隊で張り切ってたのが稲葉さんよ。社長と副社長の大学の後輩。特に社長が可愛がってたわ」

「さっきから嘘ばかり。いい加減にしてくださいよ」

とは言ったものの、なんの反撃もできない。声がどんどん弱まっていく。

「嘘だと思うのなら、証拠を見せてあげます。ちょっと待ってて」

稲葉までもがマルムの手先だった？　そんなバカな……。

「――ほら、これが証拠。もう二十年も前のサークル仲間との画像だけどね」

美空が差し出したスマホの画像には、大学生らしき男女数人が写っていた。

確かに、若かりし頃の稲葉の笑顔がある。彼のすぐ横で桜井も笑っている。口を結んで腕を組んでいるのは、銀縁メガネをかけた秋元だ。お嬢様然とした美空の姿もあった。

まさかの稲葉と幹部との繋がり。狼狽《ろうばい》しそうになったが、どうにか平常心を保とうとした。

「そんな昔の画像、見せられたって信じられませんよ」

「じゃあ訊くけど、稲葉さんはあなたに自分の出身大学を教えたの？」

……そういえば、彼は言わなかった。なぜ桜井たちと同じ大学だと教えなかったのだろう？

　じわりと湧いてきた疑念で、また唇が固まってしまう。

「話してないようね。後ろめたいから余計なことは言わなかったんじゃないかしら。それに、見せたいものはまだあるの」

　再びスマホをいじった美空は、新たな画像を突きつけてきた。

　ホテルのスイートルームのような室内で、四人の男たちが麻雀卓を囲んでいる。

「日付でわかると思うけど、昨夜の写真よ。会員制の麻雀ルーム。四人のうちふたりの顔に見覚えがあるでしょ」

　いつものハンチング帽を被った稲葉が、笑顔で麻雀の牌《パイ》をつまんでいる。それを横目で眺めているのは、気取ったスーツ姿の桜井。他の男たちは見慣れない顔だが、四人で麻雀を楽しんでいるのは間違いなさそうだ。

　呑気《のんき》に麻雀に興じる稲葉に対して、強い不信感が湧き上がってきた。

「うちの社長は麻雀愛好家でね。メンバーが足りないとき、後輩だった稲葉さんを誘うことがあるの。稲葉さん、昔からギャンブル好きだったから、誘われたらよろこんで飛んでくるのよ。昨日は稲葉さんが大勝ちしたらしいわ。ほら」

　次の画像を見せられた。

　麻雀卓の稲葉が、桜井から数枚の万札を差し出されて笑っている。

「……これ、違法じゃないですか」

「そうかもしれないわね。これを編集部に見せたらどうなるか、稲葉さんだってわかってるはず。だけど社長とはいい関係を保ってるから、そんな悲しいことにはならないのよ」

勝ち誇った表情をして、スマホをポケットに仕舞う。

七星の中で、稲葉が被っていた正義の仮面が剝がれ、堕落した中年男の素顔が見えた。

――最低……。

「……だったら、なんのために稲葉さんは、わたしと新田さんに情報を探らせたんですか?」

「もちろん、反逆しそうな社員を炙《あぶ》り出《だ》してもらうためよ。新田さんは見張り役として同行して、内通者になる振りをしただけ。本当にお気の毒だけど、あなたは騙されてたの」

……歩夢も稲葉も大嘘つき。わたしは、みんなに騙されてた大まぬけ。

そんな自分の声が体中を駆け巡り、黒い怪物と化してエネルギーを奪い取る。

「わかってくれたかしら。そろそろ書類を渡してもらってもいい?」

……もう、誰のことも信じられない。何もかもがどうでもいい。

脱力した七星の腕から、美空が証拠の書類を取り上げた。

「はい、確かに受け取りました。急だけど、来週から内勤に異動よ。サロンと違って多くの社員が見てるし中には監視役もいるから、妙な動きはしないように。社長も言ってたけど、会社の余計な詮索は金輪際しないこと。わかったら返事をしてちょうだい」

「……はい」

反論をする気力など、どこにも残っていない。

「そうそう、氷室さんは辞めるから、もう接触しないでね。それから、稲葉さんがマルムを裏切って、またあなたに近づいてくるかもしれない。マスコミなんてハイエナだからね。だとしても相手にしないで。それさえ守って業務に専念してくれたら、告訴なんてしないと誓うわ」

……優姫、ごめんね。やっぱりわたし、強くなんてなれなかったよ。

「それから、百万円の臨時ボーナスで、山梨のご両親に親孝行してあげて。〝孝行をしたい時分に親はなし〟なんてことにはならないように」

最後に美空は左右の口角をグイと上げ、華やかで恐ろしい魔女のような笑みを浮かべた。

「神楽さん、ご苦労様。今日は社宅でゆっくり休んでね」

そのまますっくと立ち上がり、高いヒールを鳴らして部屋の扉へ歩いていく。

思考停止状態になった七星は、虚脱した身体をチェアに沈めたまま、美しい姿勢で歩き去る美空の後ろ姿を眺めていた。

5

「ただいま」

誰も答えないひとりの部屋。梅雨入りしたため室内に雨音が響いている。

のろのろとジャージの部屋着に着替えて、備え付けの冷蔵庫を開ける。

……卵がひとつ。焼き海苔《のり》。大根と人参《にんじん》の切れ端。それから、大量の缶ビール。

買い物するの忘れてた。もう出るの面倒くさい。今夜もビールだけでいいや。

ソファーベッドに座ってビールを飲み、スマホでユーチューブ動画を開く。

ここ数日、無性に見たくなるのは、故郷・甲州の風景だ。

風でそよぐ山の緑。どこまでも続く田園風景。鈴なりのサクランボ。たわわに実った桃やブドウ。暮らしていた頃は何もないと思っていたのに、数ヵ月離れただけで無性に懐かしい。

東京になんて来ないで、あのままドラッグストアでバイトしてればよかったのかな……。

――美空に光流の集めた証拠を奪われてから、すでにひと月近くが経っていた。

七星は毎日黙々と、営業事務の作業をこなしている。

パソコンにデータ入力していくのが主な仕事なので、誰ともコミュニケーションを取らずに済むのだけが利点だ。ほかにも監視役がいると思うと、迂闊に話などできない。昼食はひとりで市販の惣菜《そうざい》パンなどを食べ、定時になったらすぐに帰宅する。仕事以外の時間は常にイヤホンを耳につけて、音楽で外界との接触をシャットアウトしている。

入院中の光流や記者の稲葉からは何度も連絡があったが、どうしても話す気になれず、メールも電話もずっと放置したままでいる。稲葉には本社のそばで待ち伏せされたこともあるが、顔を見ただけで忌避感が込み上げ、無言で振り切って逃げてしまった。

――ふいにスマホが振動した。稲葉からだ。

いつものように放置はせず、思い切って着信拒否設定にした。

いい加減にしてほしい。裏切者からの連絡は、強烈なストレスになるのに。

社宅を出た歩夢とは、会社でも顔を合わせることがなくなった。彼女が勤める経理課とは、階は同じだが部屋が違うからだ。ごくたまに廊下で見かけたりもするけれど、気づかれないように移動して徹底的に避けている。

あの悪夢のような食事会以来、桜井、秋元、美空とも接点がなくなった。

今はもう、社内の誰が何をしようと、興味すら湧かなくなってしまった。

優姫のことだけは気がかりだったが、自分ひとりで何かができるわけでもない。そもそも、幹部たちに嗅ぎ回るなと強く釘《くぎ》を刺されてしまったため、動くことも憚られる。

悔しさや怒りが消えたわけではないが、自分は巨大な敵を相手にしたところであっさりと踏みつぶされる無力な雑草なのだと、一連の出来事で嫌というほど思い知らされた。

もう未来に希望なんてない。優姫を捜すという目的も失ってしまった。こんな地獄のような会社なんて即座に辞めたいけれど、いま辞めたら美空から横領の冤罪《えんざい》を着せられてしまうかもしれない。両親になんらかの被害が生じる可能性も捨て切れない。秋元に脅されたように。

惰性で生きているような毎日は無味乾燥で、感情が動くこともなくなっていく。まるで、自分がゼンマイじかけの機械人形にでもなったようだ。

――またスマホが振動した。今度はメッセージアプリだ。

ブロックしようとしたら、相手は顧客の初根だった。

異動したことを伝えそびれていたので、急いでアプリを開いた。

〈再生美容治療のモニターと婦人科検診で福山クリニックに行ってきたんですけど、大至急相談したいことがあります。いつものカフェレストランで会えませんか？〉

……福山クリニックで、何か問題が起きたのだろうか？

初根に〝美〟という夢を売ったのは自分だ。その責任から逃げるわけにはいかない。

すぐに文字を打ち込み、まずは内勤になってしまったことを詫びてから、初根との待ち合わせの日時を決めた。


初根とアボカド専門のカフェレストランで再会したのは、二日後の夜だった。

注文を済ませるや否や、「気味が悪いんです」と初根が話を切り出した。

「三日前の午前中、美容外科で手術を受けたんです。お腹の脂肪を取ってもらったんですけど、麻酔から目覚めてトイレに行ったら、不正出血してたんです。担当医に訊いたら『手術のストレスでホルモンバランスが乱れることがある』って言われたんですけど……」

急に声を潜めて、彼女は言った。

「そのとき、アソコに異物感があったんです」

——思いがけない告白だった。

下腹部の異物感で考えつくものといえば、ごく限られている。

「お腹の手術だったのに変じゃないですか？　何かを挿入された感じがしたんです。今、取った脂肪から培養士さんが幹細胞を増やしてて、三週間後くらいに肌に注射する予定なんですけど、なんかモヤモヤするんですよね。あのクリニック、信用していいんですかね？」

七星の脳裏に、ある醜悪な疑惑がよぎった。

まさか、麻酔中に誰かが初根の身体を弄んだ……？

ウエイターが飲み物と料理を運んできたが、手がつけられない。

「クリニックで何をされたのか、もっと詳しく聞いてもいいですか？」

問いかけると、また前のめりで話し始めた。

「三回通院しました。毎回、向こうから日時を指定されたんです。仕事との調整が大変だったけど、格安モニターだから文句言えないし、何度も通院して婦人科検診も受けるのがモニターの条件だから、頑張って通ったんですけどね——」

初根いわく、一回目は美容外科で院長のヒトミから問診を受け、感染症の血液検査をし、超音波のエコーで腹部の脂肪の厚みをチェックされた。

二回目は最初に産婦人科へ行き、検診のために尿と血液を採取し、院長のフタバから問診や内診、子宮体部の病気の有無を調べるエコー検査を受けた。その後、美容外科でヒトミから「次の来院日は三日後の午前中」と指定された。

三回目が美容外科での脂肪吸引。ヒトミが点滴で静脈麻酔をして、眠っているうちに手術が終了。目が覚めたら腹全体に鈍痛があり、下腹部の異物感と不正出血を確認したそうだ。

「あのクリニックって、敷地内に美容外科と産婦人科の建物が別々にあるから、出入りが面倒なんですよ。二回目なんて行ったり来たりで大変でした。うちからも遠いから通うのも大変で。だけど、モニターの治療と検診はいつもヒトミ先生とフタバ先生がやるらしくて、ふたりに同じことを言われたんです。『美は一日にしてならずですよ』って。そうかもしれないけど、産婦人科の検診は美と関係ないですよねえ。あ、話が逸れちゃった」

アボカドとチーズのリゾットにスプーンを差し込んだまま、初根はしゃべり続けている。

「お腹の脂肪吸引は、寝てるあいだに下腹の脇を切って細い管を入れて、脂肪を吸い取ったはずなんです。意識が戻ったとき、ちゃんと脂肪が減ったのがわかりました。今も内出血が酷いし、腫れも痛みもまだあるけど、しばらく我慢したらキレイに治るみたい」

見た目に変化はないが、本人は脂肪吸引の効果を実感しているようだ。

「検診の結果は送られてきて、特に異常はなし。異常を感じたのはアソコだけなんです。エコー検査でも少し触られたけど、あんな異物感は残らなかった。なんだったんでしょう？」

勢いよく話し終えた初根に、七星は迷わず個人的な意見を述べた。

「念のために、別の婦人科で診てもらったほうがいいんじゃないですかね。先生に事情を話して、何かあったら診断書を出してもらえるように」

万が一、鬼畜すぎる誰かに下腹部を弄ばれたのなら、証拠はあるに越したことはないはずだ。その誰かが好色な桜井かもしれないと思うと、ぞわりと肌が粟立《あわだ》ってくる。

「そうですよね。仕事が休めなくて行ってなかったんだけど、今からでも行こうかな……」

「何もなかったら安心ですしね。ここから渋谷に行く途中に、夜間診療の婦人科があるんです。わたしも付き添いましょうか？」

「いえ、時間が読めないから大丈夫です。ひとりで行ってきます」

軽いリゾットしか頼んでいなかったので、初根はあっという間に食事を終えた。七星も同じリゾットを注文していたのだが、半分以上も残してしまった。

ふたりで店を出て、婦人科医院のビルまで一緒に歩いた。

自分が桜井から性被害を受けかけたこともあり、マルムと提携する福山クリニックを疑う気持ちが拭い切れない。まだ疑惑にすぎないが、初根に対する申し訳なさも込み上げてくる。

「――初根さん、病院はここの五階です」

「ありがとう。結果は報告しますね。お電話してもいいですか？」

「社宅に帰るだけだから、何時でも大丈夫ですよ。会ったほうがいいならまた出てきます」

初根は頷き、「じゃあ、またあとで」とビルの中に入っていく。

何事もないことを切に願いながら、七星は彼女を見送った。

途中で小雨《こさめ》が降ってきたが、傘を差すまでもないと思い家路を急いだ。

自宅で濡《ぬ》れてしまった服を脱ぎ、部屋着に着替えていたら、初根から電話があった。

「もしもし？　どうでした？」

『実は、男の先生しかいなかったんです。なんとなく内診されるのが嫌だなと思って、やめちやいました。せっかく教えてもらったのにごめんなさい』

初根の心配事からして、男性を避けたい気持ちは理解できる。

「女医さんがいるか確認しておけばよかったですね。こちらこそすみません」

『神楽さんのせいじゃないですよ。近所に行きつけの婦人科があるので、そこの女医さんに診てもらいます。明日は休診日なので明後日《あさって》以降になるけど、また報告してもいいですか？』

「もちろん。夕方六時すぎなら電話にも出られると思います。待ってますね」

電話を切った途端、悪寒がしてきた。雨に濡れたせいかもしれない。

念のため風邪薬を飲み、早めに休むことにした。

ベッドに横たわると、電気が切れたかのように意識が消えた。


身体が熱い。頭が痛い。喉が異様に渇く……。

翌日の早朝。ふらつく身体で生ゴミを回収場所に出し、どうにか部屋に戻った七星は、玄関で眩暈《めまい》がして倒れ込んでしまった。風邪が悪化して発熱したようだ。

這うように冷蔵庫まで行き、ミネラルウォーターで解熱剤と風邪薬を飲み、会社に電話をして休みを取った。スマホの電源を切って、再びベッドで目を閉じる。

朦朧《もうろう》とした意識の中で、このまま永遠に目覚めなくてもいいかな、と思ってしまう自分が情けない。初根のことだってあるのに、無責任にもほどがある。けれど、辛いことが多すぎる現実から逃れて、楽になりたい気持ちがあるのは事実だった。

目尻から涙がこぼれる。拭き取る間もなく、深い眠りに落ちていった。


次の朝。まだ熱が下がり切っていなかったので、もう一日会社を休んだ。

胃が空なのは自覚していたが何も食べる気にならず、薬を飲んでひたすら夜まで眠り続けた。


——七星。ねえ、七星。

誰かの呼び声がした。でも、瞼が重くて開かない。

いい香りがする。野菜をチキンブイヨンで煮込んだ、どこか懐かしい匂い。

……腹がグゥと鳴って目が覚めた。

「やっと起きた。ミネストローネスープ作ってきたよ」

「……歩夢、ちゃん?」

変わらない笑顔で、歩夢がスープ皿を手にしている。

「風邪で休んだって聞いたから来てみたら、玄関の鍵が開いてた。勝手に入ってごめんね」

戸締りをせずに倒れ込んでしまったのだと、彼女に言われて気がついた。

迂闊だった。体調が悪かったとはいえ、鍵を閉め忘れていたとは不注意極まりない。そのせいで、会いたくない相手を部屋に入れてしまった……。

「七星、痩せちゃったね。ちゃんと食べて体力つけないと。ね？」

優しく労《いた》わるように言われて、ほんの一瞬だけ嬉しさが込み上げそうになったが、苦すぎる記憶がそれを即座に打ち消す。

「帰って。今さら裏切者と話なんてしたくない」

寝返って背を向けると、また腹が鳴った。どんな状況でも働く自分の胃腸が、頼もしいと同時に恨めしい。身体の熱っぽさもだいぶ引いている。

「裏切者か。そう思われても仕方がないよね……」

歩夢が小さく息を吐く。スープ皿をサイドテーブルに置く音がした。

「酷いことをしちゃって、ごめんなさい。あたしが社宅の監視役だったのは本当。でも、好きでそうなったわけじゃないの。反撃のタイミングをずっと見計らってた」

「信じるわけないでしょ。内通者になる振りで騙してたくせに」

「あれは振りなんかじゃないよ。あたしは本気で……」

「言い訳なんて聞きたくない！」

裏切られたときの、身体中が震えるような絶望感を、こんな言葉で忘れられるはずがない。

両手で両耳を塞ぐと、その手を歩夢が摑んで耳から引き離す。

「言い訳じゃない、頼むから聞いて。『社長室に何も仕かけてない』って言ったのは嘘なんだ」

「……どういうこと？」

何を言っているのか、全く理解できない。

「あの日は、専務の目を欺くために嘘をついたの。もし、七星がウィスキーの箱について専務に話したら、全部水の泡になっちゃうから」

ますます意味がわからない。

「じゃあ、あの箱のカメラは……？」

「ずっと仕かけたままだよ。SDカードも回収してある。ちょっと見てみる？　社長室の一日」

ベッドに横たわったままの七星の目の前に、歩夢が自分のノートパソコンを置いた。

映し出された映像は、桜井のデスクを斜め横から定点で撮ったものだ。桜井はパソコンで何かを食い入るように見ている。パソコンの画面はアングル的に見えないが、音楽や人の声は録音されている。映画でも観《み》ているのだろうか。

「この日はPCゲームをしてたみたい。呆れを通り越して殺意が湧いてくる。部屋にいてもネットをしてるか、サビプラを呼んで無駄話するか、誰かと電話ばっかしてるんだよ。それもゴルフがどうだとか、今度の新人はかなりの美人でほかの女が霞《かす》むとか、ゴミみたいな話」

たっぷり嫌悪感を含ませた歩夢の言葉は、疑心暗鬼になっていた七星を大きく揺さぶった。

――本当に裏切られたわけではなかったのだろうか？　でないと、監視映像がここにある理由がわからない……。

考え込んだ七星の肩にそっと手を置いて、再び歩夢が話しかけてきた。

「今までのこと、ちゃんと説明する。とりあえず食事してよ。お願いだから」

その誠実な声音とスープの香りに動かされ、七星はまとっていた鎧《よろい》を一旦脱ぐことにした。

ベッドで半身を起こして、具だくさんのミネストローネスープを食べた。

久しぶりに口にする手作りの味が、疲弊し切っていた身体にじんわりと染み渡っていく。胃袋を摑まれたからといって許す気にはなれないけれど、体力と気力の回復は確かに感じていた。

皿が空になったあと、歩夢はベッドの脇に座り、堰《せき》を切ったように話し始めた。

「あたしがサビプラだった頃の話なんだけどね、グルーミングだなんて気づかないで、社長に懐いてた時期があったの。だけど、幹部との懇親会で酩酊して、社長にホテルの部屋に連れてかれちゃって……。気づいたら下着姿でベッドに寝かされて、髪を撫でられてた。気色悪くて思いっ切り抵抗したら、諦めて謝ってきたんだけどね。どうしても許せなくて、『警察に行く。マスコミにも告発する』って部屋を飛び出したの」

正直なところ、それほどの驚きはなかった。

歩夢にならば桜井は声をかけるだろうと、どこかで思っていたからだ。

「でも、すぐに美空専務から電話があって、なだめられて。専務と会社で話すことになったのね。初めはお金を払うから騒がないでって言われたんだけど、そんなものいらないって断ったら、業務上横領罪で告訴するって言われたの。……七星と同じだよ」

「嘘でしょ?」と、とっさに反応してしまった。

まさか同じ目に遭っていたとは、全く予想していなかった。

「本当」と答えた歩夢は、ロングスカートの膝の辺りを、両手でギュッと握りしめている。

「そのときはもう、口座にお金が振り込まれてた。経理課長にやらせたんだと思う」

……コネ入社の経理課長。自分にパソコンと領収書をいじらせたときの、上辺は丁重だった彼の髭面《ひげづら》が浮かんでしまい、ずっとくすぶっていた怒りの導火線に火が点りそうになる。

「このまま騒いで横領罪になるか、前から希望してた経理に異動するか、どっちか選んでって専務に言われたときは、異動を選ぶしかなかった。冤罪なんて怖くて考えたくなかったし、経理の仕事は条件が良かったし。……それに、貧乏な実家には絶対に帰りたくなかったから」

七星の首が、小さく縦に揺れ動く。

会社を辞めたくても辞められない気持ちは、今なら十分理解できる。

「社宅の監視役も、いい加減やめたくてずっと新しい住まいを探してたの。いい物件が見つかって、専務に社宅を出たいって直訴したら、引っ越しのぎりぎりまで七星をマークしろって言われた。優姫ちゃんを捜してた七星を、どうにか懐柔したかったみたい。『業務上横領罪の時効は七年。まだまだ長いわね』って脅されたりして、どうしても命令に背けなかった……」

悔しそうに唇を噛む。歩夢もずっと、苦しんでいたのかもしれない。

「信じてもらえないかもしれないけど、これが真実。ほとぼりが冷めるまで、七星とはわざと会わないようにしてたけど、マルムの実態を暴きたい気持ちに変わりはないよ」

わたしだって、できることならもう一度信じてみたいよ。

そう言いたい気持ちもあったけれど、どうしても素直になり切れない。

「……ホント言うとね、ずっと惰性で勤めてたの。何よりもお金が大事だった。自分以外のことには目を向けないようにして、何が起きても傍観者を決め込んで、目標額まで稼いだら逃げようとしてた。でも、七星と一緒にいるうちに、何かが変わってきたんだ」

歩夢は視線を遠くにやって、すぅっと目を細めた。

「懸命に優姫ちゃんを捜そうとして、社長の誘いを堂々と断って。いじめにも耐えてる七星が、なんだか眩しかった。会社を辞めたい理由はいくつもあったけど、それを覆すほどの光が、ひとつだけ見えた気がしたんだ」

そこまで話してから、彼女は七星を柔らかく見つめた。

「あのさ、光流さんのデスクに行った朝のことなんだけど」

「うん」

「あたしが部屋を出ようとしたとき、『行かないで』って叫んだでしょ」

「……そうだっけ」

「そうだよ。あの声が、青森に置いてきた妹と重なったの。……痛かったな」

「……うん」

それからしばらくのあいだ、無音の時間が流れた。

歩夢はどこか一点を切なげに見上げたまま、口を堅く閉ざしている。

彼女のほうこそ少し頬がこけたな、と思った瞬間、七星は黙っていられなくなった。

「……本当に歩夢ちゃんのこと、信じてもいいんだよね？」

「うん。もう裏切ったりしないって誓う。あたしは七星の味方で友だち。信じてもらえなくても、ずっと友だちだと思ってる」

切実な声と潤んだ眼差しから、真心が伝わってきた。

泣きたくなるほどの温もりで、頑《かたく》なだった七星の気持ちがほわりと解きほぐれていく。

「わかった。信じる」

あなたのほうこそ、この地獄のような世界で見つけたわたしの光。

あなたがいてくれるなら、いくらでも頑張れる。何度でも這い上がれる。

――なんて赤面しそうな言葉、とても口には出せないけれど。

「ありがとう」

小声で言ってから、歩夢はそっと目の縁をこすった。

「こちらこそ。スープのお陰で具合も良くなってきたよ。ねえ、ひとつ訊いてもいい？」

「もちろん」

「稲葉さんが裏切者だったたって話は？　あれも専務のでっち上げ？」

「裏切者って？」

何も知らなかった歩夢に、美空から聞いた内容と、画像を見せられたことを説明した。

「――ハイリバティの元メンバーで、社長の賭け麻雀仲間か。それは稲葉さん本人に訊いてみないとわからないな。あたしはでっち上げだって信じたいけど……。稲葉さんともずっと話してないんだ。まずは七星に打ち明けたかったから」

「そっか。もし専務からでたらめを吹き込まれてたなら、光流さんの貴重な証拠をまんまと奪われたことになるよね。……あー、悔しすぎて泣けてきそう」

「あたしのせいだ。光流さんに合わす顔がないな……」

歩夢が顔を曇らせた刹那、身体の奥からマグマよりも強烈な熱が駆け上ってきた。

「いや、あいつらのせいだよ。もう絶対に許さない！　早くどうにかしてやりたいよ！」

視界が急速に赤味を帯びていく。

〝腸《はらわた》が煮えくり返る〟という慣用句の意味を、真の意味で理解できた気がした。

「同感。もう何があっても立ち向かってやろうね」

「うん。まずは稲葉さんに会おう。あの人が本当に味方なのか確かめたい」

「了解。電話してみる」

スマホを手にした歩夢を見ながら、七星は再び闘志が満ちてくるのを感じ取っていた。


稲葉とは、明日の会社終わりにセンター街のカフェで落ち合うことになった。

「誰かが見てるかもしれないから、別々にカフェに行こう」

「それがいいね。だけど七星、まだ本調子じゃないんだから無理は禁物だよ」

「うん。でも、お陰さまでもう治ると思う」

歩夢を送り出そうと扉を開けたら、部屋の前に友海が立っていた。

今まさに、チャイムを鳴らそうとしていたようだ。

同じフロアなのに、しばらく顔を見ていなかった。驚きと戸惑いで声が発せない。

「あのね、七星」と、歩夢が静かに言った。

「あたし、景子と友海に全部話したの。ハイリバティ事件とマルムの関係。社長と副社長の鬼畜のような素顔。光流さんのお姉さんが犠牲者で、その復讐のために動いてたこと。七星が社長たちにされたことや、あたしの身に起きたことも、何日もかけて聞いてもらった。それから、社長室の監視映像も見せたの。『今度の新人はかなりの美人でほかの女が霞む』って、電話で笑ってたところもね。それで、友海は目を覚ましてくれたんだ」

いつかの約束通り、歩夢は景子たちの洗脳を解く努力をしていたのだ。

その誠意に対する感動と、目の前にいる友海への疑念で、心の軸が大きく揺れ動く。

「七星ちゃん、今までごめんなさい」

友海は開口一番、ハイトーンボイスで謝った。

「友海ね、社長の本性がやっとわかったの。なんか、何度も優しくされて、この人の言う通りにしてたら幸せになれるって、思い込んじゃったみたい。そんなの星占いと一緒で現実逃避だって、どこかでわかってたはずなのにね。ずっと無視してて、本当にごめんなさい」

どう返事をすればいいのかわからない。友海を信じていいのかも、まだ判断できない。

だが、ツインテールにしていた長い髪をセミロングにして、ロリータ風ではなく落ち着いた紺色のニットワンピースを着た友海は、明らかに以前とは違って見える。

「景子ちゃんは、まだ社長を庇ってる。こんな動画なんて信じない、誰かが作ったフェイクだって言い張ってる。ここ最近、社長と会う機会が減ってきてるから、捨てられるんじゃないかって不安みたい。でも、友海が説得するつもり。どうにかして目を覚まさせるよ。このままだと景子ちゃん、苦しくなるばっかだと思うから、友海がそばで支える。だから……」

すっかり大人びた友海が、しかと七星の目をとらえた。

「七星ちゃん、もう少し待ってて。友海ね、また四人で飲み会とかしたいの。せっかく縁があって会えた仲間なのに、これ以上ギスギスしていたくないよ。それに、もう社長と副社長が無理。正直、話すのも見るのもイヤ。あいつら最低だと思う」

苦々しく言ってから、彼女は表情を和らげた。

「今日はね、ここに来るって歩夢ちゃんから連絡があったから、今の気持ちを伝えにきたの。じゃあ、急に来ちゃってごめんね」

七星の返事は待たずに、友海は廊下を歩き自室へ入っていった。

その小さな後ろ姿を、七星は何も考えられずにただ見ていた。

「友海、あたしが思ってたよりずっと大人だったよ。ちゃんと自分も周りも客観視できてる。洗脳が解けるのも早かった」

歩夢がしみじみと述べる。

「あたしは信じるよ。友海がいれば景子も目覚めてくれるって。そのために、あたしもできる限り説得を続ける。七星も信じてあげてほしいな」

「……ごめん、歩夢ちゃんには感謝してるけど、気持ちが整理できない。時間が必要かな」

「そうだよね、急にいろいろありすぎたもんね。今夜はゆっくり休んで。また明日ね」

歩夢が立ち去ったあと、身支度を整えた七星は、ベッドに横たわって考えた。

たとえ景子が洗脳から覚めたとしても、すんなり元の仲に戻れるとは思えない。そこまで器の大きな人間ではないと自覚している。……けれど、こうも思う。

いつかは景子と友海の前で、自然な笑顔になれるかもしれない。そうなれたらいいな、と。

翌日の夕方。オールディーズが流れるセンター街のカフェの個室。

早めに着いた七星と歩夢がアイスティーを飲んでいると、天然パーマにハンチング帽を被った稲葉が、息せき切ってやって来た。

「いやあ、久しぶりですね。ふたりともどうしたんです？　氷室光流さんからある程度の話は聞きましたけど、急に避けられたから心配してたんですよ」

「光流さん、どうしてますか？　もう退院してますよね？」

七星は真っ先に尋ねた。

「今はご自宅で静養しているそうです」

「そうですか。光流さんには申し訳ないことしたな……」

「その件なんですけど。……あ、先に注文しますね」

オーダーを済ませた稲葉が、カバンからボイスレコーダーを取り出し、七星を見据える。

「会話は資料として録音させてもらいます。神楽さん、光流さんから預かったものがあるはずですよね。なぜ僕に届けてくれなかったのか、話してもらえませんか？」

「その前に、訊きたいことがあります」

「なんでしょう？」

愛嬌と正義感をまとったような顔つきの週刊誌記者。

この人の嘘も真実も、絶対に見極めてやる。

「はっきり言いますね。うちの美空専務から、あなたが桜井社長と秋元副社長の大学の後輩だって聞いたんです。社長と副社長と一緒に、稲葉さんが写ってるインカレサークルの画像も見ました。専務は、あなたの協力でマルムの裏切者、つまりわたしを炙り出したって言ってたけど、本当はどうなんですか？」

するとと稲葉は、身体のどの部位も動かさず、呆《ほう》けたように口を開けた。

何か言うのかと思い待っていたが、声は出てこない。

「それから、社長と麻雀をしてる画像も見せられました。最近の画像です。お金も受け取ってましたよね。あれはどういうことなんですか？　答えてください」

再度問い詰めると、彼は両手をテーブルの上で組み、その手をじっと見つめた。

アイスコーヒーが運ばれてきても手を崩そうとはせず、ひと言だけつぶやいた。

「……情けないです」

「情けない？　何がですか？」

「神楽さんに信じてもらえなかった、自分がです」

……その声は、静かな哀しみをたたえていた。

「大学のことは申し訳ない。誤解を恐れて言わなかったんですが、僕も京東大の文学部卒なのは事実です。ハイリバティのメンバーだったこともあります。大学一年生の頃です。あんな事件を起こすサークルだったなんて思いもしていなかった。それで……」

「それで？　もう隠さないで全部話してください。お願いします」

精一杯穏やかな口調で七星が促すと、稲葉は苦しげに声を発した。

「片思いだった同級生の女の子を桜井に紹介してしまった。悔やんでも悔やみきれない」

固く握りしめたままの両手が、微かに震えている。

「……その人が、氷室光流さんのお姉さん。有紗《ありさ》さんなんです」

「お姉さん？」

想定外の告白に、七星は相手の伏せた目を凝視した。

「つまり、ハイリバティ事件の被害者……？」

歩夢が問いかけると、稲葉は小さく頷いた。

「僕のせいなんです。僕が有紗さんの人生を変えてしまった。あの可愛らしい笑顔に、一生残る苦しみを残してしまった。だから、記者を目指して出版社に就職したんです。桜井たちの罪を、どうにかして暴きたかった……」

悲痛な嘆き。とても演技とは思えない。

それから稲葉は、ジャケットの内ポケットから使い込んだ革の手帳を取り出し、中に挟んであったプリント写真をテーブルに置いた。

「証拠になるのかわからないけど、ハイリバティ事件の前に有紗さんと撮った写真です」

色褪《いろあ》せた写真の中で、ロングヘアの若い女性が、まだ若い稲葉の隣で明るく微笑んでいる。

ふたりの背後には京東大学の門が写り込んでいた。女性の目元は、光流とよく似ている。

予想だにしていなかった、稲葉と氷室姉妹との関係性。もう、かける言葉が見つからない。

「あと、聞いてほしいものがあります。ちょっと待ってください」

テーブルのボイスレコーダーを操作し、七星たちに突きつける。

『――やっぱり稲葉くんは強いな。久々に誘ってみたら、最後にまさかのダブル役満だ』

何度も聞いている、鼻にかかった不快な声が流れてきた。

『いや、たまたまですよ。桜井さんから何かスクープがもらえるかと思って、接待麻雀のつもりで駆けつけたんですけどね。あまりにも配牌《はいパイ》がよかったもんで、つい本気になりました』

『お見事だよ。我々はひとり十万ずつ稲葉くんに払わないと。現金は用意してあるんだ』

『やめてください。賭け麻雀だなんて聞いてませんよ。ああもう、万札を引っ込めてくださいよ』

『相変わらずお堅いな。まあ、僕もスポーツ麻雀で十分楽しいけどね』

『ですよね。今の場面が写真にでも撮られていたら、お互いに厄介な誤解を受けるかもしれませんよ。冗談はそのくらいにして、早くお金を仕舞ってください』

そこで稲葉はボイスレコーダーを止めた。

「やはり撮られていたんですね。そんなこともあろうかと思って、会話を録音してあったんです。これが脛《すね》に傷のある権力者のやり口なんですよ。捏造《ねつぞう》や冤罪で邪魔者を排除する。もしくは、抱き込んで自由を奪うんです」

捏造や冤罪。つまり、自分や歩夢と同じだ。もう稲葉を疑う余地などない。

すでに七星は、謝るしかないと覚悟していたのだが、「ごめんなさい。あたしのせいです」と、先に歩夢が謝罪した。

「あたしが専務の言いなりになったせいで、光流さんの証拠を奪われてしまって……」

「奪われた？」と稲葉が鋭く言う。

「どういうことですか？　新田さん、もっと詳しく話してください」

「わたしが話したほうが早いと思います」

七星は歩夢に補足してもらいながら、何が起きたのか説明した。

美空から歩夢も稲葉も裏切者だと吹き込まれ、信じてしまったこと。自分たちが下手に動いてしまうと、業務上横領の冤罪を着せられるかもしれないことも。

話を聞き終えた稲葉は、「……残念です」と声を振り絞った。

「そもそも、僕がマルム側の人間だったら、美空がそこまで必死になる必要なんてないと思いませんか。神楽さんから預かった証拠を、僕が握りつぶせばいいだけなんだから」

「そうですよね。あのときは専務に操られていた気がします。……本当に申し訳ないです」

思い切り頭を下げた。謝って済むことではないとわかっていても、そうするしかできない。

隣の歩夢も頭を垂れ続けている。

「それに横領の冤罪の件ですが、たとえ会社側がおふたりを告訴したとしても、証拠不十分で逮捕には至らないんじゃないかな。僕は単なる脅しのような気がしますけど……」

「でも」と歩夢が顔を上げ、声に悲愴感を滲ませた。

「社長の父親が大物政治家だからどうにでもできるって、専務に言われたんですよ。あたし法律とかよくわからないし、大人しくするしかなかったんです。……悔しかったけど」

「わたしもそう。本当に脅しだけで済むならいいけど、そうじゃなかったらどうすればいいんですか？」

自分の不甲斐なさを痛感しながら、七星も稲葉に訴える。

「……まあ、お気持ちは理解できます。僕だっておふたりくらいの年齢で同じことを会社からされたら、怖くて何もできなかったでしょう。だけど、もう大丈夫です。万が一警察沙汰になりそうな場合は、僕が動きますよ。知り合いに専門の弁護士もいますから、そこは安心して頼ってください」

励ますように明言されて、少しだけ気持ちが軽くなった。

隣の歩夢も、安堵したように頷いている。

「今回の一件でわかったことがひとつあります。そこまでやるからには、優姫さんのことも含めて、探られたらよっぽど痛い何かがマルムにはあるんでしょう。終わったことを嘆いても仕方がない。この先の反撃方法を考えましょう」

前向きな稲葉の言葉に、再び気力が漲《みなぎ》ってくる。

「だけど、優姫さんの居場所は相変わらずわからないし、桜井の別宅もそれらしい物件は出てこない。一体どうしたものか……」

ハンチング帽を脱いで思案する稲葉に、歩夢が話しかけた。

「別宅に行った人がいるって噂は、あたしが調べてる最中なんです。何か情報が得られたら、稲葉さんにも連絡します」

「ありがたい。でも慎重に頼みます。またやつらが妨害するかもしれません」

「そうですね。七星はマークされてるから、その分、あたしと稲葉さんが動かないと」

自分も何かしたいのに歯がゆい気持ちでいた七星は、ふいに初根の話を思い出した。

「稲葉さん、ほかにも調べたいことがあるんです」

福山クリニックの美容モニターで脂肪吸引の手術を受けた顧客の初根が、下腹部の異物感で悩んでいた件を打ち明けた。初耳だった歩夢も、熱心に耳を傾けている。

「――まだ彼女から連絡はないけど、近所の婦人科に行ったはずなんです。麻酔中に誰かに弄ばれた可能性があるんですよ」

「なるほど。……実はですね、クリニック理事長の福山清も、別の医大だけどハイリバティのイベントに参加していたんです」

「そうなんですか？」

意外だった。福山は桜井よりも、ずっと年上だと思っていた。サークルに参加していたのなら、それほど年齢差はないはずなのだが……。

そんな七星の疑問を読み取ったかのように、稲葉は続けた。

「浪人を繰り返したので福山は桜井の三つ年上ですが、ふたりは大学の頃から馬が合っていたようでした。婿養子で名字が変わったので気づくのが遅れたけど、福山も桜井たちとサークルで繋がっていたんですよ」

納得した途端、福山に対して抱いていた不信感が、さらに大きさを増していく。

「それならますます怪しい。あの福山って人、優姫のことも知ってるような気がしたし、きっと社長と組んで何かやってるんですよ！」

こらえ切れずに声を荒らげてしまった。

「ただ、桜井がそこまでやるのか疑問ではあります。たとえばだけど、その初根さんが脂肪吸引をした日、やつがどこにいたのか調べられませんか？」

「アリバイ確認か。会社のオンラインカレンダーを見ればすぐわかります。幹部や内勤者のスケジュールは、そこで共有されるから」

すかさず歩夢は、スマホでカレンダーをチェックした。

その結果、桜井はネット配信の起業家対談番組で、当日の朝から夕方までスタジオ収録。ついでに調べた秋元は美空と共に、大阪出張で午前中の新幹線に乗っていたことが判明した。

「――桜井たち三人にはアリバイがある。初根さんの件ではシロですね」

稲葉がつぶやき、束《つか》の間《ま》の静寂が訪れた。


三人が飲み物で喉を潤していると、「大阪出張と言えばさ」と、ふいに歩夢が口を開いた。

「秋元副社長、頻繁に大阪に行くんだ。たまに専務も一緒に。あたし、交通費や宿泊費の領収書を見るから、大阪に行ってることはわかるんだけど、名目は取材費で実際に何をしてるのか不明なの。うちの会社、大阪には支店も下請け工場もないしね。なんか怪しい匂いがしない？」

「さすが、経理ならではの嗅覚だね。まさか、ふたりで旅行してるのに経費で落としてるんじゃないよね？　もしそれが証明できるなら、あっちこそ業務上横領罪になりそうだけど」

七星が推測を述べると、稲葉の目が光を宿した。

「秋元と美空は内縁の夫婦なんですよね。あのふたりもハイリバティで知り合ったはず。実に狡猾《こうかつ》なマルムの頭脳です。大阪で何をしているのか、僕が徹底的に探ってみますよ」

意気込んだ稲葉に、歩夢が「そうだ、これ」と、バッグからＳＤカードを出して渡した。

「社長室の監視映像のひと月分。一応見たけど、怪しい会話は特になかったです。でも、稲葉さんなら気づくことがあるかもしれない」

「わかりました。助かります」

「カードを交換したらまた渡しますね。——あ、七星のスマホが鳴ってる」

「……初根さんからだ。ここで話させてもらうね」

スピーカーホンにしてから電話を受ける。

『——昨日、診察してきました。特に異常はないそうです。心配かけてごめんなさい』

「それはよかったです！」

『とりあえず安心しました。……実は、麻酔から醒める前に手術台で違和感を覚えたんです。今から思えば、それもあって何かされたような気がしたんですよね』

初根の話で、その場に緊張が走った。

「違和感？　どんな違和感ですか？」

『麻酔が醒めかかってたとき、手術室でフタバ先生の声がしたんです。「これから不妊治療の患者さんが来る」とか言ってたから、産婦人科のフタバ先生で間違いないと思います。なんでここにいるんだろうって、ちょっと不思議だったんですよ。完全に醒めたときは、ヒトミ先生と看護師さんしかいなかったけど』

美容外科医のヒトミが執刀したのに、産婦人科医のフタバがその場にいた？　何のために？

大いに疑問を感じたが、これ以上、初根を不安にさせたくない。

「同じ敷地内の産婦人科の先生だから、たまたまいたのかもしれませんね」

『ええ。でもね、あのクリニックに行くのは、もうやめようかと思うんです。ちょっとやる気が削《そ》がれてしまったというか……。いいですよね？』

「もちろんですよ。また何かあったら、いつでも連絡してくださいね」

――通話を終えてから、七星は稲葉に問いかけた。

「今の話、どう思います？」

「確かに怪しい匂いはしますね。産婦人科医がいたってことは、異物感の正体と関係していそうですし。でも、その先は見当がつかない」

「初根さんは脂肪吸引の三日前に、フタバ先生から婦人科検診を受けてたんだよね。それと何か関係があったのかな……？」

歩夢も首を捻り続けている。七星も考えを巡らせてみたが、推測は広がっていかない。

その代わりに、自分にもやれそうなことを思いついた。

「わたし、営業だった頃にサロンで顧客アンケートを取ったことがあるんです」

「アンケート？」と、稲葉がすぐさま反応した。

「そう。ザ・マルムの各店舗で実施する、エステの満足度や体調確認のアンケート。用紙に記入してもらってPDFで保存するんだけど、その設問の中に、福山クリニックの再生美容治療に関するものもあったんですよ。ねえ、歩夢ちゃんも覚えてるでしょ？」

「あったね、福山クリニックとのタイアップ項目。『再生美容治療のモニターに興味がありますか』とか『実際にモニターになったことはありますか』とか。あとなんだっけ？」

「モニターになった人が、どんな効果があったのか、異常があった場合はどんな症状なのか、具体的に書き込める欄もあるんだよ」

今までは気にも留めていなかったが、極めて重要なアンケートなのではないだろうか。

「そっか。七星、冴えてる。そのＰＤＦを見れば、初根さんのような異変がなかったか、モニターたちの声を拾えるわけだ」

興奮気味に歩夢が言う。

顧客アンケートはコースの終了後に記入してもらうのだが、コースを終えてから三ヵ月以上経った人にも、似たようなアンケート用紙を営業担当者がアフターケアで郵送している。お礼に新商品のサンプルセットをプレゼントするので、かなりの人が書いているはずだった。

「わたし顧客情報のデータ入力をしてるから、アンケート内容も見られるんだ。もちろん、モニター全員の分があるわけじゃないと思うよ。面倒がって書いてくれない人もいるから。でも、見てみる価値はあるんじゃないかな。何かのヒントになるかもしれない」

「それはいいアイデアですね。だけど、会社の監視システムで七星さんのパソコンをモニタリングされてたりしませんか？　顧客の個人情報ですし、慎重に考えたほうがいい気もします」

即座に稲葉が真っ当な意見をする。

確かに、その可能性は十分あった。なんのために過去のアンケートを見ているのか、不審に思われたら厄介かもしれない……。

「でも、会社側が社員のパソコンを監視するのは、業務と関係のないネットサーフィンとか、私的メールのやり取りとか、なんらかの疑いがある場合ですよ。顧客情報管理の七星がアンケート内容を確認するのって、業務と無関係なことじゃないと思うんだけど」

歩夢の述べた反論が、七星の躊躇する気持ちを吹き飛ばした。

「そうだね、やってみる。なるべく不自然じゃないように注意して見てみるよ」

もうくじけたりなんかしない。何があっても真相にたどり着くまで粘ってやる！

「……おふたりはすごいですね。光流さんも言ってましたよ。社長の誘いを断ったあのふたりは信用できる。頼りになりそうだって」

稲葉に言われて、光流の清らかな笑顔が浮かんだ。彼女の努力を無駄にしてしまったことを思うと、胸が痛くなってくる。

「もう少し落ち着いたら、光流さんのお見舞いに行って、証拠の件を謝りたいな」

「そうだね。あたしも七星と一緒に行きたい」

ひとり頷いていた稲葉は、宙の一点を鋭く睨んだ。

「こうなったら、マルムの悪行を世間に知らしめる決定打を飛ばすしかないですね。そうしないと僕と光流さんの復讐も果たされないし、おふたりも自由になれない」

七星と歩夢に視線を戻して、彼は断言した。

「これで情報は全て共有できました。これからは僕が全力で動きます」


それから七星は、二週間にわたって顧客アンケートから密かに情報を入手した。

福山クリニックがマルムの顧客を相手に再生美容治療モニターの勧誘を始めたのは、今から二年ほど前。全て調べ切れたわけではないが、二年間で六十名以上もの顧客がモニターになっていたことが判明した。

しかも不思議なことに、モニターの全員が、ザ・マルムの瘦身コースの契約者だった。フェイシャルやボディケアのコースではなく、初根のように瘦身コースを利用した女性だけが、モニターにならないかと勧誘され、福山クリニックに何度も通院したのだ。

一体なぜ、瘦身コースの顧客だけが選ばれたのだろう?

その理由は想像できないのだが、彼女たちが「最初に美容外科医のヒトミから感染症や脂肪の厚みをチェックされ、次に産婦人科医のフタバによる婦人科検診を受診。その後、ヒトミによる腹部の脂肪吸引手術を受け、取った脂肪からヒト体性幹細胞を培養して肌に戻した」ということだけは想像できる。

初根が「モニターの治療と検診はいつもヒトミとフタバがやる」と言っていたし、福山クリニックで何をされたのかも詳しく説明してくれたからだ。

アンケートを見る限り、初根のように異物感を覚えた人はいなかったが、「脂肪吸引後に下腹部に鈍痛があった」「不正出血があった」という書き込みは、意外なくらい多かった。

ネットで調べた結果、確かに手術のストレスによってホルモンバランスが崩れ、出血をしたり生理のサイクルが乱れるケースはあるようだ。しかし、こんなにも似たような経験をした者が多いと、薄気味悪くなってしまう。

肝心要の再生美容治療の効果を実感している人は全体の半数にも満たなかったが、腹部の瘦身効果はあったと回答した人は半数を超えていた。婦人科検診の結果は初根に届いていたので、全員に郵送されているはずだ。

ヒトミとフタバの表立った治療と検診は、不正などなく実施されているようだが、その陰で他の何かが行われている疑惑は、依然として消えないままだった。

さらに数日後、夜の渋谷。歩夢がまた社長室のカメラからSDカードを回収したので、稲葉に渡すために三人で集まった。いつも通り、センター街のカフェの個室だ。

それぞれが飲み物だけ頼んでから、七星は稲葉たちに調査結果を報告した。

「――つまり、ザ・マルムの痩身コースを受けた人たちだけが、美容モニターに勧誘されたわけですね。その共通点から何か推測できるといいのですが、僕はエステに明るくなくて……」

「痩身コースを受ける人は、福山クリニックの美容外科から担当がついて、食事内容とか体調変化を毎日スマホの専用アプリで報告するんです。そのヘルスデータを基にして、あのクリニックはモニターになる人を選んでるのかもしれません」

いつものように歩夢は、冷静に考えて意見を述べる。

「それだ。きっとヘルスデータがポイントなんだよ」

とは言ってみたものの、まだ全貌は見えてこない。

――重苦しい沈黙が生まれた。

七星が考え込んでいると、稲葉がカバンからタブレットを取り出した。

「初根さんの件はあとで考えるとして、僕からも報告があるんです。監視映像で桜井が電話をしていた相手の中に、聞き覚えのある名前がありました。京東大学の医学部卒で、ハイリバティのメンバーだった男です。桜井が〝クボタク〟って昔のあだ名で呼んだので、そうかもしれないと調べてみたら、マルムと大阪との関連性も見えてきました」

稲葉がタブレットを七星たちの前に置く。

ハイリバティのイベント時に撮られたという写真。数名の大学生に交じって、長めの髪をした男が、無愛想な顔でこちらを見ている。

「これがクボタクこと久保田拓馬《くぼたたくま》、現在は四十歳で独身。京東大学大学院医学研究科で分子遺伝学を研究し、医学博士号を取得した研究者です。今は大手製薬会社〝ジャパン製薬〟が大阪の堺市《さかい》に開設した、〝ジャパン再生医療研究所〟の副理事長を務めています」

「そういえば、副社長が『いずれは再生医療の分野に進出したい』と言ってましたね」

秋元と桜井の会話を非常階段で聞いたのは、もう三ヵ月近くも前だ。

「ええ。神楽さんから聞いていたので、久保田とマルムに繋がりがある可能性が高いと思いました。研究所の理事長は京東大学医学部の名誉教授ですが、優秀な副理事長の久保田が事実上の実権を握っているとの噂です。秋元と美空は、大阪の久保田と会っているのかもしれません」

ジャパン製薬、と聞いて思い浮かんだのは、十周年パーティーで見た深紅のバラに姫リンゴをあしらった豪華なスタンド花だった。あのとき、長髪を後ろで縛った芸術家風の男が、逃げるように去っていったことを覚えている。

このタブレットの男を老けさせて、髪を縛った姿を想像してみると……。

「似てる！　この久保田って人、わたしが十周年パーティーで見た男に似てます」

「本当に？　出席者一覧に名前はなかったけど、久保田も東京に来てたんですか？」

「会場の外で見かけたんです」と稲葉に即答する。

「ジャパン製薬から届いたスタンド花を、じっと眺めてた男。最近の写真があったら確認できると思うんですけど」

「久保田のＳＮＳに、小さいけど本人画像が掲載されています」

「見せてください」

アイコン画像を拡大した。面長で神経質そうな中年男性が、長い髪を後ろで束ねている。

「当たり！　パーティーのときに見かけた男で間違いないです」

おそらく、自分が副理事長を務める研究所の親会社だったから、久保田はジャパン製薬のスタンド花を眺めていたのだろう。なぜ東京のホテルにいたのかは不明のままだが。

久保田がＳＮＳで何を発信しているのか、気になったので投稿記事を読んでみた。

「――この人、研究所でトカゲを飼ってるんだ」

最新の記事には、飼育ケースの中にいるトカゲの画像が投稿され、〈トカゲやヤモリの欠損した尾が再生できるのも、幹細胞が関係している〉と解説。その下の記事ではネットの医療記事を引用し、〈日本の再生医療研究の進みが遅い現状〉を嘆いている。

マルムと大阪の繋がりは、再生医療そのものではなく、研究がキーポイントなのだろうか？

「……ねえ、ちょっと見て。この研究室に飾ってある絵」

一緒にＳＮＳを見ていた歩夢が、飼育ケースの奥に見える横長の絵画を指差す。

「社長室にあるクリムトのレプリカと同じなんだよ。しかもね、福山クリニックでもこれと同じ絵を見たんだ。美容外科の待合室に飾ってあるの」

「三ヵ所に同じ絵か。気になりますね」

稲葉がタブレットを取り上げ、ネットでその絵について調べた。

それは、オーストリアの画家グスタフ・クリムトが、ドイツの音楽家ルートヴィヒ・ヴァン・ベートーヴェンの『交響曲第九番』をモチーフに描いた三つの壁画、『ベートーヴェン・フリーズ』のひとつ。《第四楽章》を題材にした、『歓喜の歌』と呼ばれる部分だった。

楽園の天使だと思われる女性たちが、均一に並んで第九を合唱し、その右横でひと組の男女が裸で抱き合っている。クリムトの代表作『接吻《せっぷん》』を彷彿とさせる男女の恋人たちだ。ふたりの周囲は鮮やかな黄金の装飾で彩られ、その中には精子や卵子も細かく描かれているらしい。

ネットの原画を拡大すると、男女の頭上に奇妙な〝猿のような顔〟がふたつある。

右の顔は、両目を固く閉じている。左の顔は大きく目を見開き、分厚い唇を突き出している。その下では、天使の合唱など耳に入らないくらい、恋人たちが夢中で抱擁し合っている。

猿。閉じた目。突き出した唇。耳に入らない――。

絵を眺めていた七星の脳裏に、ある発想が浮かんできた。

「もしかしてこれ、〝見ざる・聞かざる・言わざる〟じゃない？」

こじつけかもしれないが、なるほど、と稲葉は同意してくれた。

「日光東照宮の三猿で有名だけど、古代エジプトにも三猿のような壁画があったようです。〝悪いことは、見ない、聞かない、言わない〟と解釈されますが、そんな意味をこの画に忍ばせたのなら、お互いが〝何かの秘密を共有するための証《あかし》〟として飾ったのかもしれません」

マルムの桜井と秋元、クリニックの理事長を務める福山、さらに、ジャパン再生医療研究所の副理事長である久保田。インカレサークルの仲間だった男たちのもとに、同じ絵画のレプリカがある。その意味は、秘密の共有だけなのか？

「この絵には卵子なんかも描いてあるんですよね。つまり、受精も意味している。ハイリバティ事件とも関係のあるメッセージなのかな？　……あっ！」

自分の発した言葉で、七星は突拍子もない想像を生み出しつつあった。

「七星、どうしたの？」

横に座る歩夢が覗き込んできたが、思考を止められない。

頭の中一杯に、これまで見聞きした情報のピースが散らばっている。

――産婦人科の検診は美と関係ないですよねえ。

初根の証言。美容モニターたちのアンケート。勧誘された痩身コースの顧客。福山クリニックの脂肪吸引と婦人科検診。マルムと再生医療研究。受精――。

それらのピースをかき集め、巨大なパズルを猛スピードで組み立てる。

――完成したパズルは、目を背けたくなるほど歪《いびつ》で醜悪で、不快な悪臭すら放っていた。

……最悪だ。口にするのもおぞましい。でも、これしか考えられない。

七星は深く呼吸をし、乱れた心を静めてから、ふたりに告げた。

「受精で思いついたことがあるの。初根さんが声を聞いた通り、ヒトミ先生が執刀した美容外科の手術室に、産婦人科のフタバ先生がいたのだとしたら、初根さんは、〝再生医療研究が絡んだ陰謀〟の犠牲者かもしれない」

「再生医療研究が絡んだ陰謀……？」

歩夢が茫然と繰り返し、稲葉は息を呑み込む。

ゆっくりと頷いた七星は、ふたりに自らの推理を話してみることにした。

「マルムで幹細胞の勉強をした歩夢ちゃんは知ってると思うけど、稲葉さんは再生医療に詳しくないと言ってましたよね」

「ええ、まだ勉強不足でして……」

申し訳なさそうに稲葉が答える。

「では、基本から説明しますね。幹細胞の働きによって、病気や怪我で失った細胞や組織の再生を試みる再生医療。使用されるのは人間の細胞から培養するヒト幹細胞で、いくつかの種類があるんだけど、中でも万能性と実用度が高いとされているのは、血液や歯などの体細胞を遺伝子操作して作る〝iPS細胞〟と、受精卵の胚から作る〝ES細胞〟なんです」

講師になったような気分で話を始めたら、稲葉が口を挟んできた。

「二〇一二年にノーベル賞を受賞したのが、日本で生まれたiPS細胞。それよりも研究歴が長いのが、イギリスで開発されたES細胞。どちらもまだ実用化はされてないけど、日本ではiPS細胞の治験が進んでいて、二〇三〇年までに実用化される、なんて話もあるようですね」

「そうなんです。稲葉さん、ちゃんと勉強してるじゃないですか」

「いえ、僕の知識はそのくらいです。続けてください」

稲葉に促され、次に何を言えば上手《うま》く伝わるのか瞬時に考えた。

「このふたつのヒト幹細胞には、研究上の課題があったんです。iPS細胞は、『移植すると癌《がん》化するリスク』があること。細胞に遺伝子を組み込んで作るので、傷ついた遺伝子が混じったり、遺伝子が変異したりして癌化するらしいです。しかも、作製するのに半年から一年もかかって、費用も莫大《ばくだい》になってしまいます」

光流の講義をしっかり復習しておいてよかった。その知識が、こんなにも役立っている。

「一方のES細胞は、癌化のリスクが少なくて作製も比較的容易だけど、人間の受精卵から作るから、『将来的に子どもになり得る胚を、ES細胞を作るために破壊するのは命を摘み取る行為に等しい』という、倫理的な問題があるんです」

歩夢は首を傾げている。七星が何を言わんとしているのか、読めずに戸惑っているようだ。

「なので、日本でES細胞の研究に使う胚は、〝体外受精で凍結した受精卵の中から、使用されずに破棄されるもの〟に限られます。提供するのは主に産婦人科病院。使うのは患者が破棄に同意した受精卵だけで、患者の個人情報は秘匿されるそうです。

でも、それってかなり希少だと思うんですよね。体外受精をする人たちが限られてるし、そこから破棄される受精卵は相当少ないはずなんです。うちの母が妊活してたので聞いたんですけど、体外受精って何度も挑戦しないと成功しないこともあるみたいだから。だけど……」

歩夢と稲葉の顔を、交互に見つめた。

「もし、毎月卵子を排出する若い女性を大勢確保できる会社があって、そこと提携する病院が再生美容治療のモニターを募って、脂肪吸引手術の麻酔で眠らせることができたら？

モニターが寝てるあいだに、卵巣から専用の針で卵子を吸い取ることができたら？

それをコンスタントに、再生医療の研究所に提供できたとしたら？

——その研究所は素材に困らなくなる。いち早く研究結果が発表できるかもしれません」

ふたりの痛いほど真剣な眼差しを受けて、七星は次の言葉に力を込めた。

「要するに、マルムと提携する福山クリニックの女性モニターは、ES細胞の素材となる卵子を、知らないうちに盗まれているかもしれないんです」

「……嘘でしょ。卵子を盗むだなんて、正気とは思えない……」

歩夢が口元に両手を当てて、唸るように言った。

「卵子窃盗。そんな事件、これまで聞いたことがない。前代未聞ですよ」

稲葉も両目を大きく見開いている。

「とんでもない想像だって、自分でも思います。できれば勘違いであってほしい」

医療研究のためとはいえ、勝手に卵子を採取するなんて本当に狂気じみている。もしも自分が被害者だったとしたら、使い方によっては自分の遺伝子を持つ子どもが、知らないうちに産まれてしまう可能性だってあるのだ。そんなの恐ろしすぎる。

「……だけど、残念ながら辻褄《つじつま》は合ってしまうんです」

七星は湧き上る悪寒をこらえながら、なぜその結論に至ったのか語った。

「初根さんが言ってたんですよ。一回目は美容外科でヒトミ先生から感染症の血液検査を受けて、超音波のエコーで腹部の脂肪の厚みをチェックされたって。その経腹エコーで卵巣を観察して、血中ホルモン量を調べれば、卵巣の状態がある程度わかるはずなんです。

二回目は産婦人科で、婦人科検診のために尿と血液を採取して、フタバ先生から内診やエコー検査を受けた。その際に、尿中や血中のホルモンなどを測定して、経膣エコーで卵胞の大きさを確認すれば、排卵日の予想ができます。

三回目にヒトミ先生から脂肪吸引を受けたあと、眠ってるあいだにフタバ先生が卵子を採取。そのとき、膣の中に専用器具を挿入して卵巣に針を刺したから、異物感が残った。麻酔が醒めかけた初根さんが、フタバ先生の『これから不妊治療の患者さんが来る』って声を聞いた理由も、これで説明がつきますよね」

ヒトミがいる美容外科の手術室に、必要な機材を運び入れるフタバ。麻酔中のモニターの両脚を開いて固定し、採卵専用の針がついた器具を膣内に挿入。その針を卵巣に刺して、中から卵子を吸い取る。所要時間は、おそらく十分程度。全てが終わると、フタバは何食わぬ顔で手術室を出ていく……。

——想像なんてしたくないのに、くっきりと脳裏に映し出されてしまう。

「初根さんだけでなく、下腹部の鈍痛や不正出血をアンケートに書いたモニターが多いのも、針で卵巣が刺されたから。通院日をいちいち指定するのは、月に一度の割合で訪れる排卵日を、病院側が測定するため。ただし、排卵日を測定するためには、生理のサイクルを把握しておく必要があるんです」

稲葉と歩夢は、飲み物に手を伸ばすことも忘れて、七星の話に耳を傾けている。

「ザ・マルムの痩身コースに通う人は、福山クリニックから担当がついて、毎日の食事内容や生理サイクルなどのヘルスデータをスマホで報告します。そのデータでサイクルが把握できるから、痩身コースの顧客だけがモニターに選ばれたんだと思うんです」

選んでいるのは、ヒトミとフタバの可能性が濃厚だ。

美容外科での脂肪吸引と、産婦人科での検診が漏れなくついてくる、再生美容治療のモニター。まさか、卵子窃盗という目的が裏に隠されていたなんて、モニターになった人は誰も気づかないだろう。七星だって初根から相談を受けなければ、こんな気味の悪い推理を組み立てることはなかったはずだ。

「母から聞いたんだけど、産婦人科での採卵って、排卵誘発剤で卵子の数を増やすことが多いんです。一度に複数の卵子が採れるから。でも、薬を使わずに自然周期で採卵する方法もあって、身体への負担も通院回数も少なくて済むそうです」

質の良い卵子が採取できるらしく、母はこの方法を選んでいた。

「自然周期で採卵する場合、一般的には生理開始から十日目くらいに卵胞の大きさをチェックして、排卵日を予想して、生理開始から十三日あたりで採卵します。初根さんも、二回目の検診の三日後に脂肪吸引手術を受けた。クリニックに指定されたその手術日が、彼女の採卵日だった。そう考えると、いろんなことが腑に落ちてくるんです。考えるだけで吐き気がするけど」

その激しい胸のムカつきを、冷め切った紅茶を飲んで緩和させる。

口に当てた手を外せないままでいた歩夢が、「信じられない……」と小さくつぶやく。

そう、信じられない。いや、信じたくない。でも、全てのピースが嵌まってしまったのだ。

この先は、これが本当に真相なのか、暴いていかなければならない。

「――あった」と稲葉が声を上げ、操作していたタブレットを掲げた。

「今、久保田の研究について検索してみたんだけど、二年前のインタビュー記事がヒットしました。とりあえず読んでみますね」

画面に向かって目線を動かした稲葉は、ほんの数秒で記事を読み終えた。

「これは興味深い。やつは主に、ＥＳ細胞の〝ゲノム編集〟について研究していたようです」

「ゲノム編集？」

眉をしかめた歩夢が、両手の指で左右のこめかみを押さえている。

「ゲノム編集は、簡単にいうと、細胞の遺伝子情報を自在に変更する技術。この記事から内容を要約してみます。……えーっと、ＥＳ細胞は患者だけの細胞では作れませんよね。卵子と精子を合わせないと受精卵はできないので、他人の細胞が混ざってしまう。なので、移植の際に拒絶反応が起きる可能性があるわけです。でも、最近のゲノム編集技術によって、拒絶反応を出にくくすることが可能になった。つまり、ゲノム編集をしたＥＳ細胞で作った臓器細胞を患者に移植すれば、理論上、拒絶反応の心配が激減するそうです」

「だったら、もっと臨床試験が行われてもいい気がしません？」

歩夢の疑問に、七星も大きく頷く。

確かに、ＥＳ細胞の成人に対する臨床試験のニュースは、ほとんど聞いたことがない。

「現時点では研究段階のため、患者には投与できないそうです。久保田は『一刻も早く試験用のＥＳ細胞を作製し、安全性と有効性を確認したい』とインタビューで答えています。『日本では自国で生まれたｉＰＳ細胞に注目が集まりがちだが、ＥＳ細胞のほうが汎用性と実用度が高いはずだ』と考えていたようです」

「つまり、マルムと接点があった久保田は、ＥＳ細胞の実用化を本気で目指してたんですね」

稲葉の答えを受け、七星は自身の途方もない発想に手応えを感じていた。

久保田は、「iPS細胞よりも早くES細胞を実用化させたい」と、躍起になっているのではないだろうか。その研究のためなら、「どんな手段を用いても構わない」と思うほどに。

「でも、マルムと福山クリニックは業務提携をしてるけど、この久保田って人は部外者だよね。どういう関わり方をしてるんだろう?」

また歩夢が不明点を指摘したので、七星も自分の考えを整理してみた。

「こんな風に考えられないかな。マルムの桜井、秋元、美空。クリニックの福山、ヒトミ、フタバ。全員がグルになって若い女性たちから卵子を盗み、久保田に提供している」

その被害者の中に初根も含まれているかもしれないと思うと、どうにもやり切れない気分になってくる。

「マルムはまだ単なる美容会社なのに、なぜそんな手間をかけて卵子を盗むの?」

「真っ先に浮かぶ理由は、研究費ですね」

歩夢に答えたのは、稲葉だった。

「おそらく、ジャパン再生医療研究所には、多額の研究費が流れ込んでいる。親会社からの資金のほかにも、国からの助成金や他団体からの支援金なども、研究のために使われているはずです。その一部が、マルムや福山クリニックに流れている可能性があります。それから……」

いつの間にか稲葉は、獲物を睨むような目つきをしている。

「桜井の父親は元厚生労働大臣で現文部科学大臣。研究施設へのさまざまな認可や研究費の采配も、ある程度は操作できるのかもしれません」

厚生労働省と文部科学省。どちらも幹細胞や再生医療の認可などに関わる省庁だ。

つい先ほどの閃《ひらめ》きが、国レベルの大事件に発展しそうな予感がして、七星は密かに震えた。

稲葉も普段より大きな声で、話を続けている。

「息子の会社が女性たちを募り、その仲間たちが秘密裏に素材を採取して、大手企業の研究所に提供する。それが日本の再生医療の礎となるわけです。にわかには信じられないけど、あってもおかしくない仕組みではありますね」

「そんなの、倫理的にも人道的にも許されないよ！　まるで、あたしたち女が卵を搾取される鶏みたいじゃない！」

いつも冷静な歩夢が、激高するのも無理はない。もちろん七星だって同じ気持ちだ。

「今の段階では、わたしの妄想にすぎないから。だけど、もし決定的な証拠が取れたら……」

「とんでもないスクープです。国際的なニュースにもなりかねないスキャンダルですよ！」

興奮気味に言った稲葉は、瞳をらんらんと輝かせていた。

「そういえば、この件に関連しそうな事例を思い出しました。前に、日本における〝卵子ブローカー〟の実情について、同僚の記者が取材したことがあったんです」

追加の飲み物をオーダーしてから、稲葉が口火を切った。

「卵子ブローカー。母に聞いたことがある。不妊治療を望む女性のために、卵子提供のドナーを斡旋《あっせん》する業者のことですよね」

興味を引かれた七星は、大きく身を乗り出した。

「そう。日本の不妊治療では他人による卵子提供は認められていないから、ブローカーが海外で処置を受けさせるんだけど、ドナーには卵子一個につき、六十万円以上の謝礼が支払われる。容姿端麗で学歴が高い女性のものほど、高額になるそうです」

「そんなブローカーがあるなんて知らなかった。だけど、採卵するんだから謝礼以外の手間賃もかかるはずですよね。ドナーを求める人たちは、総額でいくら払うことになるんだろう？」

経理だけに、歩夢は費用にも関心を向ける。

「旅費や宿泊費は別で、二百万から三百万が相場らしい。ブローカーによっては五百万以上、なんて情報もあります。かなりの高額だけど、それだけの市場価値が女性の卵子にはあるんです。だから、卵子ビジネスが成立しているのでしょう」

必死で子を求める人々の気持ちは、両親がそうだったので少なからず理解できる。その切なる思いを金に換える〝卵子ビジネス〟というドライな言葉に、七星は若干の抵抗を覚えてしまった。そのビジネスを否定する気は、毛頭ないのだけれど。

「そうか、相場があるってことは……」

歩夢がおもむろに腕を組む。

「マルムと福山クリニックが美容モニターを募って、謝礼を出すどころか半額の治療費を相手に払わせて、密かに採取した卵子を研究所に売却する。これは裏ビジネスとして成り立つかもしれませんね。たとえば、一個の値段を三百万と想定した場合、すでに二年間で六十名以上がモニターになってるわけだから、一億八千万以上の利益があったことになる」

……途方もない額だった。

利益の推測ができたことで、疑惑が現実味を帯びてくる。

「仮にだけど、その利益をマルムの幹部三人、福山と福山姉妹、それに久保田や桜井大臣も加えた八人で分配したとしたら、ひとり二千二百五十万。税金のかからない裏ビジネスだから丸《まる》儲《もう》け。再生医療の研究ができて金銭欲も満たされる、都合のいい仕組みになってる可能性は捨て切れませんね。……身勝手すぎて、あたしも吐き気がするけど」

歩夢の低めの声は、明らかに怒りで満ちていた。

その怒りが七星にも伝染し、倍増し、憎悪へと膨れ上がっていく。

——綺麗になって人生を向上させたい。そんな初根のような女性モニターたちを騙して代金を取り、勝手に卵子を奪ってさらなる金儲けをする。それが事実であるのなら、極悪非道にもほどがある。

特に、ハイリバティ事件で女性たちを玩具扱いし、マルムには洗脳で大奥を作り、とことんまで女を食い物にする桜井と参謀の秋元にだけは、是が非でも鉄槌《てっつい》を下さなければならない。

改めて決意を固めると、「これはあくまでも想定ですが」と稲葉が頬を上気させて言った。

「大企業が政治家や政党に、年間で何千万も闇献金することなんてざらにある。ジャパン製薬や現役大臣も絡む話なのだとしたら、莫大な資金が動いてたって不思議ではありません。もしも裏が取れたら、前例のない特大スキャンダルです」

「可能性があるなら徹底的に調べたいです。本当だったら、わたしだって絶対に許さない！」

ようやくマルムの暗部に近づけた気がして、七星の戦意は業火のごとく燃え盛っていた。

6

〈優姫、久しぶりに報告しますね。

マルムの陰謀が、だんだん浮き彫りになってきました。

まだ裏取りはできてないけど、再生医療研究のために美容モニターから卵子を盗んで、ビジネスにしてる可能性があるんだ。臓器売買があるのは知ってたけど、未来に命を繋ぐ卵子を勝手に売買する人たちがいるなんて、考えただけで鳥肌が立ってくる。

とりあえず、次に秋元副社長が大阪に行くときは、稲葉さんが尾行することになった。それで確証になるようなものが押さえられるといいんだけどね。

それから、歩夢ちゃんが仕かけた監視カメラの映像で、桜井社長と副社長が話しててわかったことがあるの。なんと、韓国にマルムの子会社を作るらしいんだ。

しかも、その子会社「マルム・コリア」の社長に、美空専務が抜擢《ばってき》されるそうなの。来週から専務は、その準備で韓国に長期出張するみたい。

最近、幹部が忙しそうなんだ。このあいだの社長賞も幹部抜きで表彰式が行われたようだし、社長の大奥活動もぱったりなくなったみたい。きっと子会社の立ち上げでバタついてるんだろうな。この隙に、もっと攻めた調査ができたらいいなと思ってる。

そういえば、うちの母が軽い高血圧で入院してたとき、優姫のお母さんが一時帰国して、すぐベトナムに戻ったようだね。優姫のことを訊けなかったと、退院した母が悔やんでた。わたしも同感だよ。……優姫のお母さんは、まだ娘の長旅を信じてるのかな？

もう少しで全ての真相が暴かれるって、わたしは信じてます〉

重大な情報がもたらされたのは、夏の日差しが眩しい休日の午後だった。

七星と歩夢は、光流が住む埼玉県川口《かわぐち》市のマンションを訪れていた。

住宅地にある分譲マンションの二階、日当たりの良い３ＬＤＫのリビング。家具はシンプルで物が少なく、清潔感に満ちている。

七星たちはこれまでの経緯を、光流に報告していた。

「――そう。やっぱりマルムには、凄まじい秘密が隠されているみたいね」

骨折した右足首のリハビリ中で、まだ松葉杖《まつばづえ》が必要な光流は、思っていたよりも元気そうだった。ほぼノーメイクだが、マルムにいた頃よりも顔色はずっと良い。ベリーショートの髪型に、白いシャツと緑のワイドパンツがよく似合っている。

「セクハラの証拠では申し訳ないことをしてしまったので、どうにかしてマルムの秘密を暴きたいです。稲葉さんも歩夢ちゃんも張り切ってくれそうだし」

「もちろん、あたしも全力でやりますよ」

「でも、これでセクハラ以上のスキャンダルの可能性が出てきたわけでしょ。七星さんと歩夢さんのお陰だよ。私も足が完治したらふたりに協力したいな」

ダイニングテーブルで向き合う光流の右側から、窓のレース越しに外光が差し込んでいる。

「そのときはお願いしたいです。ただ、マルムが子会社設立で忙しい今が、わたしたちにとっては動けるチャンスなんです。下手を打つと横領罪の濡れ衣を着せられるかもしれないので」

七星の言葉で、光流が表情を曇らせた。

「濡れ衣で脅すなんて酷すぎる。私がトラブル処理をした五人は、お金を受け取ってすぐ辞めたの。だから、そんな非道な手で専務が黙らせていたなんて、全然知らなかった」

「稲葉さんが何かあったら対処するって言ってくれたので、だいぶ気が楽になったんだけど、用心はしないといけないなと思ってます。でも、あたしも七星も絶対に諦めたくないんですよね。しぶとい雑草だから」

あえて朗らかに歩夢が振舞ったとき、「あの……」と消え入りそうな小声がした。

見ると、リビングの入り口に長身の女性が立っている。

腰のあたりまで伸びた髪は、お世辞にも手入れが行き届いているとは言い難い。着ている花柄のワンピースは、すっかり色が褪せている。だが、色白で透明感のある魅力的な人だ。手にしたトレイに、七星たちが差し入れた、モロゾフのプリンを盛った皿が三つ載っている。

「ああ、姉さん。運んでくれたのね。ありがとう。こちら、元の会社で一緒だった方たち」

光流に紹介されたので、七星と歩夢は立ち上がって挨拶し、自己紹介をした。

「妹がお世話になってます。姉の有紗です」

お辞儀をした有紗が皿をテーブルに置いて、そそくさと部屋を出ていく。もう四十歳に手が届くはずなのに、稲葉から見せてもらった写真の頃と、さほど相違はないように見えた。

光流はこのマンションで、腹違いの姉・有紗と暮らしている。

聞いたところによると、有紗が生まれてすぐに離婚し娘を引き取った父親が、再婚した妻とのあいだにもうけたのが光流。ここで家族四人暮らしをしていたそうなのだが、両親が七年ほど前に自動車事故で他界。それ以来、姉妹はふたりきりで支え合ってきたという。

「親が亡くなる前からずっと、姉はハイリバティのせいで普通の状態じゃなかったの。誰かが来ると部屋に閉じこもっちゃうしね。だけど、今日は顔を出してくれた。珍しいな」

嬉しそうに微笑む光流。かつて氷の女王と陰で呼ばれていた人だとは、とても思えない。

「光流さん、すごく変わった。黒以外の服を着てるのも珍しい。なんかいい感じですね」

「歩夢ちゃんもそう思うでしょ。わたしも今の光流さん、素敵だと思うんだ」

「まあ、会社で被ってた仮面なんて、すっかり消えたから。……そうだ、会社で思い出した」

スプーンでプリンをすくおうとしていた光流が、その手を急に止めた。

「前に七星さんが言ってた、社長の別宅の話なんだけどね。リムジンで行ったかもしれない女性が、やっとわかったのよ」

「ほ、本当に？」

思わず声が上ずってしまった。

それは、場所が特定されないようにカーテンのかかったリムジンで別宅に連れていかれたという、噂の女性だ。噂の発信源を探ろうとしていた歩夢も、「すごい！」と興奮している。

「社内で何人にも当たったのに辿れなかったから、もう駄目かと思ってた。誰なんですか？」

「青山本店の元店長で、エステティシャンだった篠原《しのはら》クミさんって人」

篠原クミ。まさか、光流がその人物を捜し当ててくれるとは、予想すらしていなかった。

「静養中に、あの噂について知ってそうな人たちに連絡してみたの。そしたら、クミさんの名前があがってきた。私も社内では親しかったんだけど、彼女が三年くらい前に退社してからご無沙汰になってしまって。今は独立して、どこかでエステサロンを経営してるみたい。青山本店にいた頃からカリスマ的な人気があった人だから、きっと成功してるんじゃないかな」

「その方と話がしたいんです。よかったら紹介してもらえませんか？」

七星が頼み込むと、光流は「わかったのはここまでなの」と残念そうに言った。

「クミさん、連絡先を変えたみたいなのよ。名前で検索してもSNSには引っかからないし、サロンの場所も名前もわからない。私もどうにかしたいんだけど……」

「篠原クミさんですね。社内でもう一度調べてみます。名前がわかったら早い気がするんです」

すかさず歩夢が請け合い、七星は「ありがとう、心強いよ」と礼を述べた。

内勤になって間もない自分や退社した光流より、社内に情報網を持つ歩夢に動いてもらったほうが、遥かに効率的だろう。

「でも、くれぐれも幹部たちには気をつけて。特に美空専務。あの人には、何かやるときは徹底的にやる凄《すご》みがあるから」

光流の真剣な忠告に、歩夢が「了解です」と応答した。

「……だけど専務だって女なのに、あんな社長の尻拭いをしてる理由がわからない。光流さんのような特殊事情でもあるんですかね？」

「それはきっと、子どもなんじゃないかな」

ふいに光流が、リビングの窓に視線を移した。

七星も窓の外を覗くと、隣の公園が見えた。休日とあって、数名の子どもたちが戯れている。無邪気なはしゃぎ声も聞こえてきた。

「専務は何よりも、五歳の息子が大事なんだと思う。子どもの未来を守るために、会社も守ってる気がするの。あの組織を崩せるとしたら、キーになるのは専務かもしれない」

果たしてそうだろうか、と七星は首を捻ってしまった。

美空の人を操る魔女的な力は、嫌になるほど身に染みている。そう簡単には落とせないだろう。だが、光流のアドバイスは記憶に留めておくことにした。

「七星さんには言ったと思うけど、私、仕事人としての専務を尊敬してたのよ。本当はあの人を、信じていたかった……」

窓の外から視線を戻し、光流は寂しそうに瞬きをした。

「でも、今は七星さんと歩夢さんを信じるよ。ふたりなら必ずできるって信じる。社長たちを叩き潰して、優姫さんの問題も解決するってね」

熱い励ましを受けて、深く頷いた。

光流さんとお姉さんの無念も、必ず晴らしてみせます。

七星は改めて心に誓ってから、ふたりと一緒にプリンを味わった。

翌日から、歩夢は篠原クミについて社内調査を開始した。

昼休みに喫煙室へ入っていく歩夢を見かけたので、七星もタバコを持っている振りをしながら、そっと中に入ってみた。

定員五名の狭い喫煙室。換気扇は回っているが、タバコの臭いでむせ返りそうになる。

電子タバコを手にした歩夢は、紙タバコの煙を吹かす総務部の古株女性と話し込んでいる。

「——それで、一回でもいいから行ってみたいんですよね、カリスマエステティシャンだったっていう篠原クミさんのサロンに。甲本《こうもと》さん、噂とか聞いてないですか？」

「隠れ家サロンをやってるって話は聞いたことがあるけどね」

「隠れ家ってことは、都内じゃなくて郊外なのかな？」

「さあ。エステマニアの相川《あいかわ》のほうが詳しいんじゃないか？」

「あー、受付の相川さん。詳しそう」

「あたしはエステより、篠原クミ自身の噂に興味があるわ」

「なに？　なんですか甲本さん。意味深だなあ」

不慣れな煙に耐えられず、すぐに退散した。だが、歩夢がどんな感じで情報収集をしているのか、片鱗《へんりん》が見えた気がした。

喫煙室は、不思議な連帯感が生まれる場所らしい。今や少なくなったタバコ愛好者たちが煙でリラックスしながら会話を交わすと、いつの間にか互いに腹を割ってしまうという。

歩夢が本当は吸わない電子タバコを手に喫煙室へ行き、社員たちと話し込んでいるのは、情報をスムーズに引き出すためだった。すごい調査力だ。探偵にもなれるのではないだろうか。

感心しながら廊下を歩いていると、角から一番顔を合わせたくない男たちが現れた。

桜井と秋元だ。

隠れたい、と思ったのだが、そのスペースも時間もない。会釈をして通り過ぎようとしたら、長身のふたりが威圧感たっぷりに立ち塞がった。桜井がニヤけた顔で話しかけてくる。

「神楽くん、相変わらず元気そうだね。内勤はどうだい？」

どうだいと気安く言われても、答えようがない。

「専務から聞いてるよ。会社を探って週刊誌に売ろうとしたらしいじゃないか。なのにまだ居座っている。肝が太いというか厚かましいというか、害虫か雑草並みの図太さだな」

冤罪の脅しで繋ぎ留めたくせに、どの口が言っているのだろう。

「雑草とひと口に言っても、種類は様々だ」

秋元が高圧的に七星を見下ろしている。

「たとえば、ブタクサのように場所を選ばず繁殖し、重度の花粉症を引き起こす植物もあれば、クローバーのように根粒菌で空気中の窒素を固定し、土壌を豊かにする植物もある。人間に害を及ぼすだけの雑草と、大いに役立つ雑草は、分けて考えるべきだな」

リンゴを扱ってきただけに植物には詳しいようだが、言い方には体温が感じられない。

「なるほどね。四つ葉のクローバーは幸運のアイテムでもあるし、まるで秋元みたいだな」

桜井は無神経に、秋元を雑草呼ばわりしている。

「四つ葉のクローバーが見つかる確率は十万分の一程度だとされている。その確率の低さゆえに、幸運の象徴と言われるんだ。俺はその貴重なクローバーを探し当てる。そのために邪魔となるブタクサは、徹底的に駆除しないとな」

青メガネの奥の眼差しが、ぞくりとするほど冷たい。

脅された際の恐怖が、リアルに甦《よみがえ》りそうになった。

「いい。いいよ」と、桜井が嫌味っぽく手を叩く。

「やっぱり秋元は面白いな。お前なら四つ葉どころか、もっと多くの葉を見つけるさ。神楽くん、君も駆除されないように大人しくしていなさい。我々を舐めないように。返事は？」

「……はい」と小声で返事をした途端、ふたりはいきなり歩き出した。

「──いたっ！」

桜井がわざとぶつかったので、七星は床に倒れ込んでしまった。廊下の冷たさが痛みを増加させる。桜井は見向きもせず、何事もなかったかのように秋元に話しかける。

「次の株主総会だけど、準備はどうだ？」

「もう大枠は考えてある。ほかの役員たちと詰める必要があるのだが……」

何やら相談をしながら、早足で去っていく。

──ブタクサか。上等だ。今に強烈な花粉をまき散らして、横暴な温室植物と非道なクローバーを枯らし切ってやる。

悔しさをバネにして立ち上がろうとしたら、後ろから「大丈夫ですか？」と声がした。

秘書の山崎が、すぐそばで手を差し伸べている。会社で見かけるのは久しぶりだ。

「もちろん大丈夫です」

手は無視して即座に起き上がり、テーパードパンツの埃を叩き落とす。

「神楽さん、僕の忠告を聞いてくれなかったようですね。あなたのために言ったのに」

視線を合わせた山崎は、酷く悲しそうな目をしていた。

「ご忠告ありがとうございました。失礼します」

優姫の窃盗話は幹部のでっち上げだ。自分や歩夢、稲葉と同じように、なんらかの理由で優姫を容疑者に仕立て上げたに違いない。それを信じる人の忠告なんて、聞けるわけがない。

七星は山崎に背を向け、真っすぐ前を見て歩き出した。


「今日は収穫がいろいろあるんです。驚かないでくださいよ」

七星がマルムに入社してから、五ヵ月が経ったある日の仕事帰り。

いつものセンター街のカフェの個室で、七星と歩夢は稲葉の報告を聞いていた。

子会社の立ち上げで美空が日本を離れているあいだに、稲葉が証拠になりそうな写真の隠し撮りに成功したのだ。

「まずはこの一枚。ジャパン再生医療研究所に行った秋元です」

医療施設のような建物。門の横にある警備室を通りすぎて、秋元が中に入っていく瞬間をとらえたプリント写真だ。秋元は太ももの辺りまで高さのある、取っ手とキャスターのついた長方形のハードケースを引いていた。

「これは〝ドライシッパー〟と呼ばれる、凍結細胞を輸送する特殊タンクを収めたハードケースです。タンクには液体窒素が充填されていて、マイナス百五十度以下に保たれます。次はこっちを見てください」

別の写真には、二子新地の多摩川沿いにある福山クリニックが写っている。五台分の駐車場が併設された広い敷地内に、双子のように並ぶベージュ色の建物。その右側が美容外科、左側が産婦人科の病棟だ。

稲葉は、秋元が産婦人科の裏口からハードケースを運び出し、待たせていたタクシーに乗るまでを、連続で何枚もファインダーに収めていた。

「このケースを秋元は、神奈川から大阪まで大事そうに運んでいたんです」

「副社長が自分で運ぶなんて、かなり怪しいですよね。もしかすると中身って……？」

期待で弾けそうな胸を抑えて、七星は稲葉を見つめた。

「確証は得てないけど、培養士もいる産婦人科でドライシッパーといえば、中身は凍結した卵子である可能性が極めて濃厚ですね」

やった！　と叫びそうになった。

ほかにも、クリニックの敷地内に立つ秋元が、白衣姿の男女三人と談笑している写真もある。恰幅の良い中年男性は理事長の福山。人工的な容姿の女性たちは、美容外科医のヒトミと産婦人科医のフタバだ。ヒトミは四十九、フタバは四十八歳とのことだが、どちらも十以上は若く見える。

「まだあるんです。これもスクープ写真ですよ」

稲葉が見せたのは、秋元と若い女が宝石店のショーケースで指輪を選んでいる写真だった。

ガラスの窓越しに撮られたものだが、拡大してありダイヤモンドの指輪まで目視できる。

「このふたり、本当に結婚するんだ！」

我慢できずに叫んでしまった。

実は、秋元にブタクサ呼ばわりされた日の数日前、稲葉から新たな情報が届けられていた。

なんと、秋元の政略結婚だ。

相手は、桜井の父から紹介された政治家の令嬢。その写真に写っていたのは、二十代後半くらいの令嬢と秋元が、婚約指輪を選んでいる様子だった。

「秋元の結婚話は、まだ美空には隠してるようです。美空を韓国に飛ばしているあいだに結婚話を進めて、子会社の社長というポジションで黙らせる気みたいですね」

「若くて強力なコネとなる女と副社長が結婚して、自分の子を産んだ専務は韓国に追いやる。どう考えても最低のクズたちだね」

歩夢の毒舌に、「共感しかない」と七星もつぶやき、秋元と令嬢の写真に目をやる。

秋元は珍しくコンタクトをしているようだ。服装もダークスーツではなく、明るいグレーのジャケットに紺のパンツ。ブランド品で着飾っているが平凡な容姿の令嬢の横で、笑みを見せている。おそらく、年下だけれど家柄は格上の相手に、こびへつらっているのだろう。

「副社長のデレた顔、心底軽蔑する。ふたりが指輪を選んだのは、外観もゴージャスな銀座のハリー・ウィンストン。優雅なもんだよ。この女性、専務の存在に気づいてないんだろうね」

「でしょうね」と、稲葉が七星に相槌を打つ。

「秋元は子どもを認知してないようだし、する気もなさそうです。美空はそれを容認していたのだから、秋元が誰と結婚しようが関知しないのかもしれません」

「でも、前に光流さんが言ってたんですよ。親子三人で過ごすこともあるって。専務が事実を知ったらショックなんじゃないかな」

子どもの父親から受けた突然の裏切りを、美空はどう受け止めるのだろうか?

「だったら、この写真を専務に見せてみたらいいんじゃない?」

大胆な提案をしたのは、歩夢だった。

「社長と副社長の、どこまでも女をバカにした画策。専務が帰国したらそれを突きつけて、こっちの味方に引き込むの。どうかな?」

「んー、あの人がすんなり味方になってくれるのか、ちょっと疑問だけど……」

魔女のような笑顔が浮かび上がり、賛成しかねてしまう。

「わかった。副社長の裏切り行為は、子どもの父親としての責任放棄でもある。そう言って揺さぶったらいいんじゃない?」

「新田さん、それは妙案かもしれない。だったら、僕が直接取材に行きますよ」

稲葉が断言したので、七星は「本当に?」と確認してしまった。

「ええ。今のところ状況証拠だけだけど、これだけあれば第二弾くらいまで記事が書けると思います。デスクに下話はしてあるし、すでに別の記者たちにも動いてもらってますしね。マルムのセクハラや卵子窃盗疑惑の取材で張りついていたら、こんなものが撮れてしまった。そう言って写真を見せる。それで幹部たちに軋轢《あつれき》が生じたなら、戦局が有利になるかもしれません」

それは、一か八かの賭けではないかと思った。だが、もし賭けに勝って美空が内部情報をリークしたら、逆転劇も夢ではない。

「美空の一時帰国は週明けでしたよね。まだ時間はあるから、それまでにもう少し検討してみましょう。社長室のカメラは回収したほうがいいかもしれません。僕が記事をあげたらおふたりも疑われます。不利になるようなものは撤収しておくべきかと」

「そうですね。明日、社長室を掃除するから、そのとき回収しておきます」

歩夢が承諾すると、稲葉は「これで最終局面ですね」とつぶやいた。

「この写真はおふたりに預けます。僕にはデータがあるので」

稲葉から写真を受け取った七星は、これが本当に最終局面だと信じ切っていた。


戦局が急変したのは、三日後の夕方だった。

デスクでパソコンを操作していた七星のスマホに、歩夢から連絡があった。

『大変なの、専務から呼ばれちゃったよ!』

「え? 帰国は週明けだったんじゃ……」

『前倒しで帰ってきたみたい。七星と一緒に小会議室Aに来てほしいって内線が入った。どうしよう、行かないわけにはいかないよね?』

こちらの動きが漏れてしまったのかと、暴れそうになった胸をどうにか撫でつける。

「とりあえず行くしかないね。エレベーターの前で待ってて」

急いでポーチを取り出し、中身を確認してからエレベーターホールに向かった。

先に待っていた歩夢と一緒に、七階にある小会議室を目指す。

「念のために、稲葉さんが撮った写真を持ってきた。スマホの録音ボタンもオンにしてある」

「あたしも、稲葉さんに電話したまま繋いであるの。あっちで録音してくれるって。なんの話かわからないけど、流れ次第ではその写真、専務に見せることになるかもね」

歩夢が掲げたスマホから、『無茶はしないでくださいよ！』と稲葉の声がした。スピーカーホンになっているようだ。

「了解です」と答えた歩夢が、七星の目を覗き込む。

「七星、覚悟はできてる？」

狡猾な美空とまた対峙するのかと思うと、二の足を踏みたくなってくる。

「……実はちょっと怖い。でも、負けたくない」

「ふたりなら大丈夫だよ」

そうだね、と即答した。

美空の呪縛から逃れた歩夢がいてくれるなら、きっとどんな窮地だって乗り越えられる。

乗り越えてみせる。

――エレベーターのドアが開いた。外に出て深呼吸をする。

「じゃあ、行こうか」

七星は歩夢と頷き合ってから、廊下を歩き美空の待つ小会議室に入った。

「お疲れ様。仕事中にごめんなさいね。予定が早まって帰ってきたんだけど、あなたたちに訊きたいことがあるのよ。あまり時間がないから、手短に話してほしいの」

机を挟んで向き合った美空は、完璧なヘアセットとメイクで微笑んでいる。小さな逆三角形のマークがちりばめられたブルーのスーツは、プラダの新商品だ。

……何を考えているのかわからない。高価なスーツが戦闘服のように見えてくる。かなりの強敵だけど、もう負け犬にだけはなりたくない。

七星は椅子の上で背筋を伸ばし、彼女の言葉を待った。

「あれほど警告したのに、いろいろと嗅ぎ回ってたようね。勝手に過去の顧客アンケートを覗き見るなんて、一体どういうつもりなの？　内容によっては処罰が下るわよ」

やはり情報が漏れていた。モニタリングされていたのだろう。だが、焦りは禁物だ。慎重に対話をしなければならない。

「専務はなぜ、それをご存じなんですか？　誰かが監視でもしていたのでしょうか？」

まずは録音を意識して、答えを誘導しようとした。

「まあ、監視だなんて大げさね。不自然な行動を取る社員がいたら、報告してくれる善意の社員がいるだけよ。新田さんだって前はそうだったのに、今は神楽さんと何かし始めて悲しいわ。どうせ週刊文冬の稲葉さんとも、また繋がったんでしょ？　マスコミって本当に浅ましいわね。何が目的なのか正直に話してちょうだい。でないと……」

「でないと何かされてしまうんですか？　まさか、濡れ衣のようなことではないですよね？」

歩夢も好戦的に応対する。彼女もわざと相手を煽ろうとしているのだろう。

「濡れ衣？　なんのことかしら。あなたたち、私から何かを引き出したいようだけど、まさか録音なんてしてないわよね」

全てを見通しているような、正視すると石に化してしまいそうな、妖力すら感じさせる笑顔。……魔女を相手に駆け引きをしても無駄だ。直球勝負でいくしかない。

「専務、はっきり言わせてもらいますね。週刊文冬はマルムの陰謀を暴こうとしてるんです」

「陰謀？　なんだか怖いわね。どんな陰謀があるって言うの？」

笑みを一切崩さず、美空が七星を見る。

七星も湧き出そうになる臆病心を振り切って、相手をしかと見返した。

「マルムは福山クリニックと結託して、美容モニターから卵子を盗んでいますよね？」

意を決して問いかけると、ほんの微かに眉が動いた。

しかし、彼女は何も答えない。沈黙が耐えられず、つい口を開いてしまう。

「美容モニターの多くが、脂肪吸引後に下腹部の異変を覚えていました。おそらく、麻酔中に採卵されたからだと思います」

「つまりそれが、無断でアンケートを見た結果ということね。処罰の対象になりそうだわ」

美空と七星の視線が、激しくぶつかり合う。

わかってはいたけれど、とてつもなく手強《てごわ》い。緊迫感で喉が詰まってくる。

「あ、あの、アンケートの件は、申し訳ありませんでした。わたしの顧客から訴えがあったので、気になってしまったんです。だけど、文冬は稲葉さんだけではなく、何人かの記者でマルムを探ってます。卵子窃盗が暴かれるのも時間の問題ですよ」

すると美空は、口元にエメラルドが光る手を当てて、小バカにしたような高笑いをした。

「――あー可笑《おか》しい。凄まじい想像力ね。いい加減な妄想で会社を困らせないで」

「白を切るんですね。当然だと思います」

突然、隣に座る歩夢が口を開いた。

「専務は会社を守って、お子さんの未来も守る必要がありますもんね。あたし、専務のスマホの待ち受けを見たことがあるんです。すごく可愛い男の子だった。秋元副社長にも少し似てました。もうすぐ六歳でしたよね」

「……何が言いたいのかしら？」

眉間に皺ができた。子どもの話になると感情が動くのかもしれない。

――ここが勝負時だ。

七星は秋元と令嬢のプリント写真を、ポーチから取り出して美空の前に置いた。

「副社長が結婚するらしいんです。社長が紹介した政治家の令嬢と。ご存じでした？」

絶句する美空。完全に笑顔が消えている。

確かな手応えを感じ取り、七星は次の言葉を繰り出した。

「知らなかったようですね。これ、記者が銀座のハリー・ウィンストンで撮った写真です。ふたりは婚約指輪を選んでいたそうです」

相手が写真に視線を走らせる。明らかに動揺が見受けられ、ほんの少しだけ気の毒になった。秋元の裏切りを知って、傷ついたように思えたからだ。

歩夢も同じだったのか、「あたしたちも、これを見たときは驚きました」と辛そうに言った。

「専務のお子さんの父親なのに、その責任を放棄してコネのために若い令嬢と結婚する。専務を韓国に行かせて、そのあいだにことを進めようとした。卑劣すぎますよ。あたしだったら絶対に許せない。そんな裏切り男と会社を、これからも守るつもりなんですか?」

「知ったような口を利かないで。人にはいろんな事情があるのよ」

声のトーンが弱くなった。相手のまとっている虚勢の膜が、僅かに綻んだ気がした。

その瞬間、この人だって血の通った人間なのだと、強く実感できた。

——どうか秋元とマルムに見切りをつけて、味方になってほしい。そのために必要なのは、こちらの情報開示と嘘偽りない言葉だ。——そう信じよう。

七星はさらに、二枚の写真を机に置いた。

「一枚は、副社長が福山クリニックの産婦人科で凍結細胞の輸送タンクを受け取ったときの写真。もう一枚は、タンクを大阪のジャパン再生医療研究所まで運んだときの写真です。撮影した記者もわたしたちも、中身は卵子だと思ってます」

はっきり告げると、「それだけじゃないんです」と歩夢が話を引き取った。

「副社長と社長がハイリバティ事件に関与してたことも、記者は調べてます。社長のセクハラ問題と絡めて記事にする予定なんです。だから、記事になる前に会社を見限ってもらえたらって、思わずにはいられないんです。専務がスキャンダルに巻き込まれないように」

話を聞いた美空が、怪訝そうに首を傾げた。

「新田さん、まさか私を助けたいとでも思ってるの?」

「助けたいだなんておこがましいけど、それに近い気持ちはあります」

真剣な目をする歩夢を凝視してから、「……そう」と美空が吐息のように声を漏らした。

「あなたのお気持ちは、ありがたく受け取っておきます」

驚いたことに、表情が和らいでいる。歩夢のお陰だ。

「ちょっと聞いておきたいんだけど、新田さんも記者に情報を提供してたのよね、神楽さんと一緒に。その理由は正義感だったのかしら？」

「それもあるかもしれません。どうしても見ない振りはできなかったんです」

うつむいた歩夢に、美空は「大したものね」と微笑みかけた。

「記者はほかにも何か摑んでるの？　全部教えてちょうだい。私も今後のことを考えるから」

——今後のことを考える？　ということは、味方になってくれるのだろうか？

「専務が協力してくださるなら、もっと詳しくお話しできると思います」

すかさず言うと、歩夢も「お願いします。力を貸してほしいんです」と両手を合わせる。

しかし、美空は何かを思案するかのように黙り込んでしまった。

——迷っているのかもしれない。当然だ。自分が専務を務める会社の危機なのだから。

沈黙を守る彼女に向かって、七星はさらなる説得を試みた。

「ずっと思ってたんです。専務だってお子さんを持つ母親。本当は、子どもになる前の卵子を勝手に採取して、研究のために壊すことに抵抗があるんじゃないですか？　それに、美しくなりたくてモニターになった女性たちを、専務が本心から裏切るとは思えないんです」

つたないかもしれないが、精一杯の誠意を込めて語りかける。

「きっと、専務は息子さんがとても大事で、そのために仕事も頑張っていらっしゃるんでしょうね。わたしも母子家庭の経験者です。母がどれほど苦労したのか、わかっているつもりです。だからかもしれないけど、専務には間違った母親でいてほしくないんです。勝手なこと言ってすみません。でも、お願いだからわたしたちに協力してもらえませんか？　本当のことを記者に話して……」

「いい加減にしなさいっ！」

ぴしゃりと話を遮られた。鬼のような剣幕で。

胃が縮み上がるような感覚がし、ごくりと唾を呑み込んでしまった。

「あり得ない妄想の御託を並べて、あろうことか私に説教までして、悦に入るのもそのくらいにしてよね。くだらない探偵ごっこには辟易《へきえき》する」

怒りを滲ませたままスマホを取り出し、どこかに電話をしようとする。

「待ってください！　光流さんは言ってました。仕事人としてのあなたを尊敬してた、信じていたかったと」

美空の手が止まった。七星は必死で話しかける。

「光流さんはハイリバティ事件に関してこう言いました。社長と副社長は黒だけど、専務はグレーだと。あなたが質のいいコスメを女性に提供したい気持ちは、本物だと思っていたからです。わたしもそう思いたい。前に言ってたじゃないですか。本気の努力と熱意は、恋人と違って裏切ったりしないって。それでわたしも、一時期は営業に全力をかけられたんです。だからお願い！　専務は女性たちの味方だって、思わせてくださいよっ！」

この人には息子を愛し、裏切りに傷つく心がある。女性を美しくしたいという情熱もあるはずだ。きっとわかってくれると思いたかった。

だが、美空はガラス玉のように空っぽの目で、七星たちを一瞥した。

「タイムリミット。神楽さん、新田さん、今までご苦労様。あなた方を懲戒解雇します」

「懲戒解雇……？」

繰り返した途端、七星は思考停止に陥った。

次に口にすべき言葉が、どうしても見つからない。

「待って、解雇理由は？　公金横領が解雇理由なら、それは専務に着せられた冤罪だから不当です！　断固拒否します！」

歩夢が叫ぶと、美空は涼しい顔で言った。

「横領の冤罪？　なんのことかしら？」

「嘘！　わたしたちを捏造の横領で脅して、お金もわざわざ振り込んで、会社に繋ぎ止めたじゃないですか！　まさか、冤罪で告訴するつもりですか？」

とっさに七星も抗議したのだが、相手は「わかってないのね」と呆れたように腕を組む。

「うちの会社はね、首切りしたくなるほど問題のある社員でも、すぐに見放したりはしないの。そもそも解雇なんて簡単にはできないから、まずは何が問題なのか忠告して、必要なら金銭面のサポートもして、自主的な改善を促すのが社長の方針だった。だから私もその方針に従ってたのよ。あなた方にも改心のチャンスをあげたはずよね」

脅したことは絶対に認めないつもりだと、七星は悟った。

これ以上、冤罪に関しては何を言っても無駄だろう。

次の対抗手段が探せない七星たちに、美空が射るような視線を注いでいる。

「でも、改心なんて無理だったのね。あなた方は記者に社内情報を漏洩して、会社に損害を与えようとした。明らかな守秘義務違反です。不正行為が確定したので、就業規則にある通り懲戒解雇とさせてもらいます。今日は弁明の機会を与えようとしたのに、あっさり自白してくれて手間が省けたわ。この会話はこちらでも録音してあります。無駄な抵抗はしないように」

……やられた。時すでに遅しだ。

誘導するつもりが逆に誘導されて、守秘義務違反の言質を取られてしまった……。

呆然とする七星たちの前で、美空は勝ち誇ったように言った。

「記者と組んで嗅ぎ回るのは勝手だけど、何をしたって何も変えられないわよ。副社長の写真だってなんの証拠にもならない。でも、週刊誌に妄想の記事が掲載された場合は、出版社とあなた方への損害賠償請求を検討します。それだけの愚行を犯したのだと覚えておきなさい」

冷たく言い放ってから、彼女は素早くどこかに電話をかけた。誰かに「お願いします」とだけ告げ、無表情のまま勢いよく立ち上がる。

――嫌だ、このまま一方的に終わらされたくない！

「専務！　ちょっと待ってください！」

七星も立ち上がったが、彼女はこちらを見ようともしない。

「美空専務！」

何度かけても声は届かず、美空はモデルのようなウォーキングで会議室から出ていった。

歩夢は今にも泣き出しそうな表情で、七星を見ている。

『大丈夫ですかっ？』と、歩夢のスマホから稲葉の声がした。

応答しようとしたら、いきなり会議室の扉が開き、見知らぬ中年男性が入ってきた。スーツの襟もとに金バッジがついている。

「顧問弁護士の田中《たなか》と申します。解雇予告通知書をお持ちしました。解雇理由証明書など、詳細についてはまた私からご連絡します。社内の荷物を整理した上で、本日より自宅待機をお願いします」


急な解雇予告からひと月後、七星と歩夢は無職の身となった。

当初は、不当解雇として争うことも考えたのだが、稲葉に紹介された弁護士と相談した結果、残念だけれど時間と気力を奪われるだけだと断念した。現時点では、守秘義務違反を覆すのが困難だと思われたからだ。

歩夢は「納得がいかない」と憤慨し続けていたが、正直なところ、優姫の捜索のためだけに勤務していた七星には、地獄の試練から解放されたような気持ちもあった。

美空が言った「損害賠償請求」に関しては、ふたりともいざそうなったらとことん戦う心づもりでいる。いくら請求されるのか、恐ろしい気持ちがあるのは否めないが、稲葉と弁護士が力になると約束してくれた。

解雇の経緯を報告した光流も、そのときは協力すると言ってくれたので、桜井たちが七星と歩夢に何をしたのか詳《つまび》らかにして、徹底的に抗戦するつもりだ。

友海と景子とは、結局きちんと話せないまま別れてしまった。でも、それは仕方のないことだと諦めている。洗脳が解けた友海は、解雇の噂を聞きつけて残念がってくれたが、桜井をまだ慕っている景子からすれば、七星は会社を売ろうとした裏切者なのだから。

稲葉がまとめ上げたマルムの記事は、掲載が遅れてはいるけれど、着々と準備が進んでいるはずだった。

ただ、秋元が凍結細胞の輸送タンクを運ぶ写真を見ても、美空が動じなかったことが気がかりではあった。状況証拠しかないことを見抜いてうそぶいたのか、自分は韓国に行くので関知しないと決め込んだのか……。

いずれにせよ、マルムの実態が報道されたら美空だって無事では済まないだろうし、一大スキャンダルとなって、個人に対する損害賠償請求など起こしている場合ではなくなるのではないだろうか。

それに、実はもうひとつだけ、優姫の居場所を捜すための情報を、七星はすでに摑んでいた。だから、「勝負はこれからだ」と、今は前向きに考えている。

荷物をまとめて会社を出た際に、振り返って遠目から眺めた青山の本社ビルが、七星には倒すべき敵たちが潜む強大な要塞に見えた。

円山町の社宅を出た七星は、歩夢が引っ越していた東急《とうきゅう》世田谷《せたがや》線・若林《わかばやし》の2DKマンションで、歩夢と一緒に暮らし始めた。

築三十年の小さな三階建てのマンション。その二階にある歩夢の部屋は、内装がデザイナーズ物件のようにリノベーションされた、狭いけれど快適な空間だった。

「ふたりとも大変だったなあ。だけど勇敢だよ。全てが明るみに出たら、懲戒解雇の件も覆る気がするしな。先のことはゆっくり考えればいいよ」

小さなダイニングテーブルで、目黒がビールを飲んでいる。

七星と歩夢は、目黒から差し入れされた赤ワインを飲んでいた。

「うん。わたしは、もうしばらくニートでいようかなと思って。営業で結構稼げたから貯金はあるし、マルムや優姫の件でまだ動きたいしね」

「あたしも。貯金の額ならかなりのもんなんだ。あの会社、待遇だけはよかったからね。高配当株の投資もしてるし、切り詰めればニートでも二年は暮らせそう」

「歩夢の趣味は貯金と投資だからな。俺の特製監視カメラ、役に立ったでしょ」

「ホント助かったよ。目黒くんのお陰で社長室からいろんな情報が手に入った。これで稲葉さんがマルムの暗部をスクープしてくれる。あいつらは一巻の終わりだよ。そしたらみんなで豪遊しようね。稲葉さんの奢《おご》りで」

目黒と一緒にいるときの歩夢は、普段よりも陽気に見える。

穏やかでマイペースで、男女の性差を感じさせない目黒。桜井や秋元のような男性優位の家父長制気質とは真逆の存在だからこそ、歩夢も彼といるのが心地良いのだろう。

「……豪遊かあ。箱根《はこね》の温泉とか行ってみたいな。優姫が見つかったら、だけど」

「そういえば、社長の別宅に行ったらしきエステティシャンとは、いつ会えるんだっけ?」

つまみのポテトサラダを頬張りながら、目黒が尋ねてきた。

光流が名前を探し当てた、ザ・マルム青山本店の元店長・篠原クミ。彼女のエステティックサロンが六本木《ろっぽんぎ》にあることを、歩夢はマルムを解雇になる前に突き止めていたのだ。

「来週の月曜日。ひと月以上も前にやっと予約できたの」

歩夢の調べによると、クミは桜井が三年以上前に寵愛《ちょうあい》した本命の相手で、パーティーや飲み会があるといつも横に座らせていたらしい。だが、どういうわけか突然破局し、クミは退社して独立。その頃から、桜井は社内に大奥を作り始めたという。ふたりは何かで揉めて別れたらしく、「クミは最低の女だ」と罵る桜井の声を聞いた社員がいたそうだ。

それが事実なら、クミにマルムに対する忠誠心などないはず。こちら側に味方してくれるのではないかと、七星はほのかに期待していた。

「ねえ、七星。クミさんのサロンに行くこと、光流さんには伝えたの？」

歩夢から訊かれて、首を横に振った。

「言おうかと思ったけど、社長の別宅を調べたい理由の大半は、優姫を捜すためだから。それはわたしだけの問題だし、今回はひとりで頑張ってみる。歩夢ちゃんもクミさんのサロンを見つけてくれて、本当にありがとね」

「あたし、篠原クミの情報収集で何回も喫煙室に通ったんだよ。タバコなんて吸わないのに」

いたずらっ子のように、歩夢が口を尖《とが》らす。

「感謝してるよ。目黒くんにも。お陰で次の手が打てる。ふたりに会えて本当によかったよ」

「でしょ。でも、あたしも七星に感謝。家賃が折半になって助かるー」

「え、そこ?」

「はいはい、歩夢の照れ隠しな。なあ、鍋が焦げてんじゃないか?」

「うわっ、特製のビーフシチューが!」

あわてて歩夢が鍋に向かい、七星は目黒と笑みを交わす。

激動の日々を経て手にした平凡な日常は、ひと時の癒しを与えてくれたが、七星も歩夢も十分自覚していた。

これが、嵐の前の静けさであることを。


翌日の夜。七星にとっては意外な人物たちが、若林のマンションに現れた。

——友海と景子だ。

狭い玄関先で立ちすくんでいたふたりを、歩夢が「遠慮しないで入って」と迎えている。

歩夢から、「今夜、友海が景子を連れて来るよ」と聞いたときは、何を言いに来るのか身構えてしまったのだが、会いたくないと拒んだりはしなかった。むしろ、マルムから離れた今、全てをすっきりさせたい気持ちのほうが強い。

ダイニングテーブルの席に着いた七星と歩夢の対面に、友海と景子が座った。ふたりとも歩夢が出したアイスティーのグラスには手をつけず、少し緊張の面持ちでいる。

「……えっと、急に押しかけちゃってごめんね」と、友海が口火を切った。

「解雇だなんて今も信じられないよ。光流さんや優姫ちゃんのことで頑張っただけなのにね。あれからどう？　落ち着いた？」

友海が心配そうに七星を見ている。

「うん、だいぶ落ち着いた。まだ何も諦めてない。これからも頑張るつもりでいるよ」

七星が答えると、いきなり景子が椅子から立ち上がり、神妙な面持ちで一礼した。

「七星、今まで意地の悪いことしてごめんな。本当に申し訳ない」

……驚きで息を吸い込んでしまった。

まさか、景子がこんな態度を取るなんて、夢にも思わなかった。

もしや、桜井の洗脳が解けたのだろうか？

「七星だって苦労しただろうに、勝手に自分の不幸をひけらかしたりして。うち、マルムの大奥でなんかに取り憑かれてたんやと思う」

確かに景子からは険が取れ、憑きものが落ちたような気がする。

「実はね、七星ちゃん。景子ちゃんもやっと目を覚ましてくれたんだ」

友海は横に立つ景子と、小さく頷き合った。

「友海ね、歩夢ちゃんに手伝ってもらって、何度も景子ちゃんに社長室の映像を見せてたの。あの人ね、誰かと電話してるとき、いつも女を小バカにしてたんだよ。『女なんて言葉ひとつでどうにでもなる』とか、『一回落とした女はすぐ飽きる』とか。景子ちゃん、最初はフェイクだって言い張ってたんだけど、本当はわかってたんだよね。あれが社長の本性だって」

「そう。……認めるのが怖かったんやと思う。ハイスペックな社長と繋がってたら、自分もそれなりの人間になれる気がしてた。だから何も信じないようにして、必死で縋りつこうとしてた。でもな……。あいつ、うちのことも電話でディスってたんよ。『社長賞をねだってきた、あさましい関西女がいる』って。それを映像で知ったときは、パニック寸前やったわ」

直立不動で目を伏せたまま、景子は告白を続けている。

「そのとき、友海から言われたんよ。『景子ちゃんがマルムで辛かったとき、誰がそばにいた？　社長は支えてくれたの？』って。……ハッとしたわ。頰を叩かれたような衝撃やった」

その瞬間、友海が口元に笑みを浮かべ、七星を見据えた。

友海の視線を受け止めてから、景子が次に何を言うのか待ち侘びた。

「──支えてくれたのは、社長なんかやない。友海とか歩夢っちとか、社宅にいた仲間や」

きっぱりと言い切った景子は、微かに瞳を潤ませている。

「きっと七星だって、うちが酷いことさえしなければ、あのまま仲間でいられたはず。そんな風に、やっと考えられるようになった。……七星には悪いことしたって、今は本気で思ってる。ごめんな」

やはり、友海と歩夢が洗脳を解いてくれたのだ。

きっと七星には言わずに、根気よく説得を続けていたのだろう。

「こ、こちらこそ」

感激のあまり、声が震えてしまった。

「景子ちゃんたちのこと何も知らなかったのに、わたしも知ったかぶってた。ごめんなさい」

七星も素直に、謝罪の言葉を口にすることができた。

「もうええよ。なんか照れ臭いしな」

椅子に座り直した景子が、以前のように朗らかに笑う。

なんだかとても、懐かしくて愛おしく感じる。

「ハイリバティのこととかも、やっと本当やと思えた。もう、社長たちがキモくてたまらんわ。都合よく扱われた自分が情けないいよ。だから今は、どうにかしてやりたい気持ちでむしゃくしゃしてる。七星たちの解雇も許せんよ。うちらになんかできることがあったら言ってな」

その気持ちがありがたくて、涙腺が緩みそうになった。

「そや、今度パーッと遊びに行こ。クラブでもカラオケでもええからさ、またこの四人で」

うん、と微笑んだ瞬間、これまでのわだかまりが、跡形もなく流されていく音を聞いた。

ようやくふたりの前で、自然な笑顔でいられるようになった。それがたまらなく嬉しい。

魔女の呪いで眠り続け、王子の口づけで目覚めたおとぎ話の姫のように、友海たちの説得という愛情で目を覚ました景子。もう大丈夫だ。これからはまた、四人で笑い合える。

黙って話を聞いていた歩夢も、七星の隣で満足そうに頷いている。

「ところで七星、社長のことなんやけど……」

急に声を潜めた景子は、友海と共に意外な打ち明け話をし始めた。

桜井と夜を共にしたふたりだが、どちらも最後までされたことは一度もなかったという。

それは例外ではなく、他の大奥メンバーたちも同じだったらしい。

「セクハラで社長を訴える人、いなかったやんか。それはな、あの人が最後までやったわけやないのに、昇給や社長賞で褒美をくれたから。社長の相手はオイシイって、みんな考えてたんやと思う」

景子が話し終えると、歩夢が「やっぱりね」と訳知り顔になった。

「噂では聞いてたの。実は男性性機能不全で、お持ち帰りした女も撫でてるだけだって。あれは事実だったのかもしれないね。あたしにとってはどうでもいいことだけど」

吐き捨てるように言った歩夢に、友海が「うん、どーでもいいよね」と相槌を打つ。

「友海も考えたくないかな。景子ちゃん、その話はもう終わりでいい？」

「そやね。せっかく四人で集まれたんやし、もっと楽しい話題にしよ。なあ、遊びに行くならカラオケとクラブどっちがええかな。たまには西麻布のクラブとか……」

「ごめん、ちょっとだけいい？」

景子の話を遮った七星に、三人の視線が集まった。

「景子ちゃんと友海ちゃんに、ひとつだけ訊いておきたいんだ。もしもの話なんだけど、この先マルムの悪事が暴かれて、倒産したらどうする？」

稲葉の文冬砲が放たれたら、会社の屋台骨が崩れるかもしれない。景子と友海を、失業に追い込んでしまう可能性がある。その責任を自分はどう背負えばいいのか、まだ考えはまとまっていないのだが、まずは先に謝りたいと思っていた。ところが……。

「うちは全然構わんよ。むしろ、社長たちの裏の顔を暴いてやりたいわ」

「友海も。悪事があるなら早く潰れろって感じ。あんな会社、なんの未練もないから」

ふたりとも躊躇など一切せず、それが当たり前のように答える。

「会社がなくなったってどうにでもなるしな。なあ、友海？」

「だね。今までもどうにかなったんだから、これからも同じだよ」

目の前で微笑む景子と友海に、どう感謝を伝えればいいのかわからない。

七星が迷っていたら、隣の歩夢が「最高！」と声をあげた。

「東京での暮らしで、景子も友海もより逞しくなってたんだね。それがわかって、あたしもすっごく嬉しいよ。七星、今日はふたりに来てもらってよかったでしょ？」

「うん、なんか胸が一杯になっちゃった。こういうの、夢心地っていうんだよね」

本当に夢でないことを確かめたくなり、つい頬をつねってしまった。――普通に痛い。

「七星、安心しな。これは現実や。だからさ……」

景子は華やかに笑い、赤いネイルをした右親指を突き出してきた。

「うちらに遠慮なんてせんでええよ。思いっ切り暴れちゃいな。なんなら友海と手伝うしな」

隣で友海が、にこやかに頷いている。

「わかった。本当にありがとう」

月並みだけれど、ありがとう、以外の言葉が見つからなかった。

――それから四人で、スナックをつまみにビールを飲んだ。

社宅にいた頃のように他愛ない話で盛り上がれる幸せを、四人が賑やかな笑い声を立てるたびに、何度も何度も味わった。

翌週月曜日の夕方。稲葉が若林のマンションにやって来た。

彼はダイニングに入るや否やハンチング帽を脱ぎ、深く腰を折ってこう言った。

「申し訳ない。マルムの記事にストップがかかりました」

ストップ……？

その意味がうまく咀嚼《そしゃく》できず、七星は歩夢と共に、しばらく口を開けて彼を見つめていた。

「……それ、どういうことですか？」

どうにか声を発した七星に、彼はもう一度頭を下げる。

「上から止められました。桜井が父親でも使って手を回したんでしょう。記事は仕上げてあったし、デスクのチェックも通っていたのに、編集長から急にボツを食らったんです。マルムもジャパン製薬も、うちの出版社グループに出稿中のスポンサーだって理由で。うちは本来、そんなこと気にするような雑誌じゃないのに。……悔しいです」

——終わりだ。これまでの積み重ねが、巨大な魔物たちに崩されてしまった。

おそらく美空は、こうなるとわかっていたから、小会議室で秋元が輸送タンクを運ぶ写真を見せたときも全く動じなかったのだろう。だから七星たちに宣告したのだ。「何をしたって何も変えられない」と。

脱力感と虚無感で椅子に座り込んでしまった七星の前で、「稲葉さん、顔を上げてください」と、歩夢が静かに告げた。

目の縁を赤くした稲葉が、ゆっくりと姿勢を正す。

「諦めたらそこで試合終了だって、誰かが言ってたよね。週刊誌掲載が厳しいなら、ほかの方法を考えましょうよ」

「歩夢ちゃん……」

自分も諦めかけていた七星には、その凜とした強さが神々しいほどに眩しく映った。

その通りだ。思考を停止している場合ではない。

すぐさま立ち上がると、歩夢が「今はネットもある」と言い出した。

「暴露系ユーチューバーにネタを持ち込むとかね。稲葉さん、ツテはないんですか？」

歩夢の前向きな言葉を受けて、虚《うつ》ろだった稲葉の目に光が戻った。

「そうですね、諦めるなんてあり得ない。でも、ネットは門外漢なんです。それにネタがネタだけに、ネット上でヘタを打つと、ありがちな陰謀論として消費されてしまう。敵はマスコミにも影響力を持っています。僕も考えてはいたんだけど、いい方法が思いつかなくて」

「確かに、難しい課題ですよね……」

七星も頭を捻ってみたものの、妙案はひとつも浮かばなかった。

発言に信憑《しんぴょう》性のある社会派ユーチューバーや、SNSで多大な影響力を持つジャーナリストの名前が何人かあがったが、アプローチしたところで取り合ってもらえるかわからない。

ただ、何もしないよりはアタックするべきだろうと稲葉が結論づけた。

「こうなったら、当たって砕けろの精神です。僕が何人かにコンタクトを取ってみます。リアクションがあったら報告しますね」

お願いします、と七星たちは稲葉に望みを託した。

「――あっ、わたしもそろそろ行かなきゃ」

稲葉を送り出してすぐ、七星は大急ぎで四畳半の自室に入り、身支度を整えた。

「例のサロン、今日だったね」

ダイニングにいた歩夢は、スマホで社会派ユーチューバーの動画を観ている。

「そう、フェイシャルの体験。一番遅い時間にしておいた。篠原クミさんの仕事終わりで話ができるかもしれないから」

もしかしたら、優姫が連れていかれた可能性のある、社長の別宅の在処《ありか》がわかるかもしれない。そう思うと、沈んでいた気持ちが急速に上がっていく。

まだ残っていた微かな希望に、七星は全精力を注ぐことにした。


六本木から乃木坂《のぎざか》に行く途中にある、東京ミッドタウン付近の路地裏。

オフィスビルの二階にあるエステティックサロン〝フラワーガーデン〟は、バリの雰囲気をインテリアやオブジェで再現した、オリエンタルなサロンだった。個室もゆったりとスペースが取られ、ガムランの音色とアロマの香りがヒーリング効果を生み出している。

フランスの宮殿をイメージしたザ・マルムとは、趣の異なる空間。胸元から下をバスタオルで包み、デコルテを出してベッドに横たわる七星の顔や首の上で、しなやかな十本の指が上下左右に動き回る。

「しっかりクレンジングしますね。いま当てているのは、最新式の過熱水蒸気スチーマー。水分子が毛穴の奥まで入り込んで、落ちにくい皮脂の汚れも浮き上がらせるんですよ」

低めの声で語りかける篠原クミは、アジアンビューティーという形容詞が似合う、切れ長の瞳とサラサラの黒髪を持つ三十代半ばの女性。このサロンでは〝花園《はなぞの》クミ〟の別名を名乗るオーナー・エステティシャンだ。カリスマ的な人気があるのも頷ける超絶テクニックは、ザ・マルムで受けたフェイシャルよりもレベルが高い。

「次は、一秒間に約三万回振動する超音波機を、お顔の隅々に当てていきます。毛穴洗浄、角質ケア、リフトアップ。一度にいろんな効果のあるうちの秘密兵器です」

「――気持ちいい。さすがですね。今日は体験の予約が取れてよかったです」

「ありがとうございます。お客様は、お肌のケアをしっかりされているんじゃないですか？」

「え、そんな風に見えますか？」

「ええ。汚れがそれほど出ませんもの。きめ細やかで透明感のある、とても綺麗なお肌ですよ」

「だったら嬉しいです」

マルムのスキンケア商品は、それなりに美肌効果があったようだ。

ソフトタッチから始まって、徐々に深くなる顔面の静脈マッサージ。痛さと気持ち良さのバランスが絶妙な、顔の筋肉ストレッチ。パックをしながら受ける、デコルテ、肩、首のマッサージ。溜まっていたコリと共に、ストレスもどんどん解されていく。

「……最高に気持ちいいです。肩や首にコリがあると老廃物が流れなくなって、血流も滞るんですよね。肌の色がくすむ原因でもあるし」

「まあ、お詳しいんですね。おっしゃる通りです。エステにはよく行かれるんですか？」

「実は、わたし、マルムってコスメとエステの会社で営業をやってたんです」

思い切って告げた瞬間、ほんの数秒だけクミの両手が固まり、またすぐに動き出した。

「知ってます。ミラクルリンゴで有名ですよね」

「そう、そのマルム。だけど、少し前に解雇されたんです」

「解雇？　本当に？」

「はい。酷い目に遭ったんですよ。初めて正社員になった会社で、あんな目に遭うとは思わなかった。もうショックで参ってしまって、今日はストレス解消がしたかったんです」

「そうだったんですね。理不尽なことってありますものね。うちを選んでくださって、本当にありがとうございます」

あなたもマルムにいたんですよね。と言いたくなったが、こらえて次の言葉を口にする。

「あの、個人的な話なんですけど、何があったのか聞いてもらってもいいですか？」

「もちろんです」

「かなり際どくて、外に漏れると危ないかもしれない話です。それでも大丈夫ですか？」

念を入れて確認すると、クミは「心得ています」と言い切った。

「ご存じかと思いますけど、こういった仕事には守秘義務があるんです。どんなことでも話してスッキリしてくださいい」

信じていいのか迷う気持ちもあるが、ここまで来たからには何が何でも情報を引き出したい。

七星は頭皮と背中のマッサージを受けながら、事情をかいつまんで説明した。

話しているうちに本気で相談している気持ちになり、つい涙声になってしまった。

「――それは、さぞかしお辛かったでしょうね。普通じゃないです。大奥だなんて現代日本の会社だとは思えませんよ」

声に真心が滲んでいる。人の痛みに寄り添ってくれそうな女性だ。

「お仕事中なのに、人生相談みたいになってすみません。だけど、友だちの行方はわからないままだし、どうしたらいいのか本当にわからなくて、毎日が苦しいんです……」

「お気持ち、お察しします。しかも卵子窃盗の疑いもあるなんて、信じられない。本当なら前代未聞の大事件ですよ。私も女だし、他人事とは思えません。実は……」

クミが不快感をあらわにしたので、次の言葉を期待しながら待った。

「私も昔、マルムで働いていたんです」

本人が自ら明かしてくれた。その事実が七星を後押しする。

「……すみません、そうかもしれないと思ってました」

すると、クミのマッサージの手がピタリと止まった。

七星は身体を起こし、施術台に腰かけてクミと向き合った。

「神楽さん、知ってらしたんですか？」

彼女が低い声で尋ねてくる。

「はい。会社にいたとき、噂を聞いたんです。社長と何かあって辞めた女性が独立したと」

真剣な想いが届くように、なるべく正直に話そうとした。

「それで、こちらのサロンを選びました。わたし、ミラクルリンゴが栽培されてるという施設を探しています。友だちが連れ込まれたかもしれないんです。行方を捜す手がかりは、もうそこにしかありません。社長の別宅とも噂されるその施設だけが、最後の希望なんです」

クミは目を伏せ、何も言葉を発さない。

「いきなりのお願いで恐縮です。マルムや社長について見聞きしたことがあったら、どんなことでも構わないので教えてもらえませんか？　どうかお願いします」

必死で頼んでみたのだが、「そう言われましても……」と口ごもってしまう。

「クミさん。わたしの友だちは、マルムで気になる人ができたって言ってたんです。それが社長だった気がしてならない。わたしが受けたように、彼女もセクハラの被害に遭って、今も助けを求めているかもしれないんです。助けてって声が、何度も聞こえた気がするんです。だから、知ってることがあったら、お、教えて、ほしくて……」

説得しようと胸のうちを明かしていたら、涙がとめどなく流れてきた。優姫を捜しているうちに、すっかり涙腺が緩くなってしまった。

クミは七星にそっとタオルを渡し、「あのですね」と穏やかに言った。

「考えさせてもらってもいいですか？　お会いしてすぐの方に、すんなりとお話しできる内容ではないので。本当に申し訳ありません」

――そうか。そうだよな。客として来た自分が、いきなり気持ちを押しつけたって、困惑させてしまうだけだ。それに、よくよく考えてみたら、桜井の別宅に連れ込まれた、なんて軽々しく話せるわけがない。考えてもらえるだけありがたいと思わないと。

「……急にぶしつけなお願いをして、すみませんでした。連絡先をお伝えするので、お気持ちが決まったら連絡してください」

七星が涙を拭いながら頼むと、クミは「承知しました」と真摯に頷いた。

帰り際に、七星はもう一度深く頭を下げた。

「今日は、ありがとうございました」

「いえ、こちらこそ。……あの、あまりお気を落とさないようにしてくださいね」

「はい。本当に気落ちしてる場合ではないんです」

最後にどうしても、自分の本気を伝えたかった。

「ハイリバティ事件の黒幕が、マルムの幹部なんです。また同じような悲劇が起きないとも限りません。わたしはこれ以上、弱い者が強い者の犠牲になるのを見ていたくない。自分にできることがあるなら、どんなことでもやりたい。青臭いかもしれないけど、本当にそう思ってます。そのためにも、社長の別宅を探したいんです。よろしくお願いいたします」

――どうか、最後の希望が消え失せたりしませんように。

強く願いながらクミに告げ、七星はサロンをあとにした。


クミから七星のスマホにメッセージがあったのは、二日後の朝だった。

〈先日は当店にお越しくださり、誠にありがとうございました。個人的にお話ししたいのですが、ご都合はいかがですか?〉

喜びのあまり、何度も読み返してしまった。今度こそ、情報がもらえるかもしれない。七星はすぐさま返信をし、六本木の東京ミッドタウンの中にあるカフェで、クミの仕事終わりに落ち合う約束を交わした。

——約束の時間より早く着いてしまったため、二杯目の紅茶を飲んでいた七星の前に、上品なロングワンピース姿のクミがアロマの香りを漂わせて現れた。

「お待たせしてごめんなさい」

「いえ、ご連絡ありがとうございます。お時間を作っていただけて嬉しいです」

ウエイトレスにハイビスカスティーを頼んだあと、クミは改めて七星と向き合った。切れ長の魅惑的な瞳が、サロンで見たときよりも優しさを帯びたような気がする。

「あれから、友人に連絡して神楽さんの話をしたんですよ」

「友人？」

「マルム時代の友人。氷室光流さんってご存じでしょう？」

「もちろん知ってます。わたし、光流さんと一緒にマルムの秘密を暴こうとしてるんですよ」

「聞きました。光流さん、神楽さんは頑張り屋で信用できるって、しきりに褒めてました。それで、お話しする決心がついたんです。私もマルムでは散々な目に遭ったんですよ。光流さんには打ち明けたことがなかったけど、もしかしたら神楽さんのお力になれるかもしれません」

「ありがとうございます！」

クミに言いながら、またもや助けてくれた光流にも、心の中で感謝の想いを送った。

運ばれてきたハイビスカスティーをひと口飲んでから、クミは緊張気味に話を切り出した。

「……もう三年以上も前の話なんですけどね。青山本店の店長だった頃、社長の桜井さん、いえ、桜井によくしてもらってたんです。その頃は大奥なんてものはなかったし、私も彼に好意があって、ふたりで食事をすることも頻繁にありました。ただ、私にとって彼は、信頼できる上司にすぎなかった。だけど、桜井はそうではなかったみたいで……」

「社長はクミさんを、女性として見てたんですね」

「そのようでした。ある日の晩、企業秘密を見せると言われて、青山本店のすぐそばでリムジンに乗せられたんです。運転手つきをレンタルしたようで、私たちは後部座席でシャンパンを飲んでました。運転席とはカーテンで遮断されて、窓もカーテンで塞がれていたので、どこに向かっているのかはわからないままでした」

話が核心に近づいたので、七星は腰を浮かせた。

「それで、どこに行ったんですか？」

「大きな邸宅。レンガ造りで広い庭がある豪邸です。誰かの家を借りているのだと言ってました。その中に企業秘密があるというので興味を引かれてしまって、一緒に中に……。今から考えると、上司とはいえ男性とふたりきりで家に入るなんて無謀ですよね。だけど、それまでふたりでいておかしなことはなかったし、酔っていたこともあってつい……」

「わかります。企業秘密だって言われたら、わたしも好奇心に負けるかもしれません」

本当は、自分なら警戒して中には入らないと思う。だけど、今はどんな手を使ってでも優姫を捜すヒントがほしい。本意ではなくても共感した振りで、相手の話を促したかった。

クミは安心したかのように小さく頷いてから、続きを語った。

「邸宅の玄関ホールからすぐ奥のドアを開けると、そこは吹き抜けでガラス張りの天井がドーム状になった、豪華な温室のような造りになってました。その真ん中に敷き詰められた土から、立派なリンゴの樹が生えていたんです」

「……ミラクルリンゴ？」

「ええ、そう言ってました。それが企業秘密だったんです」

「なるほど、リンゴは実在してたんですね」

ミラクルリンゴなんてまやかしで、ごく普通のリンゴなのかと思っていた。だが、それほどの施設を作って栽培しているということは、本当に特別なリンゴなのかもしれない。

「私にリンゴの樹を見せてから、桜井は二階の部屋に連れていきました。その邸宅にはいくつも部屋があったようなんですけど、『ここはＶＩＰ専用の特別室だ』と言ってました。高級ホテルのスイートのような洗練された部屋で、大きなソファーや大理石のテーブルが置いてあって。……あとから知ったんですけど、バスルームやベッドルームも完備されていたんです」

思い出しているのか、クミの表情は険しい。

「桜井はそこで、リンゴのブランデーのようなお酒を勧めてきて……」

「それ、アップルジャックじゃないですか？」

「そうです。彼はそのお酒を、〝魔女の花のアップルジャック〟と呼んでました。それで酩酊してしまったんです」

魔女の花のアップルジャックか。きっと桜井は自らが密造した酒に、幼稚な名をつけて楽しんでいるのだろう。それを飲んでしまった際の恐怖と屈辱は、今も怨恨となって残っている。

「わたしもクミさんと同じお酒を飲まされたことがあります。酔い方がおかしかった。変な浮遊感があったんですよね。身体も動かなくなって、言葉も発せなくなって」

「そうなんです。薬でも盛られたのかと思ったくらい。……気づいたら朝になってて、私はベッドルームで寝てました。隣には裸の桜井。私も同じ状態。……何が起きたのか、想像しただけで震えてきました」

最低！　と大声をあげそうになったが、どうにか押し止める。

「ただ、彼はこう言ったんです。自分は大学時代にアメフトをやっていて、練習中の事故で男性性機能障害になってしまった。だけど、君とならできるような気がした。結局無理だったので許してほしい。もう二度とこんなことはしない。慰謝料として昇給させるから許してくれ。……そんな風に、何度も謝ったんです」

景子や友海、歩夢の話とも一致する。

もしかすると桜井は、機能回復のために、いろんな女性と試そうとしていたのかもしれない。

「だからといって、許されることじゃないですよ。明らかな性犯罪です！」

強く断言すると、クミも深く頷いた。

「私も同じように言いました。でも、少し哀れになってしまったんですよ。迂闊についていった自分にも非があると思ったし、お金はいらないから退社するって言ったんです。そしたら、『好きだった。結婚してくれ。何もできないけどそばにいてほしい』と縋りついてきて……」

「……自己中にもほどがありますね」

「ですよね。もちろん断って、また外の見えないリムジンで会社まで送られて。私はその日のうちに退職届を出しました。あとから同僚に聞いたんだけど、桜井は私を罵ってたみたい。貢がせてその気にさせてから逃げた、最低の性悪女だと」

散々身勝手に振る舞い、断られたら相手を悪者に仕立て上げる。どこまでも高いプライドと人を見下した言動に、改めて憎悪の念が湧いてくる。

「……それ以来、私はマルムとは関わらないと決めて、このサロンを別名で立ち上げました。だけど、桜井の被害に遭っている女性が、今もいるのだと聞いてしまった。それだけでなく、勝手に採卵してる疑惑まであるなんて……。もう知らない振りなんてできません。私に協力できることなら、なんでもさせてもらいます」

誠実で強い眼差し。クミのような人こそ、真の勇者だ。

「心から感謝します」

七星は礼を述べてから、質問を始めた。

「そのリンゴの樹があった邸宅の場所が知りたいんです。なにかヒントになるようなものを見たり、聞いたりしませんでしたか？」

「同じような邸宅が建ち並ぶ、高級住宅街のようでした。ただ、行きも帰りも外は見えなかったので、具体的にどこだったかは本当にわからなくて……」

「移動中に音はしませんでした？　飛行場のような音、踏切の音、なんでもいいんですけど」

「音楽が流れていたので、外の音はほとんど聞こえなかったんです。振動はしてましたけど。……そうだ、振動と言えば橋を渡ったのは覚えてます」

「橋？　川の上の橋？」

　これは重要なヒントになりそうだと、七星は前のめりになった。

「そう、比較的長い橋。ゴトン、ゴトンと連続で振動がしたので、橋の継ぎ目かなと思ってカーテンをめくったんです。すぐ桜井に閉められたけど、橋を渡っていたことに間違いないと思います。行きも帰りも」

「それは、青山からどのくらい経ってからのことでしたか？」

「……三年以上前なので曖昧だけど、一時間くらいだったかな。橋を渡ってからほどなく、邸宅に到着したんです」

「ということは、都内か近郊ですね。橋を渡ったのは一度だけですか？」

「ええ、一度だけだったかと。ただ、何度も言って申し訳ないんですけど、かなり前のことだからよく覚えてないんです。どこの橋だったのか、お伝えできたらよかったんですけどね」

「わかりました。ありがとうございます」

　この問題に関しては、持ち帰って歩夢や稲葉に相談するしかないと判断した。

　青山から車で一時間圏内の、橋を渡った先にある高級住宅街。桜井が知人から借りている、レンガ造りで広い庭のある豪邸。

　これだけの情報で、果たして特定できるのか疑問ではあるが、少なくとも桜井の別宅が実在することは判明したのだ。クミと話した甲斐はあった。

「ところで神楽さん」

　クミが自身のスマホを取り出した。

「私、花園クミの名前でＳＮＳをやってるんです。モデルさんや女優さんのお客様とも繋がってるので、意外に多くのフォロワーさんがいまして……」

ＳＮＳの画面を見せてもらうと、美容に関するアイテムや情報が、美しく撮った自身の写真などと共に頻繁に紹介されている。フォロワー数は……。

「三十万人？」

「はい。ありがたいことに」

「立派なインフルエンサーじゃないですか！」

お陰様で、と恥ずかしそうに頷いてから、彼女は改まった口調で言った。

「繋がってるのは美容に興味のある人が大半です。私、マルムの疑惑について情報をアップします。『マルムと提携してる福山クリニックが、美容モニターに怪しい施術をしている可能性がある。脂肪吸引の際に、身体に異変を感じた人たちがいる』って、フォロワーさんに注意喚起の拡散をお願いしてみます。せめて、モニターに志願する人だけでも減らしたいので」

「あ、ありがとうございます！　だけど、それでクミさんが危険な目に遭ったりしないか、少し心配なんですけど……」

「大丈夫。私、去年結婚したんですけど、相手がＳＰなんです」

「ＳＰ？」

「セキュリティポリス。要人の警護をする警察官。だから、私も護《まも》ってくれるはずなんです」

そう言ってクミは、誇らしげに微笑んだのだった。

「神楽さん、お手柄です。まさか美容系インフルエンサーが情報を拡散してくれるとは。ヘタなユーチューバーにネタを提供するより、断然広がりますよ」

翌日。再び若林のマンションに顔を出した稲葉は、七星の報告に上機嫌だった。

「同感。今朝クミさんのSNSにアップされたと思ったら、もう炎上し始めてる」

歩夢も満足そうにスマホを眺めている。

クミによる注意喚起のみならず、〈自分も身体に異変があった〉と書き込んだ美容モニターが現れ、その投稿も拡散されまくっている。〈何をしてるのか徹底的に調べろ〉〈警察は動かないのか?〉〈ミラクルリンゴって胡散臭いと思ってた〉など、ネットユーザーの書き込みも増え続けており、このままだと大炎上に発展しそうだ。

「炎上でマルムに綻びが見えたら、また記事をあげるチャンスが来るかもしれない。それまでに、桜井の別宅を探しておきたいですね」

「稲葉さん、クミさんの情報だけでわかりますかね?」

七星が問いかけると、「それなんですけど……」と彼は思わせぶりな視線を向けた。

「橋で思ったことがあるんです。その別宅は、福山クリニックのそばにあるのかもしれない」

「なんでですか?」

「福山クリニックは多摩川沿いにありますよね。近くに二子玉川から二子新地に渡る橋があるんです。もしかしたら、その橋だったんじゃないかな。車で青山から一時間圏内ですし、クリニックの周辺は高級住宅街ですしね。これは記者のカンってやつですけど」

「なるほど。福山家は代々あの辺りの大地主。一家はクリニックの裏手にある豪邸に住んでいる。ほかに別宅があってもおかしくないし、それを桜井に貸してても不思議ではないですね」

クリニックに通ったことのある歩夢も、すぐさま賛同した。

「だったら稲葉さん、二子新地の別宅を探せますか?」

「エリアが絞れたら格段に探しやすくなります。運転手つきリムジンのレンタル会社も当たってみます。もう少しだけ時間をください」

——七星、助けてっ!

悲鳴のような優姫の声が、また聞こえた気がした。

「お願いします。必ず見つけ出してください。その別宅も、優姫の居場所も」

7

〈ついに優姫がわたしの前から消えてから、半年以上が経ってしまいました。

でも、いつかはこれを見てくれると信じて、定期報告だけはしておくね。

今、マルムと福山クリニックの美容モニターに関する注意喚起がＳＮＳにアップされたお陰で、ちょっとした炎上騒ぎになってるの。マルムの株価も低迷してるみたい。

そんな中なのに、もうすぐ株主総会が開催されるんだ。

実は、歩夢ちゃんはマルムの株を買ってたそうで、ほんの小口だけど株主なんだって。総会に参加できたら、今回の炎上騒動について追及したいって意気込んでる。

だけどマルムは今回の総会で、子会社の「マルム・コリア」を韓国で立ち上げることを大々的にＰＲするらしいんだ。広告塔として、韓流の人気ガールズユニット〝カラフル〟の起用が決定してて、彼女たちのミニライブを総会のステージで行うみたい。日本でのお披露目が終わったら、韓国でもＰＲイベントを行うらしいよ。

カラフルは個性的なダンスで日本でも大人気だからね。このマスコミが食いつきそうな話題で、ネガティブなイメージを払拭したいんだと思う。莫大な費用をかけて。

そんな話題の株主総会だから、出席を希望する株主が多すぎて抽選になるみたい。

歩夢ちゃんが当たればいいいんだけどね。

話が逸れたけど、マルムを告発する件は絶対に諦めない。

もちろん、優姫のことも諦めたりしないって誓うよ。せめて優姫のスマホの電源さえ入れば、ＧＰＳで居場所が辿れるのに……。

前から探してた桜井の別宅は、二子新地にあるかもしれないんだ。場所が特定されたら、わたしが真っ先に潜入してやる。

優姫。必ずあなたを見つけ出してみせるからね〉

「あー、残念。抽選に外れちゃった」

嘆いている歩夢を、「仕方がないね。カラフルのライブだもの」と光流が慰めている。彼女は珍しく、パンツではなくロング丈のフレアスカートをはいていた。紺のニットに合わせたカーキ色のスカートが、秋めいている。

ようやく右足が完治した光流は、七星たちが暮らす若林のマンションまで、陣中見舞いを持って来てくれたのだった。

「光流さんからいただいた栗羊羹《くりようかん》。濃い日本茶と一緒に食べましょう」

「七星さん、気が利く。羊羹には濃いお茶よね」

「……会場には行けないけど、ネット中継は観られる。何かできないかな……」

「総会の話はあとにして、歩夢ちゃんも羊羹食べようよ」

「はーい。わあ、とらやの栗蒸羊羹だ」

マルムの炎上騒動で、三人はどこか浮ついていた。全てが好転したような気分でティータイムを楽しもうとしていると、突如、部屋中にチャイムが鳴り渡った。

「宅配便かな?」と立ち上がって玄関に向かい、覗き穴から外を見た歩夢は、不自然に顔を引きつらせながら振り向いた。

「……ちょっと怖いんだけど。開けてもいいのかな?」

尋常ではない様子に、七星も急いで覗き穴を見に向かった。

——訪問者は、美空だった。

「専務だ。なんで来たんだろう」

最後に小会議室で対峙して以来、顔を合わせることがなくなっていた相手。あの日の恐怖が甦り、七星の呼吸も乱れてくる。

すると、「勝手にごめんなさい、私が呼んだの」と光流が恐縮しながら言った。

「ここに来る途中で、私と歩夢さんと七星さんに渡したいものがあるって連絡があったから、来てもらうのが早いと思って。驚かせて本当にごめんね」

事情がわかったので多少は落ち着いたが、ドアを開けるのは躊躇してしまう。

「あのね、渡したいのはすごく大事な物みたい。そのために来てくれたのよ。三人で話を聞きましょうよ。ね?」

光流も立ち上がり、七星たちに近寄ってきた。

「大事な物って、なんだろう?」と歩夢が首を捻る。

七星の中でも、わざわざ渡しに来たという物への好奇心が、恐怖心を追い越していく。

「……このまま無視もできないしね」

念のためスマホで録音を開始してから、歩夢に「開けてくれていいよ」と告げた。

小さく頷いた歩夢が、鍵を開けてドアノブに手をかけ、扉を一気に開け放つ。

外からの光と共に美空が現れ、中に足を踏み入れた。

相変わらずハイブランドで武装し、玄関スペースにハイヒールで立ったまま、間近で立ちすくむ七星たちを見下ろしている。思わず平伏《ひれふ》したくなるくらい、威風堂々とした態度だ。

「本当にしぶとくて目障りな子たちね」

挨拶もせずに、彼女は憎々しげに悪態をついた。

「もう二度と顔を見ることはないと思ってたのに、まさかあなたたちが篠原クミを動かすとはね。お陰でこっちは大迷惑よ」

腕を組み背筋を伸ばし、三人をゆっくりとねめ回す。

「……あの、文句を言うために来たんですか？」

七星は無謀にも、嫌味で返してしまった。

「もちろん違うわよ。そんなことのために、私がこんな狭い部屋に来るわけがないでしょう。とても残念だけど、マルムという船は沈み始めてる。商品より宣伝にお金をかけるようになったら、その会社は終わりの始まり。今回のカラフルの件で、はっきり悟ったわ。あなたたちが船底を鑿ったからよ」

「つまり、あたしたちの推測は当たってたってことですよね？　マルムと福山クリニックとジャパン再生医療研究所が組んで、美容モニターから卵子を……」

歩夢の問いかけを、彼女は「そうかもしれないわね」と遮った。

意外な返答に驚き、七星はポケットの中にある録音中のスマホを握りしめた。

もはや、認めたのも同然だ。

「でも、私は卵子ビジネスになんて関わりたくないし、白里優姫って人の行方も本当に知らない。なのに、炎上に巻き込まれるのはごめんよ。だから……」

細く深く息を吐いてから、美空は言った。

「このまま息子と海外に逃げる。これは取引。私を追っかけようなんて思わないでよ」

まさかの発言だった。戸惑うしかない七星たちに、彼女は肩から下げていたエルメスのバッグから膨らんだ茶封筒を取り、無造作に差し出した。光流のデスクから取ってこの人に奪われてしまった、セクハラの証拠を入れた封筒と酷似している。

「ほら、さっさと取りなさいよ！」

強い口調におののき、七星は弾かれたように封筒を手に取った。

「中身はあとで確認して。私はね、いつ誰に裏切られても反撃できるように、どんなときも周到に準備してるの。あなたたちもせいぜい気をつけるのね」

裏切られた相手とは、政略結婚を図ろうとしている秋元を差しているのだろうか。

「それから、あなた」

鋭く睨まれて、「はい」とつい答えてしまう。

「私に言ったわよね。ハイリバティ事件に関して、専務はグレーだと光流が言ったって。でも、あなたは私を黒だと思っている。男子と一緒に女子を集めていた側だと。そうでしょ？」

何も答えられない。隣に立つ光流も身を固くしている。

「あなたと話すのは最後だから、その疑問に答えるわ」

口元をきゅっと引き締めてから、再び艶めく唇を動かした。

「私は加害者じゃない。被害者よ」

——え……？　被害者だった？

指摘された通り、この人は加害者側の女性かと思っていた。だからこそ桜井や秋元と共にマルムを立ち上げ、卵子窃盗にも関与していたのだと。それは単なる思い込みだったのか……？

困惑する七星の前で、美空は平然と過去を語り始めた。

「大学生の頃、何も知らずにイベントに参加した私は、カラオケボックスで酩酊させられて、頭の悪い大学生たちに襲われた。それを知りながらも寄り添ってくれたのが秋元。秋元と私が繋がったから、桜井とも繋がれた。ふたりとも、あのサークルの黒幕だったのにね」

淡々とした口調を崩さない彼女から、どうしても目が離せない。

「……覚えてるわ。覆《おお》い被《かぶ》さったあいつらの酒臭い息を。情けなく笑いかけてきた滑稽な顔を。何度も数えた天井の染みを。未熟で間抜けな私を俯瞰で見下ろす、自分自身の目線もね。全部、昨日のことのように覚えてる」

……今、いつもの不敵な眼差しの奥に、何かが見えた気がした。

怒り。憎しみ。哀しみ。それから……。

——光。神々しいほどの光だ。

この人も理不尽な暴力で、粉々に砕かれそうになったのだ。身体も。心も。

けれど、どちらも全身全霊で守り、強く生き抜いてきたのだろう。七星には耐えられそうにない痛みを、想像することすら憚られる傷を、不屈の魂で凌駕した。

瞳の奥の光は、きっとこの人の芯から溢れる彩光。崇高なる魂の煌めきだ。

「私はね、泣き寝入りをしたつもりなんて毛頭ないのよ」

いつの間にか美空は、大輪の花のように顔中を綻ばせている。

「一番の復讐は、相手を地獄に落とすことじゃない。自分が天の高みに昇ることなの」

気持ちが良いくらいに、堂々と言い切った。

美しい、と純粋に思う。眩いほどに気高く、美しい。

社長賞表彰式で初めてスピーチを聞いたときのように、彼女に魅了されそうになる。

「ハイリバティの男たちを利用することで、私なりの復讐を遂げるつもりだった。無知な女たちが汚れていくのを、笑いながら見ていたかった。あの事件が私を変えたの。今も私の中には、全て受け入れた振りをして全てを呪い殺そうとする、大学生のままの自分がいる。その呪いをあなたたちに託すから、マルムを壊してちょうだい」

かつて、誰もが憧れる幹部だった女性が、部下だった三人をひとりずつ見ていく。

「どんな手を使ってもいい。欠片《かけら》さえ残さずにあの組織をぶっ壊すのよ。いいわね」

「承知しました、専務。必ずやり遂げます」

迷わず即答したのは、光流だった。

その力強い声に軽く頷いた美空は、最後に聖母のごとく慈悲深く微笑んでから、モデルのような足取りで玄関から消え去った。――淡い香水の薫りを残して。

美空の光があまりにも眩しくて、言葉も発せずにいた七星は、しばらくその場に立ちすくんだまま閉じた扉を見続けていた。


「――とりあえず、中を確認してみましょうか」

光流に言われて、ようやく我に返った。

「これって、光流さんのデスクからわたしが取り出した書類ですよね」

言いながら、持っていた茶封筒の中身をひとつずつテーブルに置いていく。

渋谷のホテルで光流が七星に預けたスマホや、元社員による桜井の性犯罪の告発文、インタビュー音声入りのＳＤカードなど、美空に没収された証拠が揃っている。

だが、それだけではなかった。

「この三枚のＳＤカードは、私が入れたものじゃないよ」

光流に指摘されたので、歩夢が自分のノートパソコンで一枚のカードを再生してみた。

動画を観た三人は、驚愕で目を見張った。

桜井、秋元、福山、久保田、それに桜井の父親である政治家が、座敷《ざしき》で密会している。

場所はどこかの料亭だろう。美空が密かに定点で盗撮した映像のようだ。

『――それでは、我々の新たなビジネスの成功と、日本医療の輝かしい未来の到来を祈念いたしまして、乾杯したいと思います。乾杯！』

桜井の音頭で、五人の男たちがビールグラスを掲げている。

そのあと彼らは、再生医療研究のために女性から卵子を盗む計画を、得意げに話し合っていた。おぞましいことに、受精に必要な男性から採取する素材は、自分たちで賄うつもりだったようだ。

「こいつら胸クソが悪すぎる！　今すぐぶっ壊してやりたい！」

歩夢がしきりに悪態をついている。七星も全く同感だ。おそらく光流も。

一枚目をどうにか見終わり、他のカードも確認したところ、同じ場面が別アングルの定点で撮影されていた。三枚あるのは、五人の男たちの顔を漏らさず写し出すためだと思われる。

――それは、美空がいざというときのために用意していた、決定的な証拠だった。

「……あの人は、やっぱり自分の仕事に誇りを持ってた。本当に優れたコスメを提供したいって思ってたのよ。だから、有名タレントで誇大広告をするマルムに見切りをつけた。私は、あの人を信じたい。最後の最後に味方になってくれたんだって、信じていたいのよね……」

しんみりと光流がつぶやいた。

もしかすると、姉の復讐のためにマルムに潜り込んでいた光流は、美空が内包していた呪詛の影を、無意識に感じ取っていたのかもしれない。

「わたしも信じたいです」

すでに七星も、美空に抱いていた感情が激変していた。

彼女はもう、敵などではない。最強の味方だ。

「すごい人だったね。あたしたちに強烈な呪いを託していった。これをどう使えば一番有効なのか、今すぐ考えたいな。もうすぐ株主総会だし、何かできるかもしれない。ねえ、目黒くんも呼んでいいかな？」

張り切り始めた歩夢に、七星は言った。

「だったら稲葉さんも呼ぼうよ。あと、可能なら景子ちゃんと友海ちゃんも。ここからはチーム戦でいったほうがいい気がするんだ」

「そうだね」と歩夢が即答し、「いいと思う」と光流も同意する。

「じゃあ、全員で反撃の狼煙《のろし》を上げようか」

ふたりと頷き合った七星は、美空から託された武器を、無駄にはするまいと心に誓った。


およそ半月後。秋風が強く吹く日の午前中。

マルムの株主総会が、有楽町《ゆうらくちょう》の多目的ホールで開催された。

会場には抽選で当たった多くの一般株主と、各媒体のマスコミ陣が駆けつけ、ステージの演台に立つ桜井を見つめている。桜井の背後の巨大モニターには、マルムのリンゴのロゴと共に、『第十期定時株主総会』の文字が映し出されている。

抽選に外れた歩夢と、光流、目黒、そして七星は、若林のマンションでパソコン画面を凝視していた。ネットで生配信されている総会の様子を、リアルタイムで見届けるためだ。

記者として会場に潜入した稲葉は、舞台前の客席にいるはずだった。

景子と友海は総会のスタッフに志願し、舞台裏で進行を手伝っている。

——今度こそ、最終局面だ。

七星が握りしめた手の平は、早くも汗ばんでいた。

「本日はお忙しい中、ご出席いただきまして、誠にありがとうございます。私、代表取締役社長の桜井大輔が議長を務めさせていただきますので、どうぞよろしくお願いいたします」

かしこまった桜井が開会宣言をし、総会が厳かに始まった。

静まり返った会場からは、登壇者たちの声以外、咳払《せきばら》いすら聞こえてこない。

執行役員による前年度の事業報告、監査役による会計決算報告など、堅苦しい議事が長々と続いたあと、再び桜井が登壇した。

「――続きまして、本年度の事業計画案審議に入ります。事業計画につきましては、取締役副社長の秋元勇作から説明いたします」

いつもの青メガネでダークスーツの秋元が、悠然とした態度で演台へと歩み寄る。

「事業計画案をご説明させていただきます。〝世の女性たちをより美しく、より元気に〟。このモットーと共に歩んで参りました我が社ですが、本年度は従来の国内における化粧品製造販売、エステティックサロン・チェーン事業に加え、世界を見据えた新規事業を立ち上げます。その第一歩が、『マルム・コリア』です」

モニターに映った事業計画書の中で、『Ｍａｌｕｍ Ｋｏｒｅａ』の文字が躍っている。

「美容大国である韓国に子会社を設立し、ミラクルリンゴ植物幹細胞エキスのシリーズのみならず、ヒト幹細胞エキスの革命的な新商品を、韓国で先んじて販売いたします。植物幹細胞よりも強力とされながらも、画期的な商品の誕生が心待ちにされていた、ヒト幹細胞によるスキンケアシリーズ。我々マルムは、日本が育んだ製造技術によって、世界の化粧品業界に新たな風を吹き込む所存でございます。まずは、モニターをご覧ください――」

「大したもんだよね、この人のプレゼン力。声や話し方が、胡散臭い政治家みたい」

七星はつい、嫌味交じりの感想を述べてしまった。秋元への憎しみを込めて。

「昔からプレゼンには定評があったから。脅すのもうまいけど」

光流も元上司の晴れ舞台を、パソコンの画面越しに苦々しく見つめている。


秋元がスピーチを終えると、交代した桜井が高らかに声を張り上げた。

「それでは、議案の審議に入る前に、今回の特別ゲストにライブを披露していただきたいと思います。『マルム』及び『マルム・コリア』の顔として、これからご活躍いただく韓国の人気ガールズユニット、カラフルの皆さんです」

会場から歓声と拍手が沸き上がった。

愛らしくスタイル抜群のメンバー五人が、華やかな赤い衣装を身にまとい、手を振りながらステージに立つ。髪につけたリンゴがモチーフの髪飾りに、中継カメラがズームインする。

「総会をご覧の皆さん。こんにちは、カラフルです！　短い時間ですが楽しんでくださいね！」

センターで一番人気のミネが笑顔で挨拶をした途端、ヒット曲のイントロが流れてきた。

背後のモニターには、「ＣＯＬＯＲＦＵＬ　Ｓｐｅｃｉａｌ　Ｃｏｎｃｅｒｔ」の文字と共に、メンバーたちの姿が映し出されている。

色とりどりのライトの中、ワイヤレスヘッドマイクをした五人がダンスを踊り、軽やかに歌い出す。本来は六人組なのだが、一名はスケジュールの都合で来日できなかったらしい。

「カラフルのライブでPRだなんて、どれだけお金を積んだんだろう」

隣で歩夢が、蔑みを含ませてつぶやいた。

「でも、さすがのパフォーマンスだね。これ、口パクじゃないと思うよ」

目黒はしきりに目を細めている。

なぜ、このタイミングでライブを入れたのか、その意図はよくわかる。この後に控える議案審議の質疑応答で、株主からのネガティブな質問を避けるためだ。ライブで盛り上げておけば、質問の攻撃が緩まると目論《もくろ》んだのだろう。


一曲目を終えたセンターのミネに、演台の桜井が話しかけた。

「カラフルの皆さん、ありがとうございます。皆さんにお訊きします。マルムの新商品をお試しいただいたと思いますが、使い心地はいかがですか？」

「素晴らしいです！　肌がしっとりしてもう手放せません。みんなはどう？」

最高！　と後ろにいるメンバーたちが口々に答えている。

「早く韓国で発売してほしいです。私たちはマルムを全力で応援します！」

ミネの宣言で、会場中が盛大な拍手で包まれた。

カラフルが広告塔になるのなら、炎上騒ぎも終結して株価が上がると、株主たちは期待しているはずだった。桜井もニヤけ顔でしきりに手を叩いている。

「応援してくださり心強いです。我々も全力でマルム・コリアを発進させたいと思います。総会をご覧の皆様、引き続きカラフルのライブをお楽しみください」

ステージ袖に引っ込む桜井を、秋元が珍しく笑顔で迎え入れるのが垣間見えた。

カラフルのライブで盛り上げた総会の成功を、ふたりとも確信しているようだ。

派手なイントロが流れ、再びカラフルがド派手なパフォーマンスを繰り広げる。

七星すらも口ずさみそうになるほど、大ヒットした代表曲。場内はさぞかし熱気で満ち溢れていることだろう。

七星たちがライブ画面を眺めていると、アプリのグループにメッセージが届いた。

会場にいる友海からだ。

〈準備完了。もうすぐだよ〉

同じく会場にいる景子からもメッセージが来た。

〈ネット画面に注目！〉

「もうすぐだって」と言った七星に、歩夢、光流、目黒が緊張気味で頷く。

それぞれが〈了解〉と返信し、パソコンの前で固唾を呑む。

二曲目に続き三曲目も歌い終わったカラフルのミネが、再びステージで語り始めた。

「今日は、メンバーのニコラがスケジュールの都合で来られませんでした。その代わり、本人からメッセージが届いてます。こちらをご覧ください！」

背後の巨大モニターに、会場内の観客たちと、歩夢のようにオンラインで参加している株主たちの視線が集まる。

——モニターに流れてきたのは、可憐なニコラのメッセージ映像ではなかった。

肩書と氏名のテロップが入った、男五人のむさくるしい盗撮映像だ。

〜マルム代表取締役社長・桜井大輔〜

「女共から卵子を採取して研究所に提供する。これは現役大臣にバックアップされた、パーフェクトなスキームだよ」

桜井の口元がニヤリと歪む。相変わらず下劣で、吐き気すら催す笑顔だ。

〜マルム取締役副社長・秋元勇作〜

「今は少子化が著しい。女たちが貴重な卵を無駄にするくらいなら、人類の未来のために使うべきだろう」

メガネの位置を指で直しながら、秋元が冷ややかに言う。嫌悪感で目を背けたくなる。

〜福山クリニック理事長・福山清〜

「マルムには金の卵を産む女がいくらでもいる。うちには採卵の設備と技術がある。これは理想的な業務提携だ」

今にも舌舐めずりをしそうな福山。この男はかなりの守銭奴なのだろう。

〜ジャパン再生医療研究所副理事長・久保田拓馬〜

「倫理なんてもんは豚にでも食わせればいい。ＥＳ細胞は神の魔法だ。この研究の尊さを思い知る日が、もう目の前に来てるんだ」

早口でまくし立てた久保田は、自分の言葉に陶酔したかのように目を細めている。


〜文部科学大臣・桜井哲太郎《てつたろう》〜

「細かいことは任せるから、一刻も早く研究の成果を発表してくれ。ノーベル賞の看板は、献金なんかよりもっと大きなマネーになる……」

たっぷりと顔に贅肉をつけた大臣は、息子とよく似た下品な笑みを浮かべた。


「ざまあみろ！」

光流が積年の恨みを叫びに込めた刹那、七星の中で真っ赤な火花が爆《は》ぜた。凄まじい爆発音も鳴り響いている。

それは、七星たちが裏で仕込んだ告発映像。女を散々食い物にし、私腹を肥やしていた者たちの罪を、白日の下に晒すために用意した〝爆弾〟だった。


「ＶＴＲを止めろ！」

スタッフの誰かが喚《わめ》き、突然、モニターの映像が途切れた。

カラフルはステージから姿を消し、スタッフ陣があたふたと駆け回る。その中には、青ざめた山崎の姿もある。

桜井ほか登壇者の姿も、いつの間にか消え去っている。残っているのは秋元だけだ。

客席は総立ちとなり、記者や株主たちが次々と怒声を発する。

「今のは卵子窃盗の証拠だっ！　説明しろ、桜井大輔！　逃げるな卑怯者っ！」

稲葉の声が大きく響いた。いつもとは別人のように口調が乱暴だ。

「皆様、どうかご静粛に。席を立たないでください」

マイクを握った秋元が、落ち着き払った声を出す。口の周りや眉間が細かく震えている。怒りを抑え込んでいるようだ。

「ただ今、不可解な映像トラブルが起きてしまったようです。原因を調べますので、休憩を入れさせてください」

秋元の背後に、首から社員証を下げた景子と友海がいる。ふたりとも黒ずくめで大きなマスクをし、配信用のカメラに向かって手を振るように片手をあげている。

やがて、ステージ上には誰もいなくなった。

客席ではまだ、雷雨のごとく怒号が飛び交っている。

マルムが大金を投じて準備した株主総会は、七星たちの目論見通り、阿鼻叫喚《あびきょうかん》の修羅場と化したのだった。

七星の隣にいた歩夢が、無言で手を伸ばしてきた。

その温かい手を、七星はしっかりと握りしめた。

絡み合った指と指のあいだから、勝利の喜びが溢れてくる。

ふたりで喜びを分かち合ってから、七星はそっと手を放した。


「ねえ、俺の編集、すごくなかった?」

目黒がのんびりと言う。

「すごいと思う。ポイントになる言葉を端的に拾ってあるからね」

パソコンから目を離さずに、歩夢が答える。

「ホントすごい」と、七星も続けた。

「目黒くんもだけど、映像を流した友海ちゃんと景子ちゃんもすごいよ。ここまで粘った光流さんも、総会に行けたら質疑で攻撃しようとしてた歩夢ちゃんも、それを記事にしようとしてた稲葉さんもすごい。もう質疑応答どころじゃないだろうし、記事になるのは今の映像の件だろうけど」

――カラフルのメンバーの中で、ひとりだけ来日できなくなったらしいよ。代わりにメッセージ映像を出すことになるんだって。

友海からその情報を聞いたときに閃いたのが、今回の計画だった。メンバーのメッセージ映像が入ったSDカードと、桜井たちの密会を編集したSDカードを、舞台裏で交換したのだ。

ライブ中にカードを交換してくれたのは、友海と景子だった。

パソコンで映像出しをする舞台スタッフのもとへ行き、「急遽変更になりました」と友海が偽のカードを渡し、「本当に変えていいんですか?」と不安がるスタッフを、「専務の緊急命令なんで、変えないとうちらが困るんです」と景子が説得。ふたりは映像が流れ終わるまで、その場に張りついていたのである。

このあと彼女たちは、「専務から預かっていたSDカードを、専務の指示通りに流した」と言い訳する予定になっている。こういった形で名前を使われても、「どんな手を使ってでもマルムを壊せ」と命じて海外逃亡した美空なら、鷹揚《おうよう》に微笑むだけのはずだ。

「七星さん、あなたこそすごいよ」と、光流が心からの笑顔を向けてきた。

「私たちを取りまとめて、あんな大胆な方法でマルムを告発した。稲葉さんはもう記事にまとめてあるから、真っ先に文冬砲が撃てる。専務のSDカードと私が集めたセクハラの証拠も、稲葉さんが知り合いの弁護士さんと一緒に然るべき対応をしてくれるしね。これで会社にも警察のメスが入るはず。本当にありがとう」

「こちらこそ、光流さんには何度も助けてもらいました」

「まあ、みんなで摑んだ勝利ってことだね。あたし、今夜はよく眠れそう」

歩夢が頰に愛らしいエクボを作る。

「これでいよいよ、マルムの終わりへのカウントダウンが始まったな」

無人のステージを映し出すパソコン画面を、目黒が見つめている。

——やった。田舎の雑草だったわたしが、みんなと巨大な敵に致命傷を食らわせることができた。今まで弱者に与えた痛みを、その者たちの苦悩を、尊厳を奪われる屈辱を、今度はあなたたちが身をもって知ればいい。

七星は改めて、勝利を嚙み締めたのだが……。

「でも、一番の問題が、まだクリアになってないんだよね」

残るのはただひとつ。優姫の行方だけだった。


マルムの卵子窃盗疑惑とセクハラの実情が報道されて、あっという間に一週間が経った。

株主総会のトラブルは、韓流アーティストも絡む特大スキャンダルとあって、今も各メディアがニュースを発信し続けている。カラフルは広告塔の仕事をキャンセルし、ライブ妨害で賠償金をマルム側に要求。子会社「マルム・コリア」の立ち上げも暗礁に乗り上げているらしい。

桜井の父親である桜井文部科学大臣は、「何者かによる捏造映像だ」と反論しているが、「更迭すべきだ」との世論が巻き起こっている。

ジャパン再生医療研究所の親会社、ジャパン製薬の株価は暴落。しかし、マルムの株価よりは遥かにマシだった。マルムの場合、三日間連続でストップ安を記録。現在も無残な低迷を続けている。

福山クリニックとマルムには、当然のことながら患者や顧客たちからのクレームが殺到。

さらに、マルムの「ウトビラー・スパトラウバーの品種改良種である、ミラクルリンゴの幹細胞エキスが成分の化粧品」との触れ込みが、偽装ではないかとの疑惑まで報道されたため、問題はさらに大きくなっていった。

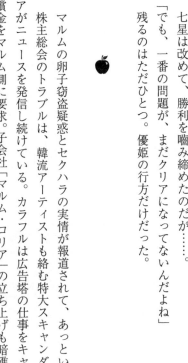

だが、ミラクルリンゴの樹の在処について、警察に連行された桜井と福山は黙秘を続けている。ヒトミとフタバも聴取されたが、両者とも「何も知らない」と言い張っているそうだ。研究所副理事長の久保田は、大阪の自宅にも帰らず行方知れずになっている。

そして、久保田と同様に、秋元も行方不明になっていた。


「大変だよっ！」

翌朝。七星は歩夢の叫び声で叩き起こされた。

「ねえ、このネットニュース見て！」

布団に横たわる七星に、スマホの画面を突きつけてくる。

「……えっ？　自殺？」

昨夜未明、静岡県駿河湾《するがわん》沿いの断崖絶壁で秋元が自殺を図った。履いていた靴と遺書を残し、岸壁から身を投げたらしい。

遺書には〈全て自分の策略。他の関係者は利用されただけ。再生医療は医学界の光明。早く研究を進展させたかった。そのための必要悪になる覚悟だった〉などと綴られていたという。

波が荒いため遺体はまだ上がらないが、生存は絶望視されているそうだ。

「……あの男が本当に身を投げたとは、到底思えないんだけど」

不審に感じた七星に、歩夢が「他殺かもしれないよ」と言った。

「口封じで誰かに殺された、なんて説を唱えてるネット民も多いみたい。現役大臣も巻き込んだ騒動だから、全責任を秋元に押しつけて曖昧にするんじゃないかって。……ドラマ観すぎの妄想のような気がするけど」

明るさを装いながらも、歩夢の表情は沈んでいる。

それが真実をはらんでいるのなら、行方知れずの久保田も、すでに何者かによって葬られているのだろうか？　——などと考えていたら、背筋がぞくりと寒くなってきた。

「……必死でやってたから、あまり自覚してなかったけど、わたしたち、かなり危ない橋を渡ってたのかもしれないね」

「あたしも七星に感化されて周りが見えなくなってたからな。まあ、後味は悪くなったけど、これで桜井一派は壊滅するはず。あとは、優姫ちゃんの件だけだね」

熱い紅茶を淹《い》れてくれた歩夢が、そのカップをダイニングテーブルに置く。

「結局、二子新地に的を絞っても別宅は見つからずか……。紅茶、いただきます」

「どうぞ。稲葉さん、リムジンのレンタル会社も当たったけど、該当しそうな運転手はもう退職してたんだってね」

「うん。その運転手の個人情報までは教えてもらえなかったみたい。やっぱり警察の捜査を待つしかないのかな……」

「残念だけど、今のあたしたちには何もできない。プロに任せるしかないかもしれないね。とりあえず、今夜は女だけで乾杯しよう」

「そうだね。部屋の大掃除もしなきゃ。動いてるほうが気もまぎれるから」

秋元のニュースで滅入《めい》りそうになっていた気持ちを、七星はどうにか振り払った。


その日の夜、景子、友海、光流が若林のマンションに集合した。

本当は稲葉と目黒も呼びたかったのだが、ふたりとも遅くまで仕事が入っているらしい。

ダイニングテーブルの上には、歩夢と七星が仕度したカナッペやサラダ、ミートローフや自家製ピザが所狭しと並んでいる。

「では、うちらの計画の成功を祝って。お疲れ様でした！」

景子が音頭を取り、缶ビールで乾杯を交わす。

「あれからいろいろ大変やったわ。総会はてんやわんやの大騒ぎやったし、専務に続いて社長も副社長もいなくなってさ。今は執行役員とかが飛び回ってて、会社はなんとか通常運転してるけど、客なんかさっぱりよ。サロンのキャンセルもすごいしな。このままだと、どっかの企業に吸収されるか、買い手がつかなくて倒産のどっちかだって噂で持ち切り。――このピザ、美味しそうやね。いただきまーす」

尖った赤いネイルの指で、景子は器用にピザを取って齧り始めた。

友海もピザに手を伸ばし、耳からパクリと食べ始める。

「景子さん、友海さん。ＳＤカードの交換はバレなかったの?」

カナッペをつまみながら、光流が問いかけた。

「すぐバレたけど普通にしてますよ。全部、先に逃げた専務の差し金だって言ったもんやから、会社側も処分できなかったようで」

「そうなんです。友海も景子ちゃんもサビプラのままだし、マルムの今後が決まるまで、あんまり変わらなそうかな。光流さんは？　どこかに再就職するんですか？」

「それがね、ちょっと面白そうな話が来てるの。スイスのコスメメーカーが、代官山《だいかんやま》で日本支店を出すんだけど、店長として入らないかって、突然スイスの日本人役員から電話があったのよ。マルムにいた頃の活躍を聞いたので、って」

「スイス……？」

七星は歩夢と顔を見合わせた。

「そう、スイス。もしかしたら、美空さんの推薦かもしれない。息子さんとあっちに行ったのかも、なんて思ってるの」

「なるほど。あの人、光流さんのことかなり評価してたみたいですしね」

歩夢が一気にビールを呷《あお》る。

「だったら嬉しいな。スイス産のコスメ、ちょっと興味があるのよ。無添加でパッケージも可愛くて、バブルバスとか小物系も充実してるみたい。詳しい話を聞いてからだけど、もしかしたらやってみるかもしれない。――そうだ、これお土産のクッキー。よかったらどうぞ」

光流が小ぶりのボストンバッグから、ファンシーな柄の缶を取り出した。

蓋を開くと、色とりどりのクッキーが美しく詰め込まれている。

「わあ、キレイ。美味しそう！」

甘い物好きの友海が、手を合わせて相好を崩す。

「発酵バター、抹茶、チョコレート、あと、かぼちゃのクッキー。うちの姉が作ったの」

「有紗さんが？　すごいじゃないですか！」

七星は光流に向かって、小さく拍手をしてしまった。

「有紗さん、お菓子作りの才能があったんだ……」

歩夢が感慨深くつぶやく。景子も「プロみたいや」と感心している。

「いただいてみますね」

七星は早速、クッキーに手を伸ばした。

「――うわ、発酵バター、最高。サクサクで甘さ控えめで、止まらなくなりそう」

素直な感想だった。七星だけでなく、誰もがクッキーの味を褒め称えている。

「姉がね、みんなのために焼いたの。実は、桜井たちのニュースを知って元気になってきたのよ。ようやく溜飲《りゅういん》が下がったんじゃないかな」

「それは朗報や！　氷の……あーっと、光流さん、よかったですねえ」

「ありがとう、景子さん。氷の女王って呼んでいいよ」

「いやー、堪忍してくださいよ。うん、かぼちゃのクッキー、めっちゃ美味しいわ」

「景子ちゃん、棒読みになってるよ」

「突っ込まんといて。友海もいけずやわー」

これまでの立場や年齢の垣根を超え、共に勝利の祝いを楽しむ彼女たち。その様子を微笑ましく思いながら、七星はいつもの癖でスマホをいじり、優姫のメッセージアプリのアカウントを開いた。

「……わっ！」

想定外の事象を目の当たりにし、椅子から立ち上がってしまった。

「びっくりした。どうしたの？」

隣の歩夢が、七星の横顔を見つめている。

「優姫のメッセージが……」

全員の視線を意識した途端、言葉を呑み込んだ。

「あの、メッセージアプリの調子が悪いなと思って。電波の問題かな。外で見てくるね」

急いでサンダルを引っかけ、玄関から飛び出す。

――優姫に送ったメッセージが、全て既読になってる。スマホを見た可能性がある！

あわてて電話をかけたが、繋がらなかった。だけれど電源が入ったのだから、居場所もわかるかもしれない。

震える手でGPSアプリを起動させ、優姫の電話番号で位置情報を検索する。

……マークが出た。優姫はやはり、二子新地にいる。


部屋に戻った七星は、開口一番こう告げた。

「今、甲州の母親から連絡があってね、体調がよくないらしいんだ。帰ってきてほしいって頼まれた。妊婦で心配だし、しばらく帰ってなかったから顔を見てくる」

「え？　今から？」「嘘やろ！」と歩夢と景子が驚き、友海が「お母さん、心配だもんね」と頷く。光流は「食事していかなくて大丈夫？」と心配してくれた。

ありがたいことに、四人とも急な七星の申し出を、無理に止めたりはしなかった。

七星は自室に入り、リュックの中に水のペットボトルや懐中電灯、ミニ救急セット、乾パンなどの災害グッズを入れた。着替えやタオル、使い捨てカイロ、スマホのバッテリー。念のために、ヘアスプレーによく似た容器の、小さな痴漢撃退スプレーも詰めておく。

ジーンズとダウンジャケットを着込み、スマホとボイスレコーダーをポケットに入れ、重くなったリュックを背負ってダイニングに戻る。

「本当にごめんなさい。みんなはゆっくりしてって。また飲もうね」

またね！　気をつけて！　と手を振るみんなに手を振り返し、スニーカーを履き外に出る。

鮮やかな黄色になったイチョウ並木の下を、急ぎ足で進んでいく。

——実家に帰るなんて嘘だ。これからGPSを頼りに優姫を捜す。

マルムの株主総会が終わったときから、七星は決めていた。

優姫の居場所が判明したら、行くのは自分ひとりだと。

本当のことを打ち明けたら、ほかの四人もついてきてくれたかもしれない。だけど、彼女たちが巻き込まれたマルムの事件は、ほぼ片がついた。優姫の失踪と四人は関係ない。

これから先は、自分だけの問題だ。

三軒茶屋《さんげんぢゃや》の駅まで歩き、田園都市線の急行に乗って二子新地まで揺られていく。

優姫と最後に話したのは今年の三月。今はもう十一月。あっという間の八ヵ月間だった。

甲州の田舎町から東京に来て、オシャレも流行りのメイクも少しは覚えた。

華やかで楽しい場所も、悪夢のような恐ろしい場所も、存在するのだと知った。

一番の収穫は、いろんな地方から集まった仲間ができたこと。

誰もがいろんな過去を乗り越えて、今ここにしっかりと根を生やしている。

みんな優姫の知り合いだ。次は改めて仲間たちを紹介しよう。

ついに優姫と逢《あ》える。どんな状態でいるのか想像もつかないから、水や食料、防寒具、薬類は用意してきた。どうか元気でいてほしい。あの優しい笑顔を見せてほしい……。

幾度となくGPSをチェックしたが、優姫のスマホは二子新地の一点から動かない。

多摩川を越えて二子新地駅に着くと、時刻は夜九時をすぎていた。


意外なほど小さい駅の改札を出て、GPSアプリを見ながら道を確かめていると、後ろから肩を叩かれた。

——誰？　優姫？

心臓のドクンという音で、自分が緊張していることに気づいた。

振り返ると、さっき手を振って別れた四人が立っている。

「な、なんでここに？」

我が目を疑った七星の前で、最初に景子が紅い口を開いた。

「七星、甲州に帰るんやなかったんか?」

コートのポケットに両手を入れたまま、彼女は七星の顔を覗き込んでいる。

「そうそう。なんか変だよねって、みんなで話してたんだよ」

友海も小首を傾げ、セミロングの髪を揺らして笑う。

「きっと優姫さんの居場所がわかったんだろうって、歩夢さんが推測してくれたの。それで優
明るい色の服を好むようになった光流が、歩夢に視線をやった。

「七星が見てた優姫ちゃんへのメッセージが、既読になってた気がしたんだ。それで優姫ちゃ姫ちゃんのGPSも動いて、追跡に出るんじゃないかと思った。あたしたちには内緒にしてね。どうしても気になったから、急いであとをつけてきたの」

長い髪を団子にまとめてイメージチェンジしてきた歩夢は、少し機嫌が悪そうだ。自分もスマホを取り出し、メッセージアプリで誰かにスタンプを送っている。

「……歩夢ちゃん、もしかして怒ってる?」

「怒ってないよ。ちょっと寂しいなって思っただけ。七星、ひとりだけで行きたい? それなら遠慮して、あたしたちはニコタマで遊んでくるけど」

――八つの目が、こちらを見ている。

漆黒の闇を照らす、温かくて心強い八つの光だ。

「……本当は怖かった。来てくれてありがとう」

言葉にした途端、鼻の奥がツンと痛み出した。

「了解。みんなで優姫ちゃんを捜しに行こう」

断言した歩夢は、ダウンジャケットにメンズ風のカーゴパンツを合わせ、リュックを背負ってスニーカーを履いている。優姫の捜索のために、動きやすい格好をしてきたのだろう。

一方の景子は華奢なハイヒール。友海と光流はブーツ。三人とも捜索など考えてもいなかったはずなのに、わざわざ駆けつけてくれたのだ。ありがたくて嬉しくて、熱い何かが込み上げてくる。

「皆さん、よろしくお願いします」

七星がお辞儀をすると、四人が優しく微笑んだ。

じわりと浮かんだ涙の膜で、仲間たちの顔がどうにも霞んで見えた。

GPS情報を頼りに、目的地まで急ぎ足で進んでいく。

「……ここら辺、前に何度か来たことある。福山クリニックの裏手だよ」

歩夢に言われて周囲を見回すと、薄暗がりの中で立派な邸宅が並んでいた。

どの家も広い庭があり、駐車場には高級外車が停まっている。

「やっぱり、別宅には福山家が関係してるのかな。——あ、あの家だ」

もう一度確認した。間違いない。ここに優姫のスマホがあると、GPSのマークが赤い点滅を続けている。

「すっごい大豪邸だ……」

友海が感嘆の声を漏らした。

大きな鉄製の門と高いコンクリート塀に囲まれた、レンガ造りの大豪邸。ヨーロッパの国にありそうな、年季の入った二階建ての邸宅だ。玄関扉を中心に見て、上と左右に大きな窓が八つほどついている。奥行きもかなりありそうなので、部屋数は相当なものだろう。広大なイングリッシュガーデンも見受けられる。

クミが言っていた、「レンガ造りで広い庭がある豪邸」に該当する。限りなく疑わしい。

「福山家も豪邸だけど、ここはもっとすごいね。でも真っ暗で不気味」

歩夢が言う通り、どこにも明かりは点っていなかった。目を凝らしてよく見ると、全部の窓にシャッターがおりているようだ。表札も出ていない。どう考えても怪しい邸宅だ。

だが、「中に優姫がいる」と直感がささやいている。どうにかして侵入したい。

「どうしよう？　インターホン鳴らしてみよ……」

七星が言い終わらないうちに、歩夢がボタンを押していた。

ピンポーン、と、日常的なチャイム音が鳴り響いている。

「まさかやけど、簡単に開いたりせんよな」

景子が言ったと同時に、門の鍵が開く音がした。

――え？　と誰かが疑問形の声を出し、全員が互いの顔を見回す。

「……なんか怖いよ。これって典型的な罠なんじゃない？」

「友海さん、ここで待っててくれてもいいよ」

光流が気遣うと、「みんなと一緒がいいです」と友海が答えた。

「ごめんね。罠でもなんでもいいから、わたしは入らせてもらう」

ここまで来て敵前逃亡するわけにはいかない。たとえ、危険な罠が待っていようとも。

七星は、無謀すぎるかもしれないと躊躇する気持ちを心の隅に追いやって、門を開けてしまった。すると急に肝が据わり、足が吸い込まれるように中へと向かっていく。

「あたしも入る」と宣言した歩夢があとに続く。他の三人もついてくる。

「少しでも危険を感じたら、みんなすぐ逃げてね」

わかった、了解、と各自の声がした。

重厚な両開きの玄関扉まで辿り着いた。片側のドアハンドルに手をかけると、そこもあっけないほど簡単に開いてしまった。鍵がかかっていなかったようだ。

中の広々とした玄関ホールは、真っ暗で人の気配はしない。

懐中電灯で照らしたら、奥に大きな木造りの扉が見えた。

――玄関ホールからすぐ奥のドアを開けると、そこは吹き抜けでガラス張りの天井がドーム状になった、豪華な温室のような造りになってました。

クミの証言を思い出す。

「ここが桜井の別宅なら、あの扉の奥にはリンゴの樹があるはずなんだ」

小声で七星が告げると、「行くしかないよ」と歩夢が強く言った。

その声に励まされ、七星は靴を履いたまま、四人を引き連れて木の扉まで歩いていく。扉の隙間から、うっすらと明かりが漏れている。部屋の中には電灯が点っているようだ。

「……じゃあ、開けるよ」

みんなにひと声かけてから、ドアノブに手をかけた。

扉を押して、ゆっくりと開いていく。

「――――――――――ひぃっ」

喉から悲鳴の代わりに音が漏れた。

扉が開くと同時に、壁に張りついて隠れていたらしき誰かの腕が、背後から首元を押さえつけてきたのだ。

凄まじい力だった。引き剝がそうとしても腕はびくともしない。しかも、片方の手で握った小型ナイフを、七星の首元に突きつけている。刃先の冷たさを肌が感じ取った瞬間、恐怖が現実感を伴い押し寄せてきた。

「動くな。静かにしろ」

何度も聞いて耳馴染みのある、威圧感を滲ませた低く太い声。

――それは、自殺したはずの男、秋元の声だった。

やはり生きていた。自殺なんてするわけがないと思っていた。それなのに、優姫のGPSに踊らされて、油断してしまった。

「……に、げてっ」

逃げて、と声帯を振り絞った。後ろにいるはずの四人に届くように。

「静かにしろと言ったはずだ」

七星はそのままの状態で秋元に引きずられ、後ろを向かされた。

歩夢、光流、景子、友海が、恐怖で顔を強張らせて立ちすくんでいる。

四人の背後には別の男が立っていた。黒いジャージ姿で長髪を結んだ中年男だ。

「いいかお前ら、動いたらこいつの首を搔っ切るぞ」

秋元はドスの利いた声で、ヤクザのような脅しをかけてきた。

硬直したまま、ひと言も発せない四人の背後で、ガムテープを手にした長髪男が動き出す。

「みんな両手を後ろに回して。乱暴はしたくないんだ。大人しくしててくれ」

その高めの声と面長の顔に覚えがあった。

行方不明とされていた、研究者の久保田だ。

久保田は顔の筋肉を全く動かさずに、ガムテープで四人をひとりずつ後ろ手に拘束し、さらにテープを口に貼って声を封じ込めている。

——悔しい。何もできないのが歯ぎしりしたくなるほど悔しい。ここまでついてきてくれた仲間たちが、無残な姿にされているのに……。

「お目出度《めでた》い奴らだ。こんなわかりやすい罠に嵌まってくれるとは。しかも五人揃ってとはな」

七星の首元にナイフを当てたまま、秋元が頭の上で嘲笑する。

「あ、あんた、自殺を装って潜伏してたのね」

勇気を振り絞って、震え声を発した。

「……相変わらず元気のいい女だ。頭はそれほど良くないようだけどな」

「秋元、あんたが優姫のメッセージを既読にしたの?」

「まあな。お陰でお前らをおびき寄せられた。お前の定期報告とやらで、これまでの経緯も全部わかったよ。……よくもやってくれたなあ。お陰で何もかもが水の泡だ。おい、この女も拘束しろ」

秋元に命じられた久保田によって、七星も後ろ手にされ、手首をガムテープで固定された。

口にテープを貼られそうになったとき、思いっ切り叫び声を上げた。

「優姫に何をしたっ？　あの子はどこにいるのよ！　お母さんに成りすましメッセージを送ったのも、あんたの仕業でしょっ」

「その通りだよ。神楽七星、呆れるくらい元気な奴だな。その度胸に免じて、少しだけお前と話をしてやろうか」

後ろから強く肩をどつかれた。前のめりになった七星は、コンクリートの床に並んで座らされた歩夢たちのもとへ、勢いよく倒れ込んでしまった。

「いいざまだな」

拘束されたままどうにか座ったら、ジャージ姿の秋元がナイフを手に襲いかかってきた。

「キャァッ！」

「騒ぐな。身体検査をするだけだ」

身をよじってみたが、秋元にポケットのスマホとボイスレコーダーを取り上げられた。他の四人も秋元に服を探られ、電子機器を没収されている。久保田は全員のリュックやバッグの中身を床にばらまき、怪しそうなものがないか見回っている。

「一体どうする気よ！」

「もちろん電源を切るんだよ。ＧＰＳで追ってくる奴がいないとは限らないからな」

秋元は久保田と共に、全員から奪った電子機器を近くに置いてあった黒いケースに放り込んだ。おそらく、電波遮断ケースだ。

「これで誰もお前らの居場所はわからない。俺たちは逃げる。優秀な久保田の頭脳を欲しがる国は多いからな。その前に、お前らを始末していく」

「この人でなし！　そんなことして子どもに恥ずかしくないの？」

激情に駆られた七星は、相手を挑発してしまった。

「その子と美空を俺から奪ったのは、お前らだ」

ナイフを握ったまま、秋元が憎悪に満ちた視線を向けてくる。

「政略結婚しようとしてたくせに何言ってんのよ！」

「本意ではない。すべては日本医療のためだった。お前ごときに理解はできないだろう」

目の前にいた秋元が横に移動したため、ようやく部屋の様子が見えてきた。

天井がガラスのドーム状になった、コンクリート造りの吹き抜けの部屋。広さは百平米くらいだろうか。正面と右左、三方の壁は巨大な黒いベルベット・カーテンで覆われている。上方にダクトが張り巡らされ、おびただしい数のＬＥＤライトで照らされた室内には、いたるところに何かのセンサーや水槽らしきものが設置されている。

中央に敷き詰められた土の上に生えているのは、リンゴの大樹。生い茂った緑の合間に、小ぶりの赤い実をつけている。

――間違いない。ここが、クミが一度入った桜井の別宅だ。

「珍しいか？　この部屋にはＡＩを活用したスマート農業システムが施されている。ほぼ全自動でミラクルリンゴを栽培してくれるのだよ。とはいえ、たまに人の手を入れないと、こんな風に土が荒れてしまうんだけどな」

「この大嘘つきの詐欺師！　ミラクルリンゴなんてデタラメでしょ。どこにでもあるリンゴの樹を大げさに栽培して、バカみたい！」

「嘘ではない。マスコミが面白おかしく情報操作してるだけだ。このリンゴは収穫後一年経っても腐らず、干しブドウのような状態になる。驚異的な抗酸化力があるからだ。しかも、その幹細胞には自己再生能力があると証明されている」

冷静だが意地になっているようにも感じる秋元。

そのとき七星は、横に座る景子がしきりに指を動かしていることに気づいていた。尖った赤い爪で何重にも巻かれたガムテープに穴を開け、どうにか剝がそうとしているのだ。

——彼女が拘束を解くまで、話のできる自分が時間を稼いで、秋元たちの気を逸らしていよう。そのためにも、もっと秋元を煽る必要がある。

「リンゴの再生能力から卵泥棒を思いついたわけ？　人の卵子を勝手に盗むなんて異常だよ」

「人の卵子を許可なく採取すると犯罪になる。なら、お前らが毎日のように食べる鶏の卵はどうだ？　鶏に許可を取って卵を採取してるのか？」

「屁理屈《へりくつ》こねないで！　正当化するなんて最低。女をバカにするにもほどがある！」

「バカになどしていない。むしろ尊敬している。女性の身体は宇宙の神秘そのものだ。新たな命を育むだけではなく、万能薬をも生み出す力を秘めているのだから。本当はお前たちからも採卵してやりたいが、残念だよ」

どこか楽しげに語る秋元。この男も隣にぼうっと立つ久保田も、常人とはかけ離れた思想の持ち主なのだろう。

「だったら採卵してから始末すれば？　せっかく元気な女が五人もいるんだから」

「そうしたいのは山々なのだが、ここは今夜中に火事になる予定なんだよ。だから、お前の引き延ばし工作はそろそろ終わりだ」

秋元はその場にナイフを置き、扉から見て左手前の隅に向かった。角の棚から琥珀色の液体の入ったペットボトルを二本取り出し、なぜかリンゴの樹まで歩いて行く。一本の中身を樹の根本から振りまきながら、ゆっくりと戻って来る。燃料になる液体なのだろうか？

横の景子が、ずっと動かしていた指をピタリと止めた。どの程度までガムテープの拘束が緩まっているのか、七星にはわかりようがない。

「さあ、雑草駆除の始まりだ」

不気味な薄ら笑いをしながら、秋元は途中で空になったペットボトルを放り投げ、残った一本だけを手に歩み寄ってきた。

「まずは、これを飲んでもらおう」

秋元はペットボトルの飲み口を七星の口元に近づけてきた。

強いアルコール臭とほのかなリンゴの香り。――アップルジャックだ。

「やめてよっ！」

激しく首を振ったので、液体は周囲に飛び散った。

「もったいないことをするなよ。これは俺のスペシャル版だ。桜井のお遊び版なんて目ではない。あの花のアルカロイドを、あいつのより大量に入れてあるからな」

秋元が指差したのは、ペットボトルが入っていた棚。その棚の上で、鉢のベラドンナが紫の美しい花を咲かせている。毒を持つベラドンナの別名は……魔女の花。

――魔女の花のアップルジャック。

桜井が密造したアップルジャックには、自然の猛毒が混入されていた――。

「……あんたも桜井も、正真正銘の鬼畜だね」

「俺は女を弄んだりしない。実験がしたいんだよ。これは凄まじいぞ。トリップして意識が飛び、動かなくなる前に醜態を晒すはずなんだ」

気味の悪い笑みを浮かべたまま、秋元がまた飲み口を近づけてくる。

片手で頭を押さえられ、無理やり上を向かせられそうになった。

「大人しく飲め。スペシャル版の効果を俺に観察させてくれ」

――本気で楽しもうとしてるっ⁉

全身の毛が逆立つような戦慄が背筋を走り抜けていく。

「いやっ！　放して！」

思い切り身体をねじらせ、足をばたつかせて抵抗する。

飲んだら一巻の終わりだ。何か助かる手はないのか？

床に視線をさまよわせた七星は、土から微かに頭を覗かせたリンゴの芽に、小さな銀の輪が引っかかっているのを目視した。

銀色のビーズで作ったイアリング。七星が手渡した、優姫への誕生日プレゼント――。

――ありがとう。すっごく可愛い。早速つけちゃおっと。

「いやぁぁぁ――――――っ！　優姫ぃぃ――――――――っ！」

そこに埋められている。それしか考えられない。

「優姫に何をしたっ？　なんであの子のイアリングがここにあるのよっ！」

秋元は何も答えず、意味深に笑っている。きっと七星の想像通りだからだ。

「優姫、そこにいるんでしょっ？　返事をして！　お願いだから返事をしてよっ」

叫んでも無駄なのに、叫ばずにはいられなかった。

最後に会った日、少しはにかみながら気になる人について話してくれた。今も覚えている。

——本社に行った帰りに表参道でぶつかって、彼のスーツケースが倒れて、私もメガネが落ちて割れちゃったの——私なんかと釣り合う相手じゃないんだけど——再来週にまた会う約束をしてるんだ。すごい車でドライブに連れてってくれるみたい。

それなのに優姫は、何も知らずに桜井の毒牙にかかり、ここに車で連れ込まれた。

そして、なんの罪もないのに命を奪われ、土の中に埋められてしまった。

やっとここまで来られたのに、間に合わなかった。助けられなかった。

大切な幼馴染み。かけがえのない存在。あの子がもう、この世にいないなんて。

優姫との日々が脳裏を駆け巡り、絶望と怒りで目の前が赤くぼやけていく。

「許さない許さない許さない！　絶対に許さない！　優姫に手を出したお前たちを許さない！

地獄の底につき堕としてやる。どんな姿になっても必ず地獄に堕とすっ！」

涙で濡れた頰が熱い。叫びすぎて喉が痛い。

優姫の最期を想うと、悔しさと無念で全身から血が噴き出しそうだった。

睨みつける七星を面白そうに見下ろしていた秋元が、ゆっくりと口を開いた。

「落ち着け。そこには誰も埋まってなんかいないぞ」

「嘘つき！　誤魔化したって許さないからっ！」

「誤魔化しではない。久保田、見せてやってくれ」

秋元に指示され、久保田はベラドンナの鉢がある左手に歩いていく。

ほどなく、左側の壁にかかっていたベルベット・カーテンが、電動音と共に開いていった。

カーテンの奥は大きなガラス窓になっており、中は病院の一室のような造りになっていた。

おびただしい数の医療機器や車椅子に囲まれて、誰かが手前の検診台で横たわっている。

頭を白いターバンで巻き、腕に点滴の管を刺され、水色の寝間着姿で目を閉じているその人物は……。

「――まさか、優姫っ？」

「そうだ。ＥＳ細胞によって命を取り留めた、お前の大事な友だち。お前らが犯罪呼ばわりする、我々の再生医療研究の被験者だ」

やっと見つけた、わたしの優しい姫。

あどけない寝顔。長い睫毛《まつげ》。愛らしい口元。細い手足。

かなり痩せてしまったけれど、それは、紛れもない優姫の姿だった。


「どういうことっ？　優姫に何が起きたのよっ？　桜井はあの子に何をしたのっ？」

嗄《か》れたと思っていた叫び声が、再び喉の奥からほとばしる。

「何か勘違いをしているようだな。彼女を連れてきたのは桜井ではない」

「……じゃあ、誰があの子を誘ったの？　ドライブに連れてったのは、一体誰なのよ？」

七星は返答を待った。

長く続いた沈黙を、ものともせずに待ち続けた。

久保田は、表情のない能面のような顔をしている。

なぜか秋元は、心底楽しそうに七星を眺めている。

……そうか。考えてみたら、このふたりだって優姫からすれば、「自分とは釣り合わない年上の会社関係者」だ。まさか、このどちらかがあの子を……？

「せっかくだから教えてやろう。おい！」

秋元の声で優姫がいる病室の自動ドアが開き、そこに潜んでいたらしき人物が姿を現した。

看護師のような紺色の服を着た、七星もよく知る男だ。

「……誘ったのは、僕です」

弱々しく言ったのは、秘書の山崎だった。

――山崎が優姫をドライブに誘って、ここに連れ込んだ？　なぜ？　なんのために？

驚きと混乱で回らなくなりそうになった舌を、どうにか動かした。

「教えてよ！　優姫に何をしたのか、ちゃんと説明してよ！」

肩をビクリとさせた山崎の背中を、秋元が強く叩いた。

「山崎、お前の失態から始まったんだ。こいつの気が済むまで説明してやれ」

するとと山崎は、七星とは視線を合わせず、神妙な面持ちで語り始めた。


「実は僕も、この極秘研究を手伝ってたんです。あの日は、副社長の代わりに大阪へ行く予定でした。久保田先生の研究所まで、車で凍結卵子のドライシッパーを運ぼうとしていたんです。福山クリニックを出ようとしたら社長から電話があり、戻れと言われたので本社に行くと、社長室にもうひとつドライシッパーがありました。『この精子を研究で使え』と社長が言ったそれは、桜井大臣のものでした。大臣もそういった形で研究に貢献したいようでした。

承知した僕はハードケースを開けて、中の容器にシールを貼りました。

間違えがないように、〈マルム凍結精子〉とペンで書いて。

ケースを路上駐車場に停めた車に積もうと急いだら、白里さんとぶつかってしまった。

その瞬間、最悪なことが起きました。ケースが倒れて、中の容器が見えてしまったんです。

美容会社には絶対にそぐわない、誰にも見られてはいけないものを、マルムの新人社員が見てしまったかもしれない。

もし、白里さんが〈マルム凍結精子〉の文字を見ていたら、彼女になんて言い訳すればいいだろう？　それ以上に、社長たちにこの事実がバレたら、僕のミスで大臣も絡むこのスキームにヒビが入ったら、どう責任を取ればいいのだろうか？

とっさに僕は、独断で彼女の割れたメガネを買い替えて、リンゴの手入れをする日にドライブに誘いました。社長と同じように運転手つきのリムジンを借りて、カーテンで行き先がわからないようにして、白里さんをここの特別室に連れて来たんです。

……社長のアップルジャックを飲ませて、彼女が何か見てないか、僕を疑っていないか、探りを入れようとしたんです」

この卑怯者が！　と七星は怒鳴りそうになった。

安直な計画で優姫を籠絡《ろうらく》しようとするなんて、この男も桜井や秋元と同等のケダモノだ。

優姫はきっと、山崎と出会ったときに思ったのだ。「自分とは釣り合わないほど素敵な人」だと。相手が自分を窃盗犯呼ばわりし、七星の捜索を妨害するほどの卑劣漢だとは、気づきもせずに。

「だけど白里さんは酒に弱かったようで、アップルジャック入りのジュースを少し飲んだだけでソファーで眠りこけてしまって。僕は彼女が起きるまで、持参してたパソコンで仕事の文書を打つことにしました。……その仕事が一段落したとき、やっと異変に気づきました。

仰向けに寝ていた白里さんは、嘔吐物《おうと》を喉に詰まらせて昏睡《こんすい》状態になっていたんです。

ただちに応急処置をして、まずは脳神経外科医でもあった福山先生をお呼びして、白里さんを病室に運びました。あとからヒトミ先生とフタバ先生、社長と副社長も駆けつけました。先生方は手を尽くしてくださったけど、白里さんの意識は戻りませんでした。

窒息時に酸素が脳に届かず低酸素脳症となり、大脳に障害が残ってしまったんです。急遽、大阪から久保田先生に来ていただいて、どうすべきか相談しました。それ以来、先生は頻繁に東京にいらしてくださった。ホテルやこの上の部屋に泊まり込み、福山先生と連携を取りながら、ご自身が培養したＥＳ細胞で白里さんを再生しようとしてくださったんです」

教師に叱責されて、全生徒の前で反省を述べる学生のように、山崎は背中を丸めて話を続けている。黙って聞いているうちに、ようやくいくつかの疑問が解消された。

久保田がパーティーの際に東京のホテルにいた理由は、優姫の処置をするため。桜井の言った「例の部屋」はおそらく優姫の病室で、そこに悪事の手先だった山崎を行かそうとしていた。リンゴの樹の下にあったイアリングは、優姫が病室に運ばれた際に落ちてしまったのだろう。

——恐ろしい。優姫はずっとここで、『違法な人体実験』をされていたのだ。

「それから僕は副社長と、白里さんの行方を誤魔化す工作をしました。夜中に社宅へ行き彼女の荷物をまとめてここに運び込んだり、神楽さんが捜してると知ったときは、急遽『窃盗で逃亡した』という話も作り上げた。あの防犯カメラの映像は単なる品出しだし、不審な出荷伝票も怪しい行動を見た目撃者もでたらめです。白里さんを捜す人は、どうしても遠ざけなければならなかった。……だけど、あなたはどんな脅しにも屈しなかった。そこまでタフな人だとは思いませんでした」

当たり前じゃない！　わたしは優姫を守る騎士なんだから！

そう言ってやろうかと思った七星の視線を外し、山崎は苦しそうに目を伏せた。

「……僕は、白里さんを元に戻したかったんです。本当は冤罪なんて着せたくなかった。回復したら全て帳消しにして、彼女が社会復帰できるように動くつもりでした。だから可能な限り、ここで看護をしてたんです。クリニックの看護師さんたちと交代で。

……これが、僕が話せる全てです。すみません、白里さんの点滴を見てきます」

病室へ戻る山崎を尻目に、秋元は「どうだ、気が済んだか？」と問いかけてきた。

済むわけがない。まだ疑問は残っている。

「ここは一体なんの施設なの？　なんで家の中にいろんな設備があるのよ？」

「それは久保田のほうが詳しいだろう」

秋元が悠然とした態度で言う。

促された久保田は、感情の乏しい顔のまま早口で言った。

「ここは福山クリニックの別館として改装された、極秘に治療を受ける患者用の医療施設だ」

「福山の持ち家ってこと？」

「正確に言うと名義は海外移住した福山の知り合いだが、事実上の持ち家だ」

名義が桜井でも福山でもなかった。だから稲葉は、別宅を突き止められなかったのだ。

「桜井は、リンゴを栽培するためにここを借りたの？」

「栽培目的だけではない。僕の研究をサポートするための設備を整える目的もあった」

質問すればなんでも答える、ＡＩのような男だ。

「クリニックの別館なら、ほかにも入院患者がいるんじゃないの？」

「桜井が借りてから、患者は一切受け入れていない。今は被験者だけが唯一の患者だ」

「……ちょっと待って」

まだ肝心なことを訊いていなかった。

「優姫は？　優姫の容態は？」

「被験者の脳には、本人の胚から培養したＥＳ細胞由来の神経細胞が移植されている。それも、ゲノム編集で進化させたＥＳ細胞だ。拒絶反応もなく順調に回復しているよ」

「じゃあ、意識はあるのね？」

すると久保田は初めて、ニンマリと笑った。

「今は睡眠剤で眠らせてるだけだ。少し前に植物状態を脱して意識を取り戻した。ＥＳ細胞の大脳への移植が、見事に成功したんだよ。世界初の快挙だ！　まだ足の運動障害が残っているので歩行は困難だが、それもリハビリで回復するはずだ。言語機能も回復したんだぞ！　これがどれほど素晴らしい奇跡なのか、今すぐ全世界に知らしめてやりたいよ！」

――よかった。優姫が生きてくれた。命が無事で本当によかった。だけど……。

「あんたたち、自分が犯罪者だってわかってないの？　勝手に採卵して実験して……」

「黙れ！」

いつの間にか久保田は、感情をさらけ出している。

「君ごときに言われる筋合いはない！　僕が培養した細胞を福山が脳に移植し、ヒトミとフタバは看護の指示をした。秋元と桜井も協力を惜しまなかった。素晴らしいチームだったんだよ。この尊い治療を犯罪扱いする国に未練などない！　僕らも美空のように海外へ行く。美空は卵子採取に異論を唱えていたのが気になって、被験者の件は知らせなかったんだ。まさか裏切るとは……」

故障したＡＩのごとく饒舌《じょうぜつ》になった久保田を、「そのくらいにしておけ」と秋元が遮った。

秋元は満ち足りたような表情で、七星の前に立ち塞がった。

「いいか、神楽七星。お前の大事な友だちは、お前のせいで死ぬんだ」

……何を言っているのか理解できず、相手を凝視する。

「非常に残念だが、我々はここを燃やして被験者ごと隠滅する。お前らのせいなんだよ。機密を暴露さえしなければ、奇跡の再生医療で完治するはずだったのにな。わざわざ説明してやったのは、お前らの愚かさを思い知らせてやるためだ」

その瞬間、眩暈がするほどの憤怒が沸き上がり、弾丸のように口から飛び出した。

「このクソ野郎っ！　責任転嫁するなんて最低！　あの子は山崎の思惑に気づいてなかった。純粋にドライブを楽しみにしてたんだ。返してよ！　元気だった優姫を今すぐ返してよっ！」

無邪気な優姫の笑顔が浮かび、また悔し涙が滲んでくる。

七星を一瞥した秋元は、「純粋か……」とつぶやき、視線を遠くにやった。

「俺もな、純粋に再生医療の未来を考えていたんだ。誰もが平等に確実に病を治せる世界を目指したかった。だから、研究のための最高のスキームを構築した」

横で久保田がしきりに頷いている。

「……だが、お前らのお陰で研究の成果は破棄しなければならない。その計り知れない損失を、いつかこの国は後悔するだろう」

我慢をして聞いていたが、もう限界だった。

「うるさいっ！　さっきから偉そうに御託を並べてるけど、ここで優姫から何度も採卵してるでしょ。産婦人科用の検診台で寝てるし、エコーとかモニターなんかも置いてある」

優姫の検診台には、脚を置くための台が左右についていた。産婦人科以外では使用しないはずの、リクライニングチェアのような検診台だ。やたらと広く機器だらけの部屋は、病室というよりも研究室と呼びたくなる。

「当然だろう。そのための被験者でもあったんだからな」

「信じられない！　どこまでも卑劣で腐り切った悪魔！」

「なんとでも言え。俺もお前には辟易する。まずは被験者から始末してやるよ」

ナイフを拾った秋元が、優姫のいる部屋へ行こうとした。久保田もあわててあとに続く。

「待ちなさいよ！　わたしだけ始末すればいいじゃない！　優姫に触らないで！」

叫んでいる七星の手首を、景子が触った。すでに自分の拘束を解いていたのだ。

尖った爪でガムテープを突き破ってくれたので、七星の両手も自由になった。

「……ありがとう。早くみんなで逃げて」

ささやいてから、七星は秋元に駆け寄り後ろから飛びかかった。

「お前！　久保田、もう一度拘束しろ！」

オロオロする久保田は無視して、秋元が持っていたペットボトルを奪い、出入り口のほうに放り投げた。空中で中身が飛び散り、落ちた先の床に広がっていく。

「ふざけんな！」

大きく叫んだ秋元が、七星を思いっきり張り倒す。

コンクリート床に頭を叩きつけられ、一瞬、視界が黒で覆われた。声も出せない。

「お前こそふざけんな！」

「歩夢っち、こいつを取り押さえるよっ」

歩夢と景子の声だ。

「七星さん、しっかりして」

後ろから光流が、身体を起こしてくれた。

目を開くと、歩夢たちが秋元を左右から押さえつけていた。メガネを外された秋元の顔の前で、友海が小型スプレーを構えている。七星が持参し、床に転がっていたものだ。

「ゲス男、これでも食らえっ」

友海が噴射したのは、痴漢撃退用の催涙スプレーだった。

うぉっ、と秋元が目を押さえて屈みこんだ。その頭と背中を、歩夢と景子が蹴りつける。

光流も秋元のもとへ走り、「姉さんの無念を思い知れっ」と猛烈な蹴りを入れている。

「気をつけて、秋元はナイフを持ってる！」

七星は叫びながら、久保田と山崎の姿を探した。床に叩きつけられた衝撃で、なかなか身体が動かせない。

「あっ、久保田！」

ようやく見つけた久保田は、秋元のナイフを手にしていた。その場で固まっていた久保田が、七星の声で弾かれたように足を動かし、優姫のいる病室へ走っていく。

「待ちなさいよ――っ」

このままだと優姫が危ない！

秋元を見ると、歩夢と景子に左右の腕を押さえられ、友海と光流がガムテープで拘束しようとしている。

「ブタクサどもめ、今すぐ焼け死ねっ！」

秋元が歩夢たちを剛腕で薙《な》ぎ払《はら》った。その勢いで四人とも床に叩きつけられる。

ジッポーのライターを取り出した秋元が「久保田、山崎、行くぞ！」と叫んだが、ふたりは戻ってこない。大きく舌打ちをした彼は、さらに声を張り上げた。

「俺はこっちから出る。お前らはクリニックから出ろ！　いいか、『ウイウイ』だぞ！」

――ウイウイ？

謎の言葉を残した秋元は部屋の扉へ走り、火を点けたライターを床に放り投げた。

――しまった、部屋中にアルコールが振りまかれている！

あっという間に火の手が広がり、電子機器を入れた黒いケースも燃え上がる。

ガチャン、と扉の鍵が外から閉まる音がした。秋元の仕業だ。

「閉じ込められた！」

歩夢が叫ぶ。彼女も他の三人も、叩きつけられた衝撃でまだ立てずにいる。

「みんな早く！　病室へ避難して！」

やっと身体が動いた七星は、久保田を追って自動ドアが開いたままの病室に飛び込んだ。

「何してんのよ！」

久保田は山崎と共に優姫をベッドから車椅子に移し、奥の左側にあるエレベーターまで移動させていた。優姫は拘束帯で身体を車椅子に括りつけられ、頭を垂れている。古びた小型スーツケースを引く山崎は、エレベーター脇のタッチパネルに数字を打ち込んでいたようだ。

「近寄るなっ！」

久保田がナイフを優姫の首に近づける。

「優姫に何する気っ？」

立ち止まった七星の前で、久保田が薄気味悪く笑った。

「この被験者を手放すわけないだろう。僕の研究が成功した証なんだからな。このまま密航船に乗せる。君たちが近づいたら殺すけどな」

エレベーターの扉が開いた。先に久保田が車椅子を後ろ側から引き、中に運び込んでいく。続いて乗り込もうとした山崎が、憐《あわれ》みをたたえた目で七星を見た。

「だから僕の忠告を聞けばよかったのに。……さようなら」

「待てっ！」

七星は山崎に突進し、扉が閉まる前に彼が持つスーツケースの横の取っ手を摑んだ。

「放せ！　このブタクサが！　その手を放せっ！」

本性を丸出しにした山崎が口汚く叫ぶ。互いに取っ手を引っ張り合う形となった。

閉まりかけていたエレベーターの扉が、ケースに当たって左右に開いていく。タッチパネル式なので、暗証番号がわからないと動かせない。閉じてしまったら終わりだ。

おそらく、このケースには重要な研究材料などが入っているはず。山崎は手放せないだろう。車椅子の奥にいる久保田だって、秋元に逆らってでも連れ出したい優姫を簡単に傷つけられるわけがない。だから歩夢たちが来るまで、自分がケースを引っ張って時間を稼ぐ。

「久保田先生、こいつの手を切って！　早く！」

山崎に言われて久保田が七星に近づき、ナイフを振りかざした。

絶対に放さない。こいつらを逃がさない。たとえ、この手がどうなろうとも。

そう覚悟して目を閉じ、中腰のまま引っ張っていると、背後からスプレーの噴射音がした。

「たっぷり食らわせてやる！」

友海だ。痴漢撃退用のスプレーを、今度は山崎と久保田の顔にかけたのだ。

男たちが叫び声をあげ、山崎の手が突如離れた。七星はスーツケースを引いた力を制御できず、後ろにひっくり返ってしまった。手放したケースのキャスターも勢いよく転がり、どこかにぶつかってガシャッと音を立てる。背後にいた友海も七星に押されて床に倒れ込んでいる。

「くそっ、なんも見えねえ。そのまま焼け死ねっ！」

山崎が怒号をあげると同時に左右の扉が閉まり、エレベーターが無情に降下していく。

「七星！　友海！」

歩夢たちも駆け寄ってきた。景子が友海を助け起こしている。

「エレベーター！　起動させて！」

七星の声で、歩夢と光流がタッチパネルをいじり始めた。

隣の栽培ルームはすでに、火の海と化していた。リンゴの樹が燃え上がっている。

パネルを闇雲に叩いても、エレベーターはビクともしない。

シャッターの下りた窓に七星が駆け寄ると、大きな窓は嵌め殺しになっている。

——逃げ場など、どこにもなかった。

「あかん、もう終わりや」と、景子がそばで嘆いている。

炎が黒煙と共に病室の入り口まで迫っている。煙のきな臭さで呼吸が苦しくなってきた。汗で首筋がじっとり濡れている。まさに八方塞がりだ。

このまま五人とも炎にまかれ、焼き尽くされてしまうのか。

優姫が半年以上も幽閉されていた、この魔城の中で。

「……ウイウイ、って言ってたよね」

ふいに歩夢がつぶやいた。秋元が残した謎の言葉だ。

「意味がわかるの？」と七星が尋ねたら、「わからない。レイレイとか、パンダの名前みたいな感じだけど……」と眉をひそめる。

パンダ。中国。秋元たちの逃亡先は中国なのか？

「ねえ、麻雀ゲームやったことない？」

光流が急に言い出した。首を横に振る四人に、光流は早口で告げた。

「ウーは五、イーは一。『ウイウイ』は『五一五一』かも」

「暗証番号だ！」

七星は叫び、数字をパネルに入力した。

ほどなく、エレベーターのモーター音がしてきた。

つまり秋元は、自分の意に反して病室に向かった久保田と山崎のために、エレベーターを起動させる暗証番号を中国語で伝えていたのだ。

「はよ上がってこいや！　もう火が来てるやんかっ」

景子の叫び声で振り返ると、優姫が寝ていたベッドに着火していた。火の手が早い。病室で強いアルコール臭がしたので、あらかじめ振りまいてあったのだろう。

山崎から奪ったスーツケースは、窓際の角で倒れている。衝撃で蝶番《ちょうつがい》の部分が壊れ、少し開いてしまったようだ。中から茶色い紙で包まれた小さな物体が、いくつも零れ落ちている。おそらく、茶色いのは医療用の油紙だ。

その中身がなんなのか、七星は知りたいとも思わなかったが、歩夢は「悪事の証拠かも！」と、果敢にケースのほうへ駆けていく。

下から登ってくるエレベーターが、やけに遅く感じる。

――ようやく扉が開いた。七星たちが中に飛び込む。

「歩夢ちゃん、早く！」

七星の呼びかけで歩夢も走り込んできた。急いでＣｌｏｓｅボタンを何度も押す。

扉が閉まる瞬間に見たのは、恐ろしい勢いで燃え盛る炎だった。

火の手から逃れてエレベーターで降りた先は、長い地下道になっていた。天井に非常灯が並んだ、コンクリートのトンネルのような造りの道。幅はストレッチャーが通れるくらい。床は平らに整えられ、バリアフリーになっている。

七星と歩夢が先頭を走り、そのあとを他の三人がついてくる。誰もが煤《すす》まみれだ。景子は靴のヒールが折れたようで、手に持ってストッキングの足で走っている。

——三分ほど一気に駆け抜けると、突き当たりがふた股に分かれていた。

「なんやこれ?」「どっちに行けばいいの?」

景子と友海が首を傾げる。

「ここ、福山クリニックと繋がってるんだよね?」

光流が言った途端、「わかった」と歩夢が手を叩いた。

「地理的に考えると、右が産婦人科で左が美容外科だ」

「久保田たちはどっちに行ったと思う?」

七星が問いかけると、歩夢は「たぶん美容外科。夜間は人がいないから」と即答した。

「なら左だ!」

七星が先頭を走り、左の道へ進んでいく。

またエレベーターが現れたので、同じ暗証番号を入力した。

開いた扉から乗り込み一階へ上がると、そこは歩夢が予想した通り美容外科だった。

非常灯しか点っていない深夜の病院内は、不気味さとは無縁の洒脱な雰囲気を漂わせている。待合室は高級サロンのようにソファーやテーブルが配置され、美容雑誌が並ぶ棚もある。

目の前の壁には、巨大な絵画も飾られていた。クリムト作『歓喜の歌』のレプリカだ。

「出口はあっち！」

歩夢が先導した。右手に曇りガラスの出入り口が見える。

「助かった！」と友海が安堵し、「死ぬかと思ったわ」と景子がぼやく。光流は「安心するのは早いかもしれない」と警戒している。

「秋元たちに逃げられた。優姫も連れてかれたよ……」

七星が無念の言葉を漏らすと、曇りガラスの扉が外から勢いよく開いた。

「歩夢！　みんな、無事でよかった！」

息せき切って走り込んで来たのは、意外にも目黒だった。

「大丈夫？　怪我とかしてない？」

彼は全員に確認してから、「警察も呼んである。もう大丈夫だ」と告げ、外へ出ていく。

なぜここに目黒がいるのか、疑問を解消する間もなくあとに続くと、病院の敷地内にパトカーが何台も停まっていた。救急車と消防車のサイレン音も近づいている。

「あっ、あいつらが！」

七星は声を張りあげて前方を指差した。

秋元たち三人が地面に横たわり、刑事たちに手足を押さえられている。

久保田と山崎は大人しく伏せているが、秋元は野獣のように唸って抵抗している。


「──こっちを見ろっ！」

突然、秋元が絶叫した。

七星たちを燃えるような眼で睨み、頬を引きつらせて大声で笑う。

まるで、完全に正気を失ってしまったかのように。

そして──。

真っ赤な鮮血を、口から吐き出した。

──毒々しいほどの赤が、七星の網膜に焼きついてしまった。


「舌だ！　舌を嚙み切りやがった！」

誰かが叫ぶ。仰向けになった秋元の身体は、細かく痙攣《けいれん》を続けている。

「……自殺？」

まさか、これが現実だとは思えない。思いたくない。

だけれど、景子が「ヒィィッ」と悲鳴をあげたので、夢ではないと認めざるを得なかった。

自分はこれからずっと、目の前で自死した男の姿を、あの鮮明な赤を、忘れられずに生きるのだと覚悟した。しかし……。

「舌を嚙み切って死ねる可能性は、限りなく低いんだ」

冷静に言ってくれたのは、目黒だった。

「だからやつは死ねない。発音がうまくできなくなって、生き恥を晒すことになるよ」

確信めいた彼の言葉で、肩の力がすーっと抜けていった。

自身も雑草だったあの男が、そう簡単に朽ちるわけがないと、信じることができた。

――ほどなく救急隊員が駆けつけた。

秋元は応急手当を受け、担架に乗せられ運ばれていく。

「あんな脅し、怖がる必要なんてない。あいつがどうなろうと、あたしたちには関係ない」

歩夢が発した心強い言葉に、七星たちは深く頷いた。


「秋元は、久保田たちと合流したところを取り押さえられた。ちょっとした捕物帖《とりものちょう》だったよ」

その場で目撃情報を語る目黒。まさに命の恩人だ。

「でも、なんで？　なんで目黒くん、この場所がわかったの？」

七星たちのスマホは秋元らに取り上げられ、電源を切られたはずだった。

「それはね、あたしが呼んだから」

答えた歩夢が素早く団子頭を振りほどくと、そこから小型のＧＰＳ発信機が現れた。

驚きで一同がどよめく。

「実はね、目黒くんに前から持たされてたの。何があるかわからないからって。ね？」

「ああ。秋元の失踪はいかにも偽装めいてたから、ちょっと心配だったんだ」

そうだったのかと、目黒と歩夢の機転の良さに改めて感服した。

「家を出る前に、髪に仕込んでおいたの。万が一、誰かにスマホを奪われても、居場所がわかるようにね。目黒くんにはずっと、十分間隔でスタンプをしておいた。それが途絶えたら異常事態だから、警察に通報してって頼んであったんだ。みんなに言ったら怯えるかもしれないし、期待させて来なかったら申し訳ないから、黙ってたんだけどね」

「スタンプが途絶えたときは肝が冷えたよ。間に合わないかと思った」

目黒は愛おしそうに、両目を細めて歩夢を見ている。

そんなふたりを、他の四人が温かく見守っている。

「歩夢ちゃん、目黒くん、景子ちゃん、友海ちゃん、光流さん」

七星は全員と視線を交わしてから、深々と頭を下げた。

「こんなところまで来てくれて、ありがとう」

「——七星……」

いきなり景子が抱きしめてきた。続いて友海も、歩夢も、光流も。

みんなの温かい身体を、七星も思いっ切り抱き返す。傍らで目黒が、優しく微笑んでいる。

五人はしばらくのあいだ、無言で抱きしめ合っていた。

何人かがすすり泣きをしている。七星もそのひとりだ。

……本当に、ありがとう。みんな、大好きだよ——。

それから七星は、近くの刑事に大事な質問をした。

「優姫は？　車椅子の女の子はどこにいるんですか？」

秋元とは別の救急車で搬送すると言うので、教えられたほうへ急いで走った。

道端に停まっている車椅子で、優姫が女性刑事から何やら質問されている。

目を覚ましたんだ！　やっと話せる。ふたりで笑い合える。

駆ける七星の顔に秋風が当たり、また溢れてきた涙を後方へ飛ばしていく。

「――優姫！」

女性刑事の横から名前を呼んだ。胸が一杯すぎて、名前を呼ぶことしかできなかった。

髪を剃《そ》られターバンを巻いた優姫が、こちらに目を向けた。

ふっくらしていた頰がこけている。半年も寝たきりだったのだから当たり前だ。これからゆっくり、元の生活に戻ればいい。

目のふちを拭いながら、七星は笑顔で話しかけた。その手伝いはわたしがする。

「ずっと捜してたんだよ。迎えに来るのが遅くなってごめんね」

七星をじっと見ていた優姫が、信じ難い言葉を発した。


「……あなた、誰？」


――脳天を割られたかのような痛みがして、その場に立ちすくんでしまった。

七星を見上げる優姫は、無垢《むく》な童女のようにあどけない表情を浮かべている。

「この方のお知り合いですか？」と刑事に尋ねられた。

小さく頷くと、彼女は気の毒そうに言った。

「何を訊いても思い出せないそうなんです。自分の名前も、家族のことも、なぜここにいるのかも。いわゆる記憶喪失かもしれません」

そんな……。やっと逢えたのに。ようやく辿り着いたのに。

どんな表情をすればいいのか迷った。悲愴感を滲ませたら優姫を傷つけてしまいそうで、ひたすら見つめているしかなかった。

意識は戻ったけれど、記憶を失った。それなら今ここにいるのは、もう自分の知る優姫ではないのだろうか？　脳の神経細胞が再生して生まれ変わった。それは、別人に生まれ変わったのと同じなのではないか？　見た目は変わらないのに、中身が変わってしまったのだ。もう、この子の中に自分は存在しない……。

ふいに、故郷の田園風景が浮かんできた。幼少期の優姫が、目の前で手を振っている。

一緒に遊んだ幼稚園の砂場。泣き虫で弱虫だった優姫を守るのは、いつも七星の役目だった。小学生になってからも、優姫は活発だった七星を何かと頼ってくれた。彼女を守るのが、自分の使命だとすら思っていた。

――いや、違う。

実父が亡くなって貧しさからクラスメイトを遠ざけた自分を、変わらずに支えてくれたのは優姫だった。ずっと守ってたつもりだったけれど、こっちだって守られてたんだ。

部活で見る優姫の笑顔は、いつも束の間の安心感を与えてくれた。桜の木の下で共に笑い、少しだけ泣いた高校の卒業式。社会人になってからも休日はファミレスに集って、恋人同士のように過ごしていた。それなのに……。

ふたりで育んだ思い出が、大切な記憶たちが、全て優姫から消え去ってしまった——。

真っ黒な穴の底に引きずり込まれたような虚脱感で、七星は膝から崩れ落ちそうになった。

「ねえ、あなたは、誰？」

小首を傾げた優姫が、もう一度問いかけてきた。

彼女は右の手で、何かをしっかりと握りしめている。

七星の視線に気づいた優姫は、その手をゆっくりと開いていく。

そこにあったのは、銀色の小さなビーズ製のイアリング。

片方だけになった、七星からの誕生日プレゼントだった。


「……これはね、とても、大事。それだけは、覚えてるの」


穏やかに微笑んだ優姫が、生まれたての命を扱うかのように、大切そうに両手で包み込む。

「優姫……」

喉の奥から咆哮《ほうこう》のように激しく熱いものがせり上がり、口からこぼれ出そうになる。それを精一杯食い止めたが、目から溢れる涙は止められなかった。

——優姫は、変わってなどいなかった。

名前や顔、表面上の情報は忘れていても、心と心で結んだ絆《きずな》だけは、決して変わらない。

何ひとつ変わっていないのだ。

「どうしたの？　なんで、泣いてるの？」

不思議そうに睫毛を瞬かせて、こちらを眺めている。

七星は涙を拭いて優姫の目線まで屈みこみ、イアリングを握る細い手に両手を重ねた。

澄み切った両の瞳をしっかり見つめて、精一杯の笑みを作る。

「わたしは、騎士。あなたを守る騎士。これからも、わたしがあなたを守る。だから、もう二度と、あなたの前で泣いたりなんかしないよ」

――これで、最後だ。

抑え切れなかった涙の雫《しずく》が、七星の頬を流れ落ちていった。


秋元と久保田、山崎は、誘拐・監禁・殺人未遂・放火などの容疑で逮捕された。

目黒が言った通り、秋元は自死を完遂できずに、警察病院で取り調べを受けているらしい。

美空以外の被疑者全員が逮捕された卵子窃盗事件は、大きすぎる衝撃を世間に与えた。

――それから、およそひと月後。

マルムが総額三億円以上とされる不正な卵子提供の利益や、十年間に及ぶ取引先からのキックバックなどで得た巨額の裏金を、美術品の購入・転売でマネーロンダリングしていたことが発覚した。

きっかけは山崎の自白だ。彼は桜井から、金貨や美術品の購入を任されていたという。

追徴課税はもちろん、幹部たちは業務上横領罪や詐欺罪、特別背任罪などで立件されるとの噂だ。

当然、辞めていく社員や離れた顧客も多く、会社の解体は時間の問題だとされている。そもそも、生命線だったミラクルリンゴの樹が燃え尽きてしまったので、マルムの終焉《しゅうえん》は火を見るよりも明らかだった。経過を静観していた景子と友海も、とっくに退職届を提出してある。

文部科学大臣もマルムからの闇献金疑惑という駄目押しで、総理大臣より更迭された。その総理大臣にも、任命責任を問う声が大きくなっている。

事件報道で患者数が激減した福山クリニックは、すでに他の医療法人に買収され、名称を変更することが決まっていた。違法な医療行為で荒稼ぎしていた福山、ヒトミ、フタバは、いずれ医師免許を剝奪されるだろう。

「研究所内の犯罪行為は久保田単独によるもの」と表明したジャパン再生医療研究所は、理事長を筆頭に上層部が責任問題で解雇され、新たな組織で文字通り再生を図ろうとしている。

前例のない事件だけに、被疑者たちの刑事裁判は相当長引くだろうが、それぞれ重罰は免れないと目されていた。被害者たちによる民事の集団訴訟も、着々と準備が進んでいる。

美空が言い残した通り、七星たちのひと齧りによって、桜井や秋元が構築した巨大な船は、海の底深くに沈もうとしていた。

「ねえ、また週刊文冬に稲葉さんの署名記事が載ったよ。『現代の大奥、男たちの搾取の魔城は、なぜ崩壊したのか？　本誌記者の取材リポート』だって」

週刊文冬の最新号を開いていた歩夢が、そのページを七星に見せてきた。

真っ先に目に飛び込んできたのは、護送車両に乗せられた際の惨めな桜井の顔写真だった。桜井と秋元の大学生時代の晴れやかな笑顔も掲載されているのは、ハイリバティ事件の真相も暴露されたからだ。

実は、稲葉は桜井と秋元に関する新事実を摑んでいた。

記事にする予定はないらしいが、七星と歩夢には内密で教えてくれた。

「――ふたりが京東大の一年生で、アメフト部にいた頃です。チーム内の練習試合で、秋元が桜井にタックルした際に、その上から覆いかぶさったチームメイトたちが体勢を崩し、桜井は押し潰されてしまった。その事故のせいで、桜井は男性性機能障害になったらしいんです。その後、彼は鬱憤を晴らすかのように、ハイリバティ事件の黒幕となった。

秋元が桜井をサポートし、マルムの大奥も黙認していた理由の中には、桜井に対する罪滅ぼしの念が含まれていたのかもしれません。マルムが再生医療研究のために異様な犯行に及んだのも、桜井の『欠けた身体機能を取り戻したい』という願望が、根底にあった気がします。

……とはいえ、彼らを擁護するつもりは微塵もありませんけどね。どんな凶悪犯にだって、そこに至るまでの事情や言い分はあるはずなので。

それと、三猿や受精を連想させる『歓喜の歌』。桜井たちが同じレプリカを飾った理由は、本当に卵子窃盗という秘密の共有だったそうです。クリムトが知ったら驚くでしょうね」

最後にセンター街のカフェで会った稲葉は、台風一過のように晴れやかな表情をしていた。

「――稲葉さん、これからも桜井たちの記事を書くんだろうね。どこよりも詳しく」

「そうだね。でも、今は読みたくないかな」

七星は歩夢の持つ雑誌から目を離し、本音を漏らした。

「しばらくマルムの話はいいよ。もうお腹いっぱい。ねえ、優姫？」

都内の大学病院の五階にある、日当たりの良い個室。

ベッドの背もたれを起こして、入院中の優姫が静かに微笑んでいる。

見舞いに訪れた七星たちの傍らで、ベトナムから帰国していた優姫の母親が、真っ赤なリンゴの皮を器用に剝いている。

――リンゴもできれば遠慮したいけど、ちょっと言いにくいな……。

「はい、おふたりも召し上がってくださいね」

「ありがとうございます。優姫ちゃん、せっかくなのでいただくね」

歩夢が爪楊枝《つまようじ》を摑み、ウサギの耳付きリンゴの端をシャリッと嚙んだ。

優姫は先ほどから緩々《ゆるゆる》と、磨《す》り下ろしたリンゴを自身の手で口に運んでいた。スプーンもしっかり動かせるし、嚥下《えんげ》も難なくできている。

「皆さんのお陰で、本当に助かりました。ようやく帰ってきてくれた……」

瞳を潤ませた母親が、優姫に視線を向けた。

娘からの連絡が途絶えたため、七月に一時帰国して警察に相談したという母親。だが、事件性が認められず、捜査はしてもらえなかったという。成人した子どもは自発的な失踪だと思われるらしく、母親自身もその可能性を捨て切れずに、優姫の帰りを待つしかなかったそうだ。

「記憶障害の治療には時間がかかるらしいけど、焦らずのんびり構えるつもりです。足のリハビリも好調だし、七星ちゃんたちもマメに来てくれるし。優姫、いい友だちがいてよかったね」

「よかった、ね」

少しだけ伸びた髪を白いターバンで巻いた優姫が、にこやかに繰り返す。

言語機能に多少の障害が残っているが、コミュニケーションは問題なく取れる。

再生医療による脳神経細胞の回復は目覚ましいそうで、このままだと奇跡の全快も夢ではないという。重度の低酸素脳症だった優姫が、ここまで元気になったことだけでも、すでに奇跡だと言われていた。低酸素脳症の原因を作り、これ幸いと被験者にした者たちを七星が許す日は、一生来ないだろうけれど。

リンゴを食べ終わった優姫に、七星はプレゼントを手渡した。

「優姫、ビーズのイアリング、もう片方も作ってきたよ。外に出られるようになったら、これをつけて遊びに行こう。ここにいる歩夢ちゃんも、前に連れてきた景子ちゃんと友海ちゃん、光流さんも一緒に。ね？」

銀色のイアリングを見た彼女は、宝物でも見つけたかのように破顔した。

「ありがと、七星」

……つい、涙ぐみそうになってしまった。この子の前では泣かないと誓ったのに。

病院に足しげく通うあいだに、優姫とは新たな絆を育みつつあった。

たとえ、過去の記憶が消えたままだったとしても、これから先の未来に、いくつもの思い出を積み重ねていけばいい。

わたしたちは、再び親友同士になれる。これからも一緒に、生きていける。

今はただ、そう思っていたい。


優姫の病院を出た七星と歩夢は、その足で代官山へと向かった。

昔なら憧れたはずの、高級感がある洒落た街並み。すれ違う人々も、洗練されたファッションと都会的なムードを身にまとっている。

けれど、今は不思議なほどときめかない。

大事なのは、〝どこで何をするか〟ではなく、〝誰と何をするか〟だ。

その誰かによって、人生は良くも悪くも大きく変化していく。

最初は理解し合えなかった人が、最高の誰かになる可能性だってあるだろう。

もう、張りぼての輝きには惑わされない。自分の本能と直感を頼りに、空高く伸びていく。

その暁には、大きな花が咲き開くはずだ。眩い太陽のような、雑草の花が。

――なんて一人前に言えるほど、大人になったわけではないかもしれないけれど。

「このビルだったよね？」

先を歩いていた歩夢が、ふいに立ち止まった。

「そう、ここの二階だよ」

七星たちが訪れたのは、大型書店の並びにあるコンクリート造りのオフィスビル。その二階にある開放的なオフィスに、スイスのコスメメーカーが日本支社を構えたのだ。一階で間もなくオープン予定のショップには、光流が店長に就任することが決まっている。

失礼します、とふたりでオフィスに入ると、光流が笑顔で迎えてくれた。

「お疲れ様。スタッフたちはお昼休憩中なの。すぐ戻るからお茶でも飲んでゆっくりしてて」

七星と歩夢も、この会社に販売員として入ることになっていた。光流が推薦してくれたからだ。今日は、他のスタッフとの顔合わせをしに訪れたのである。

今月末に社宅を退出する景子と友海も、いずれはここに入社する予定だった。

「お茶は大丈夫です。持参してるので」

七星はバッグから保温水筒を出し、光流に振ってみせた。

「わたし、なるべく外で買い物はしないようにしてるんですよ。秋元たちのせいでスマホや小物類を買い替えたりしてるうちに、貯金がなくなっちゃったんです」

被害はそれだけではない。別宅で床に叩きつけられたり、後ろに倒れ込んだりしたお陰で、体中に痣ができてしまった。七星だけではなく仲間たち全員が、しばらく痣だらけだった。

「大変だったよね。また一緒に働いてお金を稼ごう。外資系の会社は比較的条件がいいから」

光流が和やかに言うと、「あのね、ふたりに見せたいものがあるの」と、歩夢も抱えていたバッグから何かを取り出し、デスクの上に置いた。

透明のビニールケースに入った、三個の平たくて丸い物体。

そのどれもが、目がくらみそうなほどの黄金色に輝いている。

「歩夢ちゃん、それって……」

七星は唖然《あぜん》として、上下の唇が閉じられなくなった。

社長室に展示されていた美術品の中に、同じような物があったからだ。

「カナダのメイプルリーフ金貨、中国のパンダ金貨、オーストラリアのカンガルー金貨。だけど、本物じゃないの。三つとも偽物」

え？　と戸惑う七星と光流に、歩夢は照れ臭そうに告白を始めた。

「実は、社長室の掃除をするときに、これを本物と交換しようと思ったことがあったんだ。目黒くん、フィギュア・クリエーターだから３Ｄプリンターを持ってて、それで偽金貨を作ってくれたの」

改めて間近に見た偽金貨は、本物と全く区別がつかない。

「あたしね、異常なセクハラとパワハラを繰り返して、あたしに冤罪を着せた幹部たちが、どうしても許せなかった。マネーロンダリングも、七星から『開かずの間』の資産を聞いたときから気づいてた。それで、もっと偽物を作ってもらって金貨を手に入れて、会社に復讐しようとしたんだ。どうせ裏金で買ったものだろうし、バレないだろうって思ってた。でもね……」

歩夢が偽金貨をひとつ手に取り、ギュッと握り締める。

「途中で目が覚めたの。七星が必死で優姫ちゃんを捜してるのに、自分は何をやってんだろうって。……変なこと考えてごめんなさい。これは、あたしの懺悔《ざんげ》です」

深く腰を折った歩夢に、光流が「もういいよ」と優しく声をかけた。

「正直に打ち明けてくれた。寸前で思いとどまってくれた。それだけで十分よ」

「同感。歩夢ちゃんには感謝しかないよ。光流さんにも。みんながいてくれたから、優姫を見つけてマルムを破滅に追い込めた。それは、金貨よりも価値がある報酬だと思うんだ」

七星が真摯に告げると、歩夢は小さく笑みを浮かべた。

「だよね。あたしも満足してる。……でも、金貨じゃなくて別の物が手に入っちゃったの」

意味深に言ってから再びバッグに手を入れ、中から茶色い何かを取り出した。

医療用の茶色い油紙で包まれた、歩夢の握り拳の半分くらいの物体。

別宅の病室で火が迫る中、山崎が運ぼうとしていたスーツケースの中身だ。

「実はね、これ……」

歩夢がその場で油紙を剝くと、中からきっちりと丸められた紙の束が顔を出した。

「それって、まさかっ！」

コンクリート造りのオフィス内に、七星の声が響き渡る。

——どこからどう見ても、その紙は一万円紙幣だった。

「そう、一万円の札束。一個が百万円。家にあと二十九個あるから、三十個で三千万円」

にっこりと愛らしく、歩夢が微笑んだ。

「あたしね、別宅でエレベーターを待ってるとき、再生医療に関する悪事の証拠だと思って、これをダウンとパンツのポケットに入れられるだけ入れたの。前と横と後ろにポケットがあるカーゴパンツだったから、意外とたくさん入ったんだよね」

七星の記憶だと、歩夢が着ていた大きめのダウンジャケットも太いカーゴパンツも、ポケットがかなり深かった。全部のポケットに詰め込めば、三十個くらい入れられただろう。

「でも、秋元の自殺未遂を見たショックで、入れたことを忘れちゃってた。帰って着替えるときに思い出して中を見たら、全部百万円の札束だったってわけ。今まで黙っててごめんね。変な誤解を生むと嫌だから、マルムの事件が落ち着くまでは誰にも言わないようにしてたんだ」

そういえば、歩夢はずっと秘密主義だった。社長室に監視カメラを仕かけたときだって、美空にバレないように七星に嘘をついて、事実はしばらくのあいだ伏せていた。目黒から渡されていた小型GPS発信機も、こっそり団子頭の中に忍ばせてあった。

彼女が沈黙を貫いて慎重に動いたお陰で、七星たちは助かったのだ。

「週刊文冬に山崎の自供内容が詳しく書いてあったんだけどね、株主総会の直後に逃亡を目論んだ秋元と山崎が、金貨や美術品を闇オークションで売りさばいてたんだって。この札束は、あいつらが国外に持ち出そうとしたマルムの裏金。密航船に乗せるから、念のために一個ずつ丸めて防水の油紙で包んでおいたんだろうね。何億円かあったらしいんだけど、スーツケースに残ってた分は燃えちゃった。つまり、三千万円が消えたことを知る者は、あたしたち以外に誰もいない」

……そうかもしれないと、歩夢の説明で七星も思い始めていた。

「間抜けな山崎は、最初にドライシッパーのハードケースを倒して、優姫ちゃんや七星に不幸をもたらした。最後にスーツケースを倒して、あたしたちに幸運をもたらした。これも因果応報じゃないかって、解釈することにしたの。だからね……」

次に何を言うのか固唾を呑んでいたら、歩夢は満面の笑みで両手を大きくあげた。

「マルムの被害に遭ったみんなで、お金を分け合おう！」

その瞬間、七星は光流と顔を見合わせた。思わず吹き出してしまう。

「なに？　なにがおかしいの？」

「すごい発想だから。歩夢ちゃん、まるで義賊みたい」

「でも、いいアイデアかもしれない。集団訴訟の準備中だけど、刑事だって民事だって、裁判なんていつ終わるかわからないからね」

「光流さんの言う通りです。初根さんなんて痛い思いをしたんだし、あたしたちだって殺されそうになったんだから、さっさと慰謝料を払わせればいいの。強制的に。特に優姫ちゃんには、たくさん渡してあげたいな」

　偽金貨と札束をバッグに戻しながら、歩夢は「雑草を舐めるなって感じ」と明るく続けた。

「ねえ、歩夢ちゃん。もしかしてだけど、この裏金の秘密を共有するために、光流さんに勧めたの？　あの絵を新オフィスに飾ったらいいって」

　七星が指を差した先には、横長の巨大な絵が飾られていた。

コンクリートの壁一面を、金縁の額に入った煌びやかなクリムトのレプリカが彩っている。

『歓喜の歌』だ。

　絵の中には、ベートーヴェンの「第九」を合唱する天使たちの右横に、そんな歌声など耳に入らないほど無心で抱き合う裸の男女がいる。男女の頭上には猿のように奇妙な顔がふたつあり、右側の顔は目を閉じ、左側の顔は唇を突き出している。

「七星さんの推理を促したあの絵は、マルムを倒した勝利の証。まさに歓喜の歌だから飾ろうって歩夢さんが言うから、レプリカを取り寄せたのよ。本当は違う意図があったの？」

　いぶかしげに光流が歩夢を見ている。

「歩夢ちゃん、正直に言いなさい」

七星も問いただすと、賢くて可憐な義賊は、ふふ、と頬にエクボを作った。

「そう。あたしたちも、〝見ざる・聞かざる・言わざる〟ってことで。ね？」

すかさず歩夢は両目と口を閉じ、左右の耳を手で塞いだ。

光流も苦笑しながら、歩夢と同じポーズを取る。

ふたりに釣られて、七星もゆっくりと瞳を閉じた。

――奇跡の全快を果たした優姫と、彼女を共に救った仲間たち。みんなで笑い合う未来を、瞼の裏にくっきりと描きながら。

囚われていた姫たちは、どうにか恐ろしい魔城を脱出することができました。

魔法使いにも王子様にも頼らず、自分たちの力で悪魔を退治したのです。

真っ赤なリンゴは燃え落ち、見目麗しいドレスは消え去り、質素な服に戻ってしまいましたが、
ふたつの宝物を手に入れることができました。

目に見える宝と、見えないからこそ尊い宝。どちらも貴重で得難い物です。

みんなで宝物を分かち合った姫たちは、新しいお城を造ることにしました。

憧れでも夢でもなく、地に足をつけて暮らせるささやかな居場所。

きっと姫たちは、悪魔が入る隙間などない頑丈なお城を、築き上げることでしょう。

参考資料

・専門医が教える再生医療のメディア「セルメディカルチームジャパン」
・京都大学iPS細胞研究所（CiRA）「もっと知るiPS細胞」
・〝京都大学教授　戸口田淳也先生インタビュー「疾患特異的iPS細胞を用いた難治性軟骨異常増殖病態の解明と再生医療への応用」〟公益財団法人セコム科学技術振興財団
・国際幹細胞普及機構ホームページ
・再生医療ポータル
・吉村浩太郎「ヒト吸引脂肪由来幹細胞の基礎と臨床」（雑誌形成外科　2006年3月）
・一般社団法人GM（グローバルメディカル）
・NHK「きょうの健康」「体感しよう！　先端医療の世界「主要な臓器を再生せよ！」」

本作を執筆するにあたって、
放送作家の高橋暁氏に多大なるご協力をいただきました。
この場をお借りして感謝申し上げます。

本書は書下ろしです

斎藤千輪（さいとう・ちわ）

東京都町田市出身。映像制作会社を経て、現在放送作家・ライター。2016年に「窓がない部屋のミス・マーシュ」で第2回角川文庫キャラクター小説大賞・優秀賞を受賞しデビュー。主な著作に「ビストロ三軒亭」シリーズ、「グルメ警部の美食捜査」シリーズ、「神楽坂つきみ茶屋」シリーズ、『トラットリア代官山』『だから僕は君をさらう』『闇に堕ちる君をすくう僕の嘘』『出張シェフはお見通し 九条都子の謎解きレシピ』などがある。

魔城《まじょう》の林檎《りんご》

2025年2月17日　第一刷発行

著者　斎藤千輪《さいとうちわ》

発行者　篠木和久

発行所　株式会社講談社

〒112－8001　東京都文京区音羽2－12－21

電話　出版　03－5395－3505

販売　03－5395－5817

業務　03－5395－3615

本文データ制作　講談社デジタル製作

印刷所　株式会社KPSプロダクツ

製本所　株式会社国宝社

Printed in Japan　ISBN 978-4-06-538295-0

N.D.C. 913　366p　19cm

KODANSHA